바람의 아들
이승만

바람의 아들 이승만

발행일   2024년 7월 10일

지은이   김창균
펴낸이   손형국
펴낸곳   (주)북랩
편집인   선일영   편집   김은수, 배진용, 김현아, 김다빈, 김부경
디자인   이현수, 김민하, 임진형, 안유경, 신혜림   제작   박기성, 구성우, 이창영, 배상진
마케팅   김회란, 박진관
출판등록   2004. 12. 1(제2012-000051호)
주소   서울특별시 금천구 가산디지털 1로 168, 우림라이온스밸리 B동 B113~114호, C동 B101호
홈페이지   www.book.co.kr
전화번호   (02)2026-5777   팩스   (02)3159-9637

ISBN   979-11-7224-199-5 03810(종이책)   979-11-7224-200-8 05810 (전자책)

(주)북랩 성공출판의 파트너

북랩 홈페이지와 패밀리 사이트에서 다양한 출판 솔루션을 만나 보세요!

홈페이지 book.co.kr   •   **블로그** blog.naver.com/essaybook   •   **출판문의** book@book.co.kr

작가 연락처 문의 ▶ ask.book.co.kr

작가 연락처는 개인정보이므로 북랩에서 알려드릴 수 없습니다.

바람의 아들 이승만

김창균 지음

🐚 북랩

서문

✦✦

역사의 결단

『바람의 아들 이승만』은 역사 소설이 아니다. 관념 소설이다. 이승만이라는 한 인간의 정신을 추적한 소설이다. 따라서 등장인물들이 역사적 인물인지 아닌지는, 이 소설에서는 의미가 없다. 사건들은 이승만의 관념을 찾기 위한 장치일 뿐, 역사적 사실과는 무관하다. 더구나 역사적 사실이란 역사의 진실이 아니며, 역사적 진실 역시 역사의 사실은 아니다. 도대체 인간의 생존 기록에 사실과 진실이 어디 있는가? 누가 그것을 결정하는가? 다만 존재의 흔적만 있을 뿐이다.

나는 왜, 어느 날 갑자기 이승만이 쓰고 싶어졌을까? 사실 나는 이승만을 좋아하는 사람이 아니다. 그를 추앙하지도 않는다. 그런데도 왜 이 작업을 하게 되었을까? 그것은 그를 역사의 죄인으로 몰아가는 우리 사회의 일부 역사관에 의문을 가졌기 때문이다. 이승만은 역사적 인물이다. 역사적 인물이란 무엇인가? 그가 살아간 당대의 문제에 대처한 그의 행동과 사상이 그 시대에 영향을 끼친 인물이다. 그 당대의 역사를 후대에서 평가는 할 수 있으나, 당위성을 재단하지는 못한다. 역사는 선악을 가지지 않는다. 정의와 불의도 시대에 따라 변화한다. 역사란 인간이 살아온 삶의 기록이다. 삶에는 긍정과 부정이 없다. 현시대의 가치관으로 과거 어느 시대를 죄악으로 몰아가는 것은 역사 왜곡이다.

이승만은 현시대의 기준으로 보더라도 공과가 분명하다. 그는 구한말 민중의 자유와 평등을 위해 싸웠고, 일제 강점기에 독립을 위해 투쟁했다. 공이라 할 수 있다. 대한민국 초대 대통령으로서, 북한의 침략에 대항하여 자유 대한민국을 지켰다. 공이라 할 수 있다. 그러나 삼선개헌으로 독재의 길을 걸었다. 과라고 지적하겠다.

공으로 과를 모두 덮어 공이라 할 수 없고, 과로서 공을 모두 덮어 과라 할 수 없다. 다만 이승만이라는 한 인간이 그 시대에 무엇을 하였느냐? 지나간 일을 현시대의 거울로 삼아 교훈으로 삼을 뿐이다.

2024년 여름
김창균

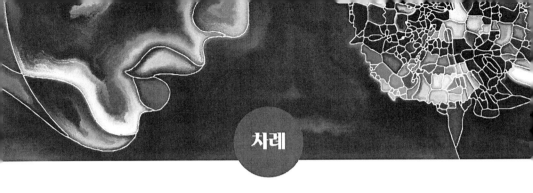

차례

서문 ─ 역사의 결단 _ 4

제1장
바람의 나비 _ 9

제2장
배재학당 _ 33

제3장
혁명지사 서재필 _ 49

제4장
만민공동회 _ 73

제5장
왕의 선택 _ 85

제6장
상인 한만호 _ 93

제7장
유림의 저항 _ 119

제8장
만민공동회의 불꽃 _ 145

제9장
왕의 반격 _ 177

제10장
사형수 이승만 _ 195

후기 _ 229

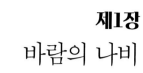

제1장
바람의 나비

♦ ♦

　나는 양녕대군의 십육 대 후손 이승만이다. 왕의 후계자였지만 존엄에서 버려진 자. 가장 귀한 자리에 있었지만, 스스로 시정의 낭인이 된 자. 권력의 칼이 왕에 있지 않고 백성의 손에 있음을 말한 자. 나는 조선의 세자 양녕대군의 자손이다.

　우리 집안은 양녕대군의 후손임을 자랑스럽게 여기고 살아왔다. 조선은 양반의 나라였다. 왕가의 자손은 그들 중에서도 성골이라고 아버지는 가르쳤다.

　"너는 조선의 적통임을 잊지 마라. 양반으로서의 품위와 조선의 주인임을 잊지 마라."

　하지만 우리 집안은 몰락하였다. 왕손으로서의 대우는 중종 대에서 끝났고 벼슬길은 육 대조에서 끊기었다. 양반이라 하기에도 난망한 집안이었다. 가세는 아버지 대에 이르러서 극도로 기울었다. 집안이 어려웠지만, 아버지는 나의 교육에 열의를 다하였다. 네 살이 되던 무렵, 홍문관 교리를 지낸 이건하가 운영하던 낙동 서당에 입학하였고, 열살이 되어서는 사간원 대사헌을 지낸 양녕대군의 봉사손 이근수가 가르치던 도동 서당에서 수학하였다.

　걸음마를 하면서 천자문을 외우고 일곱 살이 되기 전에 사서삼경을 배웠다. 공자의 가르침에는 천지의 도가 있었다. 하늘은 왕이었고 땅은 백성이었다. 하늘의 도는 삼강오륜이었고 왕과 나란히 있었다. 땅의 도는 순명에 있었고 백성과 나란하였다. 양반은 하늘의 뜻과 가까웠고, 땅과 멀었다. 하늘이 혹독하면 양반도 혹독하였고, 하늘이 순하면 양반은 그 순함을 탄핵하였다. 백성은 다만 순명할 뿐이었다. 나는 들판을 뛰어다녔다. 메마른 들판에 잡풀이 무성하였다. 풀꽃 위를 나비가 날아다녔다. 햇빛은 느리게 흐르고 나비는 마른 날개를 접을 곳을 찾지 못했다. 나는 나비를 그리려 하였지만, 나비는 빈곤한 꽃물에 오래 머물지 않았다. 화선지에는 풀잎만 가득하였다.

열세 살에 과거를 보았다. 과장의 시제에는 왕의 노여움이 서려 있었다.

'외세의 침탈이 두렵구나. 이를 어이하랴! 조선의 나아갈 길을 논해 보라.'

나는 썼다.

'고려 말에 왜가 창궐하여 삼남에 가득하였고 북으로는 홍건적의 강대함이 있었습니다. 그러나 태조의 정예함으로 남정북벌하여 적을 섬멸하였습니다. 고려 말에 장수는 많았으나 오직 우리 태조의 위덕으로 나라를 구하였습니다. 그 연유를 살펴보면 태조의 군사는 군율이 엄정하고 기세가 맹렬하여 적이 감히 범접하지 못하였습니다. 그러나 다른 장수는 싸우면 달아날 구멍을 찾기 바빴고, 적의 살기에 겁을 먹어 감히 진공하지 못하였습니다. 옛 태조의 일과 오늘날 우리 국가의 어려움이 무엇이 다르겠습니까? 주상과 대소 안팎의 신료가 뜻이 하나 되어 국가를 부강하게 한다면 어찌 외세의 포악함을 두려워하겠습니까? 다만 탐관오리의 죄를 물어 벌하고, 법을 바로 하여 국가의 기강이 명정언순(名正言順)하다면 어찌 적이 우리를 가벼이 보겠습니까? 대체로 나라의 위난은 밖에 있지 않고 안에 있으니 성상은

굽어 살피소서.'

나의 글은 비분강개하였으나, 마음에서 우러난 충정은 아니었다. 서당에서 가르친 예상 답안이었다. 과거의 답안이란, 왕의 신하로서 충성을 나타내는 시문의 열거였다. 열세 살의 나는 스승의 가르침대로 적었으나, 합격하지 못하였다. 급제자의 시문도 나와 다를 바 없었지만, 그들은 방에 붙었다. 과거는 공정하지 않았다. 수만 명의 유생들이 각고의 노력으로 경전을 외우고 과장에서 시문을 적었으나, 한미한 자가 급제하기는 하늘의 별 따기였다. 세력가는 미리 시험관과 연통하고 합격을 미리 정하였다. 돈 있는 자는 대필하는 자들을 채용하여 공공연히 과장에서 글을 지어 바쳤다. 그 글들은 상고의 전고(典故)를 찾고 왕의 위엄을 찬양하는 글로 가득하였는데, 과거에서 원하는 문장들이었다. 그런 문장들에서 우열을 판별하기는 어려웠다. 그럼에도 합격자는 나오고 떨어지는 자는 무수했다. 헛된 희망이었다. 세도가가 낙점하지 않는 시험에 급제하기란 요원한 일이었다. 1894년 내 나이 열아홉에 과거가 폐지되었다. 신문물과 학문이 밀려오는 세상에서 유학의 힘으로 세상을 통치할 수 없음을 왕은 깨달았다. 철선이 떠다니고 전기가 불을 밝혔다. 경복궁 정원에 전깃불이 환할 때 왕은 자신의 미몽을 깨달았다. 쇠로 놓은 길을 기차가 달리는 외국 문물이 알려졌다. 양복과 구두, 안경과 시계와 같은 문명의 이기들이 조선에 들어왔다. 중국의 고루한 글들로는 이해할 수 없는 문물들이 새로운 사상과 함께 밀려왔다. 선교사와 신부들을 통하여 들어온 하느님의 말씀은 이 땅의 백성들에게 새로운 희망을 주는 말들이었다. 그들은 말하였다.

"주님 앞에 모든 이들은 평등하오."

이 말을 들은 백성들은 감격하였다. 천지의 이치로 왕과 백성을 나누었던 유학의 가르침에 억눌려 있던 백성들에게 희망을 주는 말들이었다. 백성의 절반이 노비였던 조선이 잘못된 나라임을 그들은 말하였다. 그에 따라 경주에서는 동학이 일어섰다. 수운 최제우는 천주교의 가르침으로부터 더 나아가 사람이 곧 하늘이라고 말하였다. '사람이 곧 하늘이다.' 이 말들은 열병처럼 조선을 휩쓸었다. 왕은 놀랐다. 그들을 역모로 몰기도 하고, 포교를 허락하며 달래기도 하였으나 이미 백성이 양반과 상놈의 차별을 의심하기 시작했다.

유가는 평등에 대한 답을 말할 수 없었다. 경전의 하나인 예기 「예운」 편에서 '대동사회'를 말하였으나 이는 백성으로서의 평등이었다. 유학이 '천지지도'의 분별에 사로잡혀 하늘의 도와 땅의 순치를 덕과 삼강으로서 가르쳤지만, 사람으로서의 평등은 없었다. 양반으로서의 평등, 상민으로서의 평등, 노비로서의 평등이 다르고, 왕이 인의와 덕치를 내세워서 달래려고 하지만, 평등은 오직 계급으로서의 평등일 뿐이었다.

'대동세상'으로 가고자 하는 수운의 평등은 억압받은 백성들 사이에 널리 퍼져 삼남의 들판은 그들의 기치로 물들었다. 왕은 수탈하지 않겠다고 하였으나 백성은 믿지 않았다. 왕은 노비에게 자유를 주겠노라 하였지만, 공허한 언변에 불과했다. 믿지 않는 백성에게 왕의 군사가 들이쳤다. 불의한 군사로 '대동세상'의 백성들을 이길 수는 없었다. 그들은 지고 달아나기를 거듭했다. 호남의 요충지인 전주성이 떨어지자, 왕은 급해졌다. 그는 조선의 왕임을 잊고 일본에 머리를 조아렸다. 임진란의 수치를 잊고 살려 달라 호소했다. 자주를 버리고 백성을 적의 총칼 앞에 내밀었다. 그는 하늘을 범하는 백성을 베어 달라 청하였으나, 일본은 조선을 베려 하였다. 조선의 '대동세상'을 베려 하였다. 조선의 대동은 그들에게서 무너지고, 무너진 조선의 대동을 버리면서 왕은 외세를 구걸했다. 외세는 조선의 광산과 항구를 움켜쥐고, 조선의 장터와 들판을 빼앗으려 하였다. 백성은 평등하지 않았다. 왕의 백성은 땅의 이익을 수탈하는 양반이지, 상민과 노비는 백성이 아니었다. 그들은 양반의 가축이었다. 가축이므로 유가가 부르짖는 인의와 덕의 대상이 아니었다. 그들에게는 삼강이 주어지지 않았다. 삼강을 빙자한, 마소를 부리는 채찍만 있었다. 상민과 노비는 여전하고 양반은 여전히 그들 위에 있었다.

흩어진 백성의 나라에 자주의 조선은 없었다. 일본을 믿지 못한 왕은 청에 붙고, 대신들은 흘레붙는 강아지처럼 쫓아다녔다. 주인 없는 나라였다. 대동세상의 백성이 죽은 자리에 청과 일본과 아라사가 패권을 다투었다. 청은 조선의 주인이라는 자부심이 있었다. 그들은 조선 역사가 중국 변방의 역사라고 주장하였다. 조선은 그들의 조공국이었다. 일본은 조선을 삼켜야 동북의 주인이 될 수 있었다. 일본 열도 하나로는 서양 열강에 대적할 수 없었다. 조선과 합병하고 만주벌로 나아가야 동방의 패주가 된다고 판단하였다. 그 중심에 메이지 유신의 주역들이 있었다. 아라사는 조선을 통하여 바다로 진출하려고 하였다. 부동항은 그들의 숙원이었다. 영국과 프랑스, 도이치와 같은 서구 열강들은 아라사가 바다를 통한 식민지 경영을 하지 못하게 막았다. 식민지 경영은 아라사의 오래된 열망이었다. 조선은 그들의 꿈을 실현할 최적의 땅이었다. 곰과 여우와 승냥이의 싸움판 주변을 서양 열강이 어슬렁거렸다. 왕의 시대는 끝나가고 있었다. 과거가 폐지되자 유생들은 주자 성리학으로는 벼슬길에 오를 수 없다는 사실을 알게 되었다. 그들에게는 두 가지 선택이 있었다. 하나는 세도가에 붙거나, 다른 하나는 영어를 배워 관료가 되는 길이었다. 세도가에 붙으려면 재산을 내어놓거나, 연줄이 있어야 했다. 더하여 타고난 아첨꾼의 자질이 없어서는 출세하기 어려웠다. 다른 하나의 선택은 신학문을 배워서 서양과 소통할 수 있는 지식인이 되는 길이었다. 그 길은 왕이 열어주었다. 그는 자신의 눈과 귀가 되어줄 인재들을 양성하고자 하였다. 그들을 통하여 신문명의 길을 틀어쥐고, 왕권을 지킬 방도를 모색하였다. 왕이 스스로 개혁하면 개화파의 압박을 억제할 명분과 실리를 취할 수 있었다. 그는 메이지 유신의 길을 원하지 않았다. 왕의 권세를 내려놓고 대신들에게 통치를 위임하려 하지 않았다. 그는 정도전과 김종서 같은 충신을 원하지 않았고, 충신을 치죄하는 세조가 되길 원했다. 시대가 변하였음은 왕도 잘 알고 있었다. 왕은 무지하지 않았다. 대원군과 처족의 세도를 겪으면서, 그도 권력의 방향이 바뀌는 바람의 후각을 느끼고 있었다. 오백 년 역사를 지탱해 온 주자의 성리학은 새로운 학문 앞에 효용이 다하였다. 하늘이 곧 왕이 아니었고 백성이 곧 땅이 아니었다. 신문명은 '천지지도'를 논하지 않고 인간의 권리를 말하였다. 도가 곧 권리는 아니었다. 왕의 권리는 백성의 권리와 다르지 않아야 했다. 왕은 거부했다.

그는 시대의 흐름을 자신의 편에 서게 하려고 하였다. 새로운 사대부를 양성하여 왕가의 방패가 되게 하려 하였다. 그 사대부들은 신지식인을 말함이었다. 김옥균과 서재필 같은 무리가 다시 갑신년의 난을 일으킨다면 왕은 단두대에 오를 수도 있었다. 혁명은 스스로 하지 않으면 외부에서 오기 마련이었다. 왕은 왕가의 칼과 방패가 되어 줄 신지식인을 육성하려 하였다. 왕은 미국의 선교사 아펜젤러와 손잡았다.

아펜젤러 역시 조선의 포교를 위해서는 왕의 협력이 필요했다. 신학문을 가르칠 학당이 세워지자 왕은 허락하고, '배재학당'이라는 교명(校名)과 학교 간판을 내려 주었다. 그곳에선 영어와 과학을 가르쳤다. 나는 청일전쟁이 일어난 1894년 배재학당에 입학하였다. 아버지는 관료가 되리라 믿었지만 나는 그 길을 걷고 싶지 않았다. 탐관과 혹리가 판치는 나라의 주구가 되고 싶지 않았다. 양녕대군이 왕후장상을 부정했듯이, 나는 불공정한 양반 세상을 거부했다. 내가 원하는 바는 백성의 나라였다. 차별받지 않고, 핍박받지 않는 새로운 조선의 '대동세상'을 위해 싸우고 싶었다. 관청의 위탁생과 민간 지망생이 같이 입학했다. 이들은 관리가 되고자 하는 꿈을 가지고 있었다. 그러나 아펜젤러는 이들이 조선의 선각자가 되어야 한다고 생각했다. 그는 학생들에게 미국의 독립과 노예 해방에 대해 말했다.

"자유와 독립은 저절로 주어지지 않았습니다. 미국은 대제국인 영국과의 투쟁을 통해 자유로운 나라 아메리카를 건국하였습니다. 이때 지도자 '벤저민 프랭클린'은 독립선언문에서 이렇게 말했습니다."

아펜젤러 교장은 영어로 연설했다. 영어를 모르던 대다수의 학생들은 어리둥절하여 파란 눈의 이국인 교장 선생을 바라보았다. 교장은 미소 지었다.

"여러분은 스스로 이 말을 이해해야 합니다. 여러분이 배재학당에서 배워야 할 학문은 과학과 외교학이 아닙니다. 과학과 사회학의 근원인 자유와 독립을 깨달아야 합니다. 그래야만 조선이 진정한 독립국가로 설 수 있습니다. 내가 조선말로 독립선언문을 들려주지 않는 이유는 그 사상이 근세 서양의 역사이며, 사상이기 때문입니다. 그 말들은 서양 시민 정신을 가리키고 있습니다. 현재 조선말로는 그 정신을 제대로 설명할 단어가 없습니다. 왜냐하면 자유와 독립이란 말 속에는 수많은 사람의 죽음과 좌절의 역사가 있으며, 인간의 고뇌가 있기 때문입니다. 배재학당에서의 수학 기간이 독립 정신을 깨닫는 시간이 되길 바랍니다."

나는 제대로 알아듣지 못하였지만, 아펜젤러 선생이 미국 독립선언문을 낭독하던 순간의 격정과 감동의 순간은 잊을 수가 없다.

미국 독립선언문의 서반부를 전재한다.

우리는 다음과 같은 사실을 자명한 진리로 받아들인다. 모든 사람은 평등하게 창조되었고, 창조주는 몇 개의 양도할 수 없는 권리를 부여했으며, 그 권리 중에는 생명과 자유와 행복의 추구가 있다. 이 권리를 확보하기 위하여 인류는 정부를 조직했으며, 이 정부의 정당한 권력은 인민의 동의로부터 유래하고 있다. 어떤 형태의 정부이든 이러한 목적을 파괴할 때는 언제든지 정부를 개혁하거나 폐지하여 인민의 안전과 행복을 가장 효과적으로 가져올 수 있는, 그러한 원칙에 기초를 두고 그러한 형태로 기구를 갖춘 새로운 정부를 조직하는 것은 인민의 권리이다. 인간의 심려는 오랜 역사를 가진 정부를 가볍고 일시적인 원인으로 변경해서는 안 된다는 것을 알려주고, 과거 경험으로 보아, 인간은 나쁜 폐단을 바로잡기보다는 고통을 참는 경향이 있다는 것을 가르쳐준다. 그러나 오랫동안에 걸친 학대와 착취가 변함없이 같은 목적을 추구하고 인민을 절대 전제 정치 밑에 예속시키려는 계획을 분명히 했을 때, 이와 같은 정부를 타도하고 미래의 안전을 위해서 새로운 보호자를 마련하는 것은 그들의 권리이며 또한 의무이다. 이와 같은 것이 지금까지 식민지가 견디어 온 고통이었고, 이제야 종래의 정부를 변혁해야 할 필요성이 바로 여기에 있다. 대영제국의 현재 국왕의 역사는 악행과 착취를 되풀이한 역사이며, 그 목적은 직접 이 땅에 절대 전제 정치를 세우려는 데 있다. 지금 이러한 사실을 밝히기 위하여 다음의 사실을 공정하게 사리를 판단하는 세계에 표명하는 바이다.

프랭클린의 독립선언문은 천부 인권과 외부 탄압으로부터의 저항권을 선언하였다. 나는 외부로부터의 간섭을 물리치려면 스스로 투쟁하지 않으면 안 된다고 생각하였다. 같은 의견을 가진 학우들이 있었다. 남영욱, 오정민 같은 친구들이었다.

남영욱은 역관의 아들이었다. 청국의 사정을 잘 알았다. 아버지가 청국 대사관의 통역관이었다. 그와 학당의 친구 몇이 어울린 자리였다.

"지금 우리나라는 백척간두의 위기에 있다고 생각합니다."

남영욱이 대뜸 심각한 이야길 꺼냈다. 우리는 침묵했다. 그의 말머리가 과격했지만, 청의 사정에 밝은 아버지에게서 무슨 이야기를 들었나 싶어 귀를 기울였다.

"우리나라는 지정학적으로 일본과 청국, 아라사가 가장 위협적입니다. 그런데 청국은 아편전쟁 이후로 나라가 힘을 잃고 있습니다. 청의 서태후는 부패와 사치로 나라를 망치고 있고 원세개와 같은 군벌들은 호시탐탐 청의 권력을 잡을 기회를 노리고 있습니다. 청일전쟁에서 이홍장의 북양함대가 졌다는 소식은 들으셨겠지요?"

오원삼이 청의 패전을 설명했다. 그는 청의 비단을 수입하여 판매하는 항주 비단 상회의 후계자였다.

"북양함대는 그보다 함선 수가 적은 일본 함대에 궤멸되었습니다. 듣고 보면 참 어이가 없습니다. 거대 전함이 소형 순찰함에 일방적으로 타격당했어요. 그 이유를 아십니까? 북양함대에는 전투용 폭약 대신 연습용 폭탄이 실려 있었다고 합니다. 그것도 모르고 병사들은 포격했으나 일본 배에는 아무런 피해를 줄 수 없었습니다. 연습용 폭약이 실린 이유는 더 가관입니다. 납품업자와 짜고 군사 예산을 빼돌렸다고 합니다. 이 정도로 부패한 나라인 청이 일본에 이길 수가 없는 싸움이었습니다."

남영욱이 그 이야기는 처음 들었는지 호기심을 보였다. 관료 사회에서의 정보 유출이란 제한될 수밖에 없었다. 구체적이고 사실적인 내용까지 대외적으로 알릴 필요는 없다. 그러나 장사꾼의 정보는 다르다. 그들에게는 전쟁의 결과보다 과정이 더 중요하다. 전쟁은 물자의 유통에 영향을 주기 때문이다. 오원삼은 남영욱에게 호감을 보이며 자신의 견해를 피력했다.

"청이 물러가면 일본은 본격적으로 야욕을 드러낼 것입니다."

일본은 제국주의로 성장하고 있었다. 서양 열강이 하듯이 그들도 조선을 발판 삼아 대륙 진출을 감행하리라 예상은 되었다. 하지만 현실적으로 일본에 저항할 국력이 조선에는 없었다.

'가까운 시일 내에 우리는 국권을 빼앗길 것이다.'

모두 예상하고 있었지만 침묵했다. 청이 갔으니 일본이 옴은 당연했다.

1965년, 하와이에 소재한 마우날라니 요양병원의 창가이다. 나는 노환으로 입원 중이다. 창문으로 들어오는 햇빛이 서울의 봄날처럼 느껴진다. 조국을 떠나온 지 벌써 2년이다. 돌아갈 날은 언제일까? 글쎄, 귀국할 수 있을까? 대한민국 정부는 귀국을 허락하지 않고 있다. 나는 1962년 4·19 학생 혁명으로 조국을 떠나 하와이로 왔다. 젊은 시절 독립운동을 하던 땅이다. 새삼 억울하다고 말하지는 않겠다. 그들은 나를 독재자라고 말한다. 독재자라고 단죄한다면, 보라! 이 80 노구의 이승만이 말년에 부귀영화를 누렸다는 말인가? 아니면 자식이 있어서 왕조를 건설하였다는 말인가?

아니다. 아니다! 나는 재산을 가지려 한 사람이 아니다. 나는 인간이 행해야 할 도리를 조선 성리학에서 배웠고 프랭클린과 루소의 정신을 실천하려 하였을 뿐이다. 그 뜻은 무엇을 말함이냐? 대의다. 조국이 국제사회의 일원으로 당당히 나아갈 민주주의의 실현이 나의 대의이며, 독립을 위해 몸을 부수고 뼈를 부숨이 나의 충성이다. 나의 바람은 국민이 주인인 나라이며, 사농공상이 평등한 세상이며, 모든 백성이 자유로운 나라이다. 그런 나라를 만들기 위해 나는 조선의 전제군주와 싸우고, 제국주의 일본과 싸우고. 이 나라 백성 삼백만을 살육한 공산주의자 김일성과 싸웠다. 피를 토하는 심정으로 묻겠다. 도대체 나의 어디가 사리사욕을 위한 독재였던가?

아! 그렇다. 나의 독재는 12년을 집권한 미망이다. 삼선개헌을 해서는 안 되었다. 나는 착각했다. 아직 우리 백성에게 알려주어야 할 민주주의가 더 많이 있다고 믿었다. 그건 오만이었다. 대한민국이 건국되고 자유 민주주의의 씨를 이 나라에 뿌린 것으로 만족해야 했다. 그러나 나는 민주주의의 꽃을 보고 싶었다. 사민평등과, 자유롭고 풍요한 이 나라를 내 손으로 만들고 싶었다. 그건 욕망이었다. 그것으로 나의 인생은 부정되었다.

학생들은 나를 독재자로 몰았고, 민주주의의 적으로 규정했다. 그러나 이 한반도에 민주와 자유를 처음 부르짖은 사람이 누구였던가? 왕의 나라를 부정하고 공화정의 나라를 부르짖다 감옥에 간 청년이 누구였던가? 일생을 바쳐, 독립을 위해 만 리 이국의 땅을 헤매던 사람이 누구였던가? 인민을 볼모로 하여 자손 대대의 김일성 왕조를 세운 자와 싸운 늙은이는 누구였던가? 학생들이여! 구한말 헐벗은 만민공동회를 이끌고 몽둥이찜질을 당한 나를 기억해다오. 일제 치하의 나라를 독립시키기 위해 타국의 백성들에게 호소하였던 가난한 청년을 잊지 말아다오. 아라사의 무력에 붙어 탱크로 동족을 학살한 자를 처단하려 한 나를 욕하지 말아다오. 나는 조선의 폭정에 저항하였고, 자유의 투사이고자 했다.

민주주의는 무엇으로 자라느냐? 그것은 인민의 독립으로 자란다. 인민의 독립이란 무엇이냐? 그것은 자신이 나라의 주인임을 자각하는 것이다. 나라의 주인이란 무엇이냐? 나의 권리와 의무를 정확히 아는 주체적 인간이다. 그들을 자유 시민이라 한다. 자유 시민이 민주주의 국가를 만들기 위해 수백 년 피의 역사가 있었다. 대한민국은 아직 자유시민을 길러내지 못했다. 조선왕조 오백 년의 왕권 지배와 일본의 식민 지배, 김일성의 동족 학살 전쟁으로 인해 기회를 가지지 못했다. 시간이 필요했다. 나는 자유 시민이 성숙할 터전을 만들고 물러나려 하였다. 그래서 농지개혁을 하여 농민에게는 농지를 주고, 지주는 산업자본이 될 기회를 주었다. 경제개발 3개년 계획을 세운 이유도 그것이다. 그 의도가 잘못이라면 나는 기꺼이 역사 앞에 나서서 죄를 청하리!

어떤 자는 말한다. 나의 삼선 제한 철폐가 조선 왕가의 후손이라는 왕조주의의 교만함이라고. 그러나 나는 묻겠다. 조선의 이단아 양녕대군의 오백 년 뒤 후손이 무슨 왕족이냐고? 나는 조선의 몰락한 양반가 후손이며, 벼슬길에 오르지 못한 불우한 서생이었다.

나는 절규한다, 나는 조국을 배반하지 않았다. 천 번이고 만 번이고 대한의 백성들을 배반하지 않았다고 나는 하나님에게 고백하고 또 고백하겠다. 믿어 달라고 강요하지 않겠다! 나는 조선에서 태어나 구한말을 살았으며, 식민 시대에 투쟁하였고, 공산주의를 빙자한 김일성의 왕조 패권주의와 싸운, 대한민국의 백성 이승만이다.

그러나 이 모든 나의 행동이 사랑하는 대한의 백성들에게 용서받지 못한다면 나는 기꺼이 그 벌을 받으리라. 그리고 원망하지 않으리라. 백번 고쳐 죽어도 사랑하고 또 사랑하는 조국 대한민국이여!

병실 밖 정원에 노랑나비 떼가 날고 있다. 햇빛에 가려 분명하지는 않지만, 나비가 꽃밭에 가득하다. 어린 시절 들판에서 온종일 쫓아다니던 나비 떼다.

"저길 봐! 나비가 날고 있어."

나는 창문가 의자에 앉아 졸고 있는 프란체스카를 깨웠다.

"어디요?"

프란체스카는 손으로 눈을 비비며 창밖을 보았다.

"해가 좋군요."

그녀는 무심코 말하다 눈빛이 흐려졌다.

"파파!"

그녀의 목소리가 젖었다. '왜 그러지?' 나는 의아했다.

"저 나비가 보이지 않아?"

그녀의 눈에는 보이지 않는가보다. 따가운 햇볕이 병원 정원에 아지랑이처럼 날리고 있었다. 프란체스카는 억지로 웃어 보였다. 표정이 복잡했다. 힘없이 말했다.

"그래요. 파파! 나비들이…."

나는 만족스러웠다. 나비들이 창문가로 날아왔다. 침침한 눈이 환해졌다.

"내가 그런 이야기를 했던가? 어릴 적 우리 집 근처 들판에 노랑나비 떼가 가득하였다고."

프란체스카는 내색하지 않고 들었다.

"내 집은 도동에 있었어. 마을 뒤편 야산에 풀밭이 있었지. 지금처럼 날이 맑은 봄날이면 노랑나비가 가득히 날았어. 나는 그게 어디서 오는지 몰랐어. 동네 노인이 그러더군."

가래가 목구멍에 질척거린다. 프란체스카가 타구를 입에다 갖다 대었다. 허파가 낡은 증기기관처럼 헐떡인다.

'오래전이었어, 암! 기억조차 희미하군.'

나는 가래를 뱉고 계속 말했다. 프란체스카는 말리려고 하지 않았다. 그녀는 기다렸다. 나비가 내 마지막을 의미하는지 확실하지 않지만, 아마 그녀는 죽음을 넘어선 곳에서도 나를 기다리려 할 것이다. 나비가 창가로 날아와 부서지고 있었다. 눈부시게 반짝이는 가루가 되어 하나하나 바람에 쓸려갔다. 나는 신이 나서 떠들었다.

"그 노인이 뭐라고 말했는지 알아! 프란체스카, 저길 봐. 보이지! 나비가 가루처럼 흩어지는 모습이…. 노인이 말했어. 나비는 풀의 혼인데 죽으면 바람이 되어 날아간다고. 그래, 바람이 된다고 했어."

프란체스카가 급하게 간호사를 부르는 목소리가 들렸다. 갑자기 소란스러워졌다. 닥터 브라운이 무어라고 지시하는 소리가 들리며 전자음이 들려왔다. 삐삐삐 하는 소리가 급박하게 울렸다.

먼 여행이라도 다녀온 듯 피곤하다. 머릿속에 흐릿한 안개가 깔려 있다. 나는 미로 속에서 불쑥불쑥 나타나는 기괴한 바위들을 피해 가며 앞을 더듬어 걸어 나갔다.

'여기가 어디인가?'

나는 어리둥절해졌다. 조금 전에 햇빛이 비쳤는데. 맞아. 나비를 보았었지. 노랑나비 떼가 춤을 추고 있었는데…. 어디로 갔을까? 물소리가 들려왔다. 시냇물 흘러가는 소리였다. 그 소리를 따라 길을 찾아갔다. 한참을 걸어도 눈앞에는 안개만 자욱했다. 그러다 프란체스카의 울음소리가 들려왔다. 처음엔 가늘게 들리다 점점 커졌다. 그녀를 부르려고 하여도 목소리가 나오지 않았다. 나는 힘껏 목청을 울렸다. 식은땀이 났다.

'프란체스카! 나 여기 있어.'

체온이 느껴졌다. 가쁜 숨소리가 들렸다.

"파파!"

프란체스카였다.

'프란체스카! 어디 있어.'

눈앞에 프란체스카의 커다랗게 떠진 푸른 눈동자가 보였다. 나는 힘겹게 말했다.

"여기가 어디야?"

프란체스카는 눈에 눈물이 그렁 맺히며 미소를 지었다.

"파파! 여긴 병원이잖아. 곧 주치의가 올 거야."

주치의는 하와이에 와서 인연을 맺은 브라운 박사였다. 미국 본토에서 교수 생활을 한, 실력 있는 내과 의사였다. 얼마 안 있어 그가 나타나 진료하더니 말했다.

"위급함은 넘겼습니다. 곧 안정을 찾을 겁니다."

간호사가 주사를 놓고 링거를 교체한 다음 나갔다. 그때 방문이 열리며 보라색 체크무늬의 재킷을 입은 중키의 신사가 정중히 인사하며 들어섰다. 간호사가 그를 막았다.

"여기는 중환자실입니다. 함부로 들어오시면 안 됩니다."

"저는! 한국 영사관에서 나온 사람입니다. 출입을 허락받았습니다."

그는 선량한 미소를 지으며 품속에서 신분증을 꺼내 흔들어 보였다. 얼굴이 각지고 콧날이 선명한 사람이었다. 그가 나를 보고 허리를 굽혔다.

"각하! 저는 호놀룰루 영사관에 근무하는 서기관 김현곤입니다. 본국의 명령으로 각하의 건강을 살피러 왔습니다. 필요한 부분이 있다면 도움을 드리라는 본국의 지시입니다."

박정희가 나의 귀국을 추진한다고 언급하였는데, 그 뒤 계속 미루고만 있었다. 혹시 좋은 소식이라도 가지고 왔는지 궁금했다. 그러나 김현곤은 "아직…"이라고 말끝을 흐리며 난처한 표정을 지었다.

"그럼, 뭐 하러 왔어!"

나는 짜증을 내었다. 죽더라도 고향 땅을 밟고 싶다. 내 남은 소원이 있다면 조국에 묻히고 싶다.

"곧 좋은 소식이 올 것입니다. 조금만 기다려 주십시오. 대한민국은 각하를 잊지 않고 있습니다."

김현곤은 내 기분을 풀어 주려고 하였다.

"저는 각하의 임명장을 받고 외교부에 입문하였습니다. 필요한 부분이 있다면 무엇이든 돕겠습니다."

나는 기운이 없어서 일어나려고 침대 난간을 짚었다. 프란체스카가 서기관을 보며 오늘은 돌아가 달라고 말하였다.

"건강이 좋지 않아요. 다른 날 와 주시면 좋겠습니다."

나는 프란체스카를 말리며 김현곤을 가까이 불렀다.

"고국 소식을 알고 싶네. 내일 다시 와 주겠나?"

나는 미소 지으려 하였으나 기침이 나와 찡그려졌다. 서기관이 호의적인 미소를 지었다.

"물론입니다. 각하."

며칠 뒤 병세가 호전되어 휠체어에 앉아 있던 날, 영사관으로부터 전화가 왔다.

"각하, 호놀룰루 영사관의 김현곤입니다. 건강은 좀 어떠신지요?"

나는 와도 좋다고 하였다. 주치의도 오랜 시간은 어렵겠지만 30분 정도의 시간이라면 괜찮다고 허락하였다. 그러자 두 시간 정도 지나서 그가 과일바구니를 들고 병실로 들어섰다. 나는 고국의 소식을 물었다.

"본국 정부에서는 각하의 귀국을 추진하려고 애쓰고 있습니다. 하지만 여론이 아직 좋지 않아서, 정부에서도 설득하는 중입니다. 그리고 경제개발을 위한 자금을 마련하기 위하여 한일 기본조약을 추진 중입니다."

"일본과의 협약 말인가? 우리 국민이 그들을 용서할 준비가 되어 있는가?"

"그래서 말입니다. 야당의 반대가 극심합니다. 하지만 본국에서는 제2차 경제개발 계획을 세우고 있습니다. 2차 경제개발 계획에는 중화학 공업 육성책이 포함되어 그 재원이 필요합니다."

어쩔 수 없다는 말이었다. 이해할 수 있었다. 언젠가는 일본과 손을 잡고 우리나라가 부강해질 길을 찾아야 했다. 미국의 도움만으로는 부족했다. 일본은 서양 문명을 우리보다 백 년 먼저 받아들였고, 기술력도 우리와는 비교가 되지 않았다. 미국은 물자 원조를 해주지만, 나라를 발전시킬 수 있는 산업자본은 제공하지 않았다. 그들에게 한국은 중요한 나라가 아니었다. 정치적으로 공산주의를 저지할 수 있는 방위선 중의 하나일 뿐이었다. 대한민국이 발전하기 위해서는 기술과 자금이 있어야 하는데, 그 둘을 가진 나라는 현실적으로 일본밖에 없었다. 더구나 한국에는 아직 일본말에 익숙한 사람과, 한국에 거주하였던 일본인과 돈독한 관계를 맺은 사람들이 많아서 소통하기도 쉬웠다. 지금이 기회일 수 있었다. 나는 박정희 국가 재건 최고회의 의장 —지금은 대통령이지만— 그의 통찰력이, 저개발 국가인 대한민국에 필요하다는 것을 이해하고 있었다. 하지만 일본 식민 지배에 저항했던 지난 백 년간이 주마등처럼 스쳐 갔다. 복잡한 심경이었다. 나는 눈을 껌벅거리며 서기관의 얼굴을 쳐다보았다.

"필요하다면 해야겠지. 야당이 극력 반대하겠지만, 그들도 내심으로는 알고 있어. 지금은 대한민국이 산업화를 추진할 시기임을, 윤보선이

나 장면이 모를 리 없지."

김현곤이 안도의 숨을 쉬었다.

"각하의 지지에 감사드립니다. 정부의 개발 계획은 각하께서 입안하신 경제개발 3개년 계획을 참조하여 작성되었습니다. 특히 농지개혁을 하지 않으셨더라면 산업화의 계획을 세우기 어려웠을 것입니다."

농지개혁은 농업자본을 산업자본으로 전환하고 신분의 차별을 철폐하기 위한, 근대국가가 되기 위해 필요한 조치였다. 나는 야당의 방해 공작을 물리치고 6·25 전쟁이 일어나기 일 년 전인 1949년 4월 28일 법으로 통과시켰다. 주요 골자는 소작농을 자경농으로 전환하는 계급혁신이었으며, 전제 왕조와 일제의 농민 수탈을 종식시키는 역사적 결단이었다. 이 사건으로 소출의 오 할 이상을 소작료로 내던 농민이 중산층으로 도약할 수 있는 틀을 놓았다. 북한의 김일성도 농지개혁을 하였으나, 공산주의는 사유재산을 인정하지 않았으므로 농민의 호응을 받을 수 없었다.

"기억해 준다니 고맙군."

"각하의 애국심을 잘 알고 있습니다. 저의 부친이 김규식 박사님을 모셨습니다."

"아! 그랬던가? 김규식, 그 사람. 나와는 젊은 시절부터 알던 사이였어."

김규식이라면 독립신문에 관여하여 나와는 친분이 있었다. 그 후 상해 임시정부의 외무총장으로 인연을 맺었고 구미위원회 위원장으로 외교활동을 하였다. 해방 후에는 남한 단독정부 수립을 두고 그와 의견이 맞지 않았다. 그러나 김규식은 내가 존경하는 민족 지도자였다. 그와 가까운 집안의 사람이라니 믿음이 갔다.

바람의 아들 이승만

"김 박사와 나는 서재필 박사를 통해서 만났었네. 첫 만남부터 우리는 의견이 잘 맞았지. 임시정부 일도 같이했고…"

그의 모습이 생각났다. 추진력이 있고 원칙에 철저한 사람이었다. 의롭지 않은 일에는 절대 나서지 않았다. 그런 기억을 떠올리는데 김현곤이 문득 말했다.

"저는 각하를 존경하고 있습니다만, 미주 독립투쟁사에 관심을 가지다 보니, 각하가 독립운동에 투신한 계기를 알고 싶어졌습니다. 어떤 사건으로 인하여 독립운동에 평생을 바치게 되셨는지요?"

"허허! 그래…"

나는 민족 투쟁의 역사에 관심을 보이는 그가 기특해졌다. 대한 독립이라는, 기대할 수 없는 막막함을 견디게 해준 시작점은 어디였을까? 나는 만민공동회였다고 생각한다. 내가 추억에 잠겨서 침묵하자 김현곤이 무안해했다.

"죄송합니다, 무례한 질문이었다면 용서해 주십시오. 개인적으로 그 시대의 역사에 흥미를 가지고 있습니다. 기회가 된다면 구한말의 실정을 알고 싶습니다."

"그건 이미 다 기록으로 있을 텐데."

"제가 알고 싶은 사실은 역사적 사실이 성립하게 되는 과정의 개인적 혼란과 투쟁의 배경입니다, 각하."

"흠. 그 시대를 살았던 사람의 고뇌를 알고 싶다는 것이군."

나는 그의 말에 선뜻 대답하지 못하다가, 무심코 나비 이야기를 꺼냈다.

"내 어릴 때 별명이 무언지 아나?"

김현곤이 머뭇거리며, 손가락으로 어색하게 머리를 긁었다. 나는 짓

물러진 눈자위를 손등으로 문지르며 추억에 잠겼다.

"나비 소년이었다네. 우리 동네 들판에는 야생화가 많이 피었어. 그곳에 봄이 되면 나비들이 한가득 날아다녔지. 나는 그들이 신기했어. 노랗고 붉은, 온갖 색깔의 나비들이 미풍을 따라 훨훨 날아다녔지. 우리 동네 갖바치 영감이 내게 그러더군. 나비는 바람의 혼이라고. 하하, 멋지지 않은가? 바람의 혼."

김현곤도 수긍했다.

"무언가 뜻을 품고 있는 말이군요. 바람의 혼이라."

"그런데 말이야. 김 군! 요즘 그 말을 생각하니, 나비는 바람이 아니라 자유였다고 생각해. 자유란 강하지 않아. 아주 여리지. 센 바람이 불면 촛불처럼 꺼지는…. 자유는 그런 거였어. 아주 부드럽고 약하지만, 그러나 아름다운 나비 같은 바람이지. 나는 구한말에 그런 바람을 만났다네. 그리고 그 바람이 나의 일생을 지켜 온 나비였다네."

"그게 무엇입니까? 각하."

"만민공동회. 그 사건이 자유의 나비, 그 시작이었어."

"만민공동회에 대해서는 책을 통해 읽었습니다만 너무 간략하게 소개되었습니다. 그러나 조선 민중의 첫 근대화 운동일 것입니다. 그 민중 대회로 인해 자유와 평등이 무엇인지 알려지고, 조선이 깨어나기 시작했습니다."

김현곤은 구한말의 역사에 상당한 관심이 있었다. 그는 구한말에 어떤 일이 있었는지, 조선 식민의 역사가 진행된 치욕의 과정을 알고 싶어 했다. 그는 내가 앉은 휠체어를 밀어 창가로 갔다. 프란체스카는 시장에 일용품을 사러 나가고 없었다.

"각하께서 지나오신 길은, 대한민국이 앞으로 나아갈 방향에 도움이 되어 줄 역사입니다. 박정희 대통령께서는, 각하가 역사적 순간에 내렸던 결정과 그 당시에 일어났던 일들을 기록으로 남기고 싶어 하십니다. 저에게 말씀해 주시면 미래 대한민국에 큰 도움이 될 것입니다."

나는 회한에 잠겨 쓸쓸히 말하였다.

"이보게! 우리 백성들이 나를 싫다고 하였네."

김현곤 서기관이 위로하였다.

"각하께서 겪으신 그 모든 일이 우리의 역사입니다. 정직하게 그것을 응시하고, 우리 젊은이들을 바른길로 이끌어야 할 사명이 있습니다."

"그런가? 나 역시 구한말에 그와 같은 생각을 하였지."

"각하! 그 당시 만민공동회에 어떤 일이 있었는지 말씀해 주십시오. 후손들에게 정확한 진실을 알려야 합니다."

"그렇다면 먼저, 구한말의 우리가 무지하지 않았으며, 영국이나 프랑스와 같은 근대국가를 만들기 위해 노력하였다는 사실을 기억해 주게."

제2장
배재학당

◆◆

　민주주의와 자유의 기억을 더듬어 올라가면 나는 아펜젤러 선생을 떠올리지 않을 수 없다. 그는 목회자이기 이전에, 낙후된 조선의 미래를 걱정한 박애주의자였다.

　'우리는 통역관(通譯官)을 양성하거나 학교의 일꾼을 양성하려는 것이 아니요, 자유의 교육을 받은 사람을 내보내려 한다.'

　그는 미국이 진출하려 하는 식민 침탈의 앞잡이로 오지 않았고, 전제군주인 조선 왕의 이익을 위해 행동하지도 않았다. 왕의 허락으로 배재학당을 설립했으나, 그는 왕이 원하는 충신을 교육하지 않았다. 관리를 양성하려 함이 아니라, 근대 시민을 기르려 하였다. 그리하여 아프리카 가난한 나라의 부족보다 못한 삶을 사는 이 땅의 백성들을 구원하려 하였다. 그는 지배하는 사도가 아니고 베풀어 주는 자선가도 아니었다. 인간답게 사는 것이 무엇인지? 이 땅의 가난과 계급의 폭력에 호소하려 하였다. 나는 그에게서 자연권과 사회계약론을 배웠다. 자연권은 천지가 정해준 법칙이 아니라 인간에게 주어진 천부의 권리였다. 그 권리는 양도할 수 없고 침해될 수도 없었다. 그것은 지배당하지 않는 자유였고, 지배하지 않는 평등이었다. 그 자유들은 서로 자유를 주고받으며 민주주의를 만들었다.

　나는 영국과 프랑스 혁명에 주목했다. 그들도 대혁명 이전에는 폭정과 억압의 역사를 지나왔다. 그러나 산업혁명의 시대가 오면서 시민계급이 등장했다. 바다를 통한 교역의 시대가 열리고 그들은 자신의 백성을 지배하는 대신 식민지의 백성을 지배했다. 인도가 영국에, 동남아가 네덜란드와 스페인의 지배하에 들어갔다. 그들은 조선에는 관심이 없었다. 조선은 가난하고 먼 극동의 나라였다. 그들에게는 동남아와 중국이라는, 가깝고 더 큰 시장이 있었다. 일본은 아시아에서 유일하게 스스로의 힘으로 열강과 맞섰다. 그들에게는 서양의 부르주아 대신 하급 무사라는 중인 계급이 있었다. 그들이 일본을 바꾸었다. 그들은 막부라는 왕의 지배를 무너뜨리고 중인이 지지하는 천황을 만들었다. 천황은 그들이 말하는 사무라이의 천황이 아니었다. 그는 중인의 천황이었다. 중인이란 무엇인가?

그들은 노비가 아니고 양반도 아니었다. 그들이야말로 평민이었다. 지식과 자유를 갈구하는 평민이었다. 서양으로 치면 시민계급이었다.

프랑스 혁명은 시민의 혁명이었다. 프랑스도 그랬고 일본도 그랬다. 지식과 자유를 갈구하는 시민의 저항이 곧 혁명이고 신문명이었다. 그렇다면 조선의 시민은 어디 있는가? 양반과 평민 사이의 계급인 중인이 곧 시민인가? 그럴 리 없다. 그들은 힘없는 실무자이지, 백성의 시민이 아니었다. 그렇다면 조선의 시민은 어디 있는가? 평민인가? 그럴 리 없다. 배우지 못하고 재산도 없는 농민이 시민일 리가 없다. 그렇다면 그들은 어디 있는가? 없다! 왕은 의도적으로 시민을 만들지 않았다. 스스로 시민이 되려고 하여도 조선은 유교의 국가였다. 유럽처럼 누구 하나 거들어 주고 깨우쳐 줄 이웃 하나 없는 섬이었다. 아니다. 차라리 일본처럼 섬나라였다면 중국의 횡포에 짓눌려 사대하는 일은 없었을 것이다. 그들의 중화주의에 갇혀서 대국의 덫에 짓눌리지는 않았으리라. 인간은 이념의 덫에 갇혀서는 아니 된다. 다만 인도주의의 큰 세상을 살아가야 한다. 자유와 평등, 이 두 가지야말로 사람이 살아야 할 큰 도이다. 나는 루소와 볼테르와 프랑스 혁명사, 미국의 독립선언문을 읽으면서 손을 떨었다. 흐느꼈다. 나는 도대체 무엇을 보았는가? 주자의 이(理)와 기(氣)가 천지의 이치인가? 그 이치가 인간의 계급을 세우는 일이라면 나는 단연코 거부하리라.

조선에 시민이 없다면 나는 시민을 세우는 일에 정진하리라. 그들과 더불어 자유와 민주의 조선을 만들리라. 1895년 청이 일본에 항복했다. 말이 협상이지 실제는 무조건 항복이었다. 부패한 나라의 말로였다. 북양대신 리훙장이 항복 문서에 서명하고 그는 권력의 중심에서 멀어졌다. 청은 일 년 예산의 몇 배를 배상금으로 하고 조선을 독립국으로 인정했다. 조선은 명, 청의 영향력에서 오백 년을 지낸 시대의 국가였다. 자주국 고려를 베고 일어난 조선은 삼한의 정통성이 없었다. 삼한의 천하는 만주와 반도의 천하였다. 여진과 말갈을 속하고 송화강과 흑룡강을 팔다리 삼아 부여의 닭과 돼지를 길러 황하를 굽어보는 기상과 패기가 없는 삼한은 죽은 지 오래였다. 다만 왕과 양반이 만든 주자의 국가였고 백성의 국가는 아니었다. 나는 삼한을 일깨우고 싶었다. 삼한의 백성을 깨워 웅건한 자주국을 세우고 싶었다. 그러나 왕과 그 일족은 아니었다. 그들은 삼한의 주인이 되려고 할 뿐 삼한의 백성을 주인으로 섬기려 하지 않았다. 나는 조선을 백성에게 돌려주고 싶었으나 아직 그 길을 몰랐다. 마음에 열정은 있으나, 그 방법을 몰랐다.

1789년 프랑스 혁명이 있었다. 인권 선언은 하루아침에 이루어지지 않았다. 그 이전에 계몽주의자들이 있었다. 루소와 존 로크. 그들은 농노와 서민들에게 '왕은 신에게서 통치권을 위임받지 않았다'라고 주장하였다. 인민은 자신의 생명과 재산을 지키기 위해 자유의 일부를 양도하고 그의 지배를 받아들이는 사회계약을 하였다. 그 계약의 주권자는 인민이다.

그 깨달음이 혁명을 이끌고 미국 독립선언문의 기초가 되었다. 인간의 권리와 의무에 대한 인간 존중의 사상은 시대적 흐름이고 막을 수 없는 저항이었다. 그 역사적 요청은 섬나라 일본의 지사들을 각성시켰고 메이지 유신을 일으켰다. 근대 문명의 시작이었다. 우리에게도 개혁의 열렬한 소망이 있었다. 프랑스에서 대혁명이 일어난 지 100년이 지난 다음이었고 일본의 메이지 유신이 성공한 지 17년이 지난 1884년 12월의 일이었다. 갑신정변(甲申政變)은 김옥균을 중심으로 한 급진 개화파가 서구식 근대화를 목표로 일으킨 정변이다. 일본 공사 다케조에 신이치로와 일본군의 지원을 받아 우정총국 개국 축하연에서 난을 일으켰다. 고종을 속이고 새 내각을 구성해 정강 14조 등 개혁을 추진하려 했으나 청군이 창덕궁에 주둔한 일본군을 공격하고 민중들이 일본 공사관을 공격하자 퇴각하는 일본군을 따라 일본으로 망명하여 삼일천하로 끝났다.

아직 조선의 민중들은 혁명을 받아들일 준비가 되어있지 않았다. 그들은 왕을 통치자로 인정했다. 그 왕을 지배자로 정당화시킨 가르침은 조선 성리학이었다. 백성 주권의 계몽주의는 이 땅에 제대로 알려지지 않았다. 조선은 아직 사농공상의 차별이 있었고, 그 차별은 하늘의 도로 강요되었다. 처음부터 실패는 불을 보듯 명확했다. 정변이 실패하자 김옥균은 달아났고 동지들은 죽었다. 그들 중의 한 사람인 서재필은 겨우 목숨을 건져 미국으로 갔다. 그 땅에서 자유와 인권의 사상을 깊이 체득했다. 그 사이, 조선에 남은 그의 가족은 연좌제에 묶여 죽거나 유배되었다. 왕조의 나라 조선이 저지른 포악이었다. 조선의 백성 서재필이 스물네 살에 겪은 참혹한 학살이었다. 그런 비참함을 겪은 그가 귀국했다. 일본과 아라사의 압박 사이에서 활로를 찾으려던 왕의 요청이었다. 대국 미국이 그들 사이에서 조선의 독립을 지지해 주기를 기대했다. 미국은 태평양 지역의 이익을 위해 왕의 요청을 받아들였다. 그들로서는 일본의 남아시아 진출을 막고 아라사의 태평양 항로를 봉쇄할 기회였다. 미국 정부는 서재필의 귀국을 허락했다. 조선은 그가 떠날 때와 크게 다르지 않았다. 왕은 여전히 권좌를 잃을까 두려워 전전긍긍하고, 대신들은 세력이 오가는 추를 따라 눈치를 굴렸다. 갑신정변의 주역들처럼 확신을 가진 정치인이 없었다. 그들은 다만 청과 일본과 아라사를 왔다 갔다 하는 기회주의자들이었다.

갑신정변이 끝난 지 십여 년이 지나 조선에는 다시 개화의 파도가 밀려왔다. 갑오경장이다. 그러나 일본 침략 정책의 필요에 의해 시작된 비자발적 국가 제도의 혁신은 성공할 수 없었다. 1894년 봄 호남에서 동학농민운동이 일어났다. 농민들은 폐정개혁(弊政改革)을 조건으로 내세워 전라도를 휩쓸고 전주성(全州城)을 점거하였다. 왕비는 청을 불러들였다. 일본군은 청을 견제하기 위해 조선에 들어와 민비를 제압하고 신정권을 수립했다. 조정에는 김홍집, 박정양, 김윤식, 유길준 등의 개혁파가 들어와 내정 혁파를 시도하였다. 왕의 절대권을 약화시키고 근대적 관료제도로 개편하였다. 조선 사회의 폐단으로 지목되어 왔던 제도에 대대적인 개혁을 단행하였다. 문벌과 반상제도(班常制度)의 혁파, 공사노비법(公私奴婢法)의 혁파, 역인(驛人)·창우(倡優)·피공(皮工) 등 천인의 면천, 죄인연좌법(罪人緣坐法)의 폐지, 조혼 금지 및 과부 재가 허용 등 근대국가로서의 면모를 일신하였다. 그러나 조선은 아직 왕의 나라였다. 일본의 무력에 의지한 갑오개혁은 조선의 지배층인 양반계급의 격심한 저항과, 아직 성리학의 질서에 길들여져 있던 백성들의 지지를 얻지 못해 다시 왕의 나라로 되돌아갔다.

그러나 혁명의 불씨는 꺼지지 않았고, 백성의 나라를 기다리는 혁명가들은 계속 배출되었다. 사립학당과 외국 문물을 접한 지식인들의 열망은 왕과 정부에 대하여 사민평등과 자유를 부르짖었다. 그리고 갑신년의 영웅이 돌아왔다. 1895년 늦가을 혁명가 서재필이 망명지 미국에서 귀국했다. 김홍집 내각의 중추원 고문의 자격이었다. 그는 중절모와 재색 양복과 흰 셔츠를 입은 서양 신사의 모습으로, 인천항으로 입국했다. 두루마리에 갓을 쓴 유가의 선비 모습은 없었다. 왕은 그를 함부로 대하지 못했다. 그는 대국인 미국의 시민권자였다. 그는 왕 앞에서 다리를 꼬았다. 그리고 궐련을 비스듬히 입에 물었다. 갑신정변의 참극에 가족까지 모두 잃은 그의 분노를 그런 식으로라도 표시하지 않았으면 아마 그는 미쳐버렸을 거다. 죄를 지었으면 당사자만 벌해야지, 일가족뿐만 아니라 사돈의 팔촌까지 모두 죽여 버리는 이 미친 조선의 국법에 그는 침을 뱉고 싶었다. 그러나 그가 할 수 있는 일은 겨우 왕의 앞에서 자신을 당당히 세우는 일뿐이었다. 아마 그는 말하고 싶었으리라.

"나는 당신의 신하가 아니다. 나는 조선의 백성이긴 하나 왕의 신하는 아니다."

그의 모습을 보고 대신들은 질색했다. 누군가 잽싸게 그를 탄핵했다. 왕에게 충심을 보일 좋은 기회였다.

"서재필에게 죄를 내리소서."

왕도 그러고 싶었다. 몇 번이고 죄를 내려 군주의 위엄을 능멸한 죄를 묻고 싶었다.

"네 이놈! 감히 왕을 능멸하다니, 기군망상의 죄를 다스림 받겠느냐?"

서재필도 왕의 분노를 알고 있었다. 그러나 그는 더욱 왕의 분노를 부채질하는 오만한 자세를 풀지 않았다.

"나는 조선의 신료가 아니다."

그는 단지 그렇게만 말했다. 서재필은 대국 미국의 신료였다. 왕도 조선이 의지할 나라가 미국임을 알고 있었다. 미국은 빈곤한 조선 땅에 욕심이 없었다. 그들은 남양의 필리핀에 주목하고 있었다. 조선은 아라사의 태평양 진출과 일본의 남양 진출에 걸림돌을 만들려는 정치적 목적을 가졌을 뿐이었다. 조선은 이 두 나라의 인후였다. 그들을 움직이지 못하게 비수를 박아 놓으려는 욕심을 가지고 있었다. 조선의 왕으로서는 다행한 일이었다. 그는 자신의 지위와 일가만 보존하면 그만이었다. 백성은 그의 안중에 없었다. 만일 그랬다면 그는 일본의 왕처럼 권력을 내려놓아야 했다. 그러나 그는 그럴 생각이 조금도 없었다. 그는 비굴함을 참고 미국 시민권자 서재필에게 물었다.

"미국은 우리에게서 무엇을 원하오?"

서재필은 비굴한 왕에게 희망을 말해주었다. 그 희망이란 게 왕의 이익과 달랐다. 서재필의 진심은 말하고 싶었다.

"조선을 위하여 물러나시오. 민주주의를 조선에 심을 수 있도록 하시오."

하지만 서재필은 그렇게 말하지 않았다. 그는 미국의 이익을 대변하여 파견된 외교관 신분이었다. 미국은 조선의 지정학적 위치를 살려 아라사와 일본을 견제하려 하였다. 그런 목적을 위해서는 조선의 자주독립국 지위를 강화할 필요가 있었다. 하지만 미국의 국익에는 중요한 국가가 아니었다.

왕은 듣기 좋았지만, 미국의 정책은 조선이 아라사에 먹히지 않도록 지원하는 정도였다. 적극적인 개입 의사는 없었다. 그러나 서재필은 진심으로 말했다.

"독립국으로 서야 합니다. 그러려면 미국의 문명을 받아들이시오. 전기와 전차를 한성에 설치하고, 학교를 양성하여 청년들을 키워야 합니다."

왕은 기뻐했다. 서재필은 조선이 독립국이어야 한다고 말했다. 그 말은 왕이 조선의 주인임을 인정함이었다. 조선에는 왕 이외에 다른 권력이 없었다. 일본과 같은 사무라이도 없었고 영국의 귀족이나 미국의 시민도 없었다. 백성을 지배하기 위해 그들에게는 글을 가르치지 않았고, 양반은 왕의 이익을 나누는 무리였다. 신문명을 받아들이는 신진 세력은 왕의 친위대가 되어야 했다. 그래서 언더우드와 아펜젤러의 교육 사업에 왕이 참여했다. 배재학당에는 관에서 위탁한 학생들이 불온한 사상을 가진 자들을 감시하고 있었다. 양성된 지식인들은 왕의 신하이지, 백성의 선동자가 되어서는 아니 되었다. 청을 이긴 일본을 아라사로 하여금 견제하고 미국을 통해 조선의 문명을 일으킨다. 왕의 책략은 위험한 줄타기였지만 그로서는 최선이었다.

서재필은 조선의 백성을 위해 왕이 사라져야 한다고 믿었지만, 시민이 없는 조선으로서는 불가능한 일이었다. 설혹 누군가가 왕을 없앤다고 하여도 그 누군가는 새로운 왕이 되려고 할 것이 뻔했다. 동학이 일어남도 마찬가지였다. 동학 접주가 비록 왕을 끌어내려도 조선의 백성은 그가 왕이 되기를 기다릴 뿐 그들 스스로가 왕이 되려고 하지 않음이 분명했다. 그들은 미개했다. 미개해서 미개함이 아니라, 왕이 그렇게 만들었다. 배움도 돈도 백성에게는 아무런 이익도 주지 않으려 함이 조선의 왕이었다. 힘을 가진 백성이란 반역을 의미했다.

"이제는 아니다."

미국의 광활함과 미국의 민주주의를 겪은 서재필에게는 이는 없어져야 할 패악이었다.

"이 나라의 백성은 왕의 사슬에서 놓여나야 한다. 새로운 학문을 통해 허구와 폭력의 억눌림을 잘라내야 한다. 그러기 위해서는 이 땅의 젊은이들에게 자유와 민주의 나라를 가르쳐야 한다."

서재필이 이 나라에 돌아온 이유는 갑신정변이 이루지 못한 문명함을 이 나라에 전파하기 위함이었다. 자유로운 시민과 문명함이, 이 나라의 혹독한 무지와 가난을 씻어 버리기를 서재필은 갈구했다. 무명한 필 짜서 옷 한 벌 해 입기도 어렵고, 땔감이 없어 남산의 어린나무까지 모두 베어 버리는 이 혹독한 삶의 압제를 벗어나려면 조선은 없어져야 할 나라였다. 그는 자신의 아내와 어린 아들까지 모두 연좌하여 죽여 버린 뻔뻔한 왕의 면상과 대신들의 간특함을 모두 베어 버리고 싶었다. 그러나 참아야 했다. 참음으로써 더 큰 조선의 미래를 만들어야 했다.

나는 혁명가 서재필의 야망을 배재학당에서 만났다. 그는 아펜젤러의 초청을 받아 배재학당의 선생으로 임용되었다. 청을 이긴 일본이 본격적으로 조선 내정에 간섭하려 하는 시기였다. 아라사가 일본을 견제하고 있었다. 아라사는 청국이 떠나간 자리를 일본에 내어 주지 않으려 했다. 북방의 대국 아라사의 판단으로서는 아시아의 섬나라 일본은 소국에 불과했다. 다만 미국과 영국, 독일과 같은 국가들의 방해가 두려울 뿐이었다. 힘의 불안한 균형이 조선 반도를 위험으로 몰아넣고 있었다.

그런 조선 반도의 격변기에 서재필이 배재학당의 선생으로 부임했다. 윤곽이 뚜렷하고 눈빛이 이글거리는 무인의 기상이 있는 강골이었다. 역도로 몰려 미국으로 단신 망명한 후, 독학으로 의사 자격을 획득한 불굴의 사나이이기도 했다.

아펜젤러가 소개하기 전에 학생들은 그를 알고 있었다. 그가 조선의 역적이면서 혁명의 지사임을. 이 둘은 양극단에 있었으며 동시에 위험했다. 학생들의 대부분은 출세를 위한 수단으로 영어를 배우러 온 사람들이었고, 그들 중의 일부는 관에서 파견한 위탁 교육생이었다. 임수동은 그중에서도 나를 주시하고 있는 인물이었다. 보부상 출신으로서 상리국의 구품 벼슬을 하는 자였다. 보부상단은 조선 개국 초부터 정권의 보호를 받아 상리국이란 관청까지 두고 있었다. 그가 찾아와서 말했다.

"이 군! 내가 이 군을 아껴서 하는 말인데…" 그의 부푼 볼살이 실룩거렸다. 몸이 동탁처럼 비대했다. 그의 집은 왕비의 세력을 등에 업은 이용익의 처가였다. 보부상 이용익은 임오군란 때 왕비를 등에 업고 반군들로부터 몸을 피한 공으로 벼슬길에 오른 인물이었다. 그래서 임수동은 학생들의 움직임을 감시하여 관청에 보고하는 세작 역할을 하고 있었다. 그가 주의를 주었다. 동학으로서 나를 아껴서 하는 말이라고 호의를 보였다.

"서재필을 가까이하지 않는 게 좋을 거야. 여러 곳에서 그를 감시하고 있네. 이 말이 무슨 뜻인지 알겠지. 그는 갑신년의 주범이란 말이야. 운 좋게 미국으로 달아나 신분을 세탁하고 나타났지만, 만일 조정에 불온한 일을 한다면 가만두지 않겠어."

임수동은 가늘게 뜬 작은 눈을 부라렸다. 이런 자들이 실제 조선의 역신이었다. 무엇이 조선을 위하는 일인지 그는 알 생각도 없었고, 그럴 필요도 없었다. 그의 조선은 바로 자신의 입신 영달이었다. 그 사실을 그는 왕에 대한 충성이란 말로 호도했다. 이런 자와 일부러 충돌할 필요는 없었다. 나는 비껴갔다.

"내 일은 내가 알아서 하겠네."

임수동은 눈을 치켜떴지만, 여러 학생이 지켜보는 앞에서 난동을 부릴 만큼 지각없는 인물은 아니었다. 하지만 돌아서면서 말을 입안에서 굴렸다. 흘렸지만 나는 분명히 들었다.

"건방진 놈."

서재필의 귀국 목적은 분명했다. 그는 조선의 인재를 찾아 넓은 세계를 보여 주려고 하였다. 청국이라는 나라가 세계의 중심이 아니며 다만 변방이라는 것, 그리고 조선은 그보다 더 무지하고 가난한 나라라는 실상을 알려 주려고 하였다. 자신이 처한 위치가 어디인지를 모르고서 세상을 변화시킬 수는 없었다. 그는 첫 강의에서 세계 지도를 그렸다. 유럽과 미국, 바다를 사이에 둔 청국과 그 옆에 자그마하게 붙은 조선을 보면서 학생들에게 물었다.

"우리 조선이 이렇게 후진적인 나라가 된 이유가 무엇인가?"

학생들은 말하지 않았다. 서재필은 갑신년의 역신이었다. 아직도 개화는 조심스럽게 말해야 할 시대였다. 서재필은 학생들에게 냉소했다.

"바다로 나가지 않았기 때문일세."

뜻밖의 답변을 서재필은 내놓았다. 학생들이 웅성거렸다. 나 역시 의외여서 그의 다음 말을 기다렸다.

"지도를 보면 전 세계의 2/3가 바다일세. 이 대양을 통하여 문명은 퍼져 나가네. 육지에 갇힌다면 그 문명은 정체하게 되지. 서양은 바다를 통하여 각 지역과 교류함으로써 문명을 발전시켰네. 일본은 섬나라여서 해양 문명을 받아들일 수밖에 없었어."

서재필은 학생들의 반응을 살피지 않았다. 조선의 젊은이들을 위해, 그는 자신의 신념을 설파했다.

"조선은 반도 국가이네. 지정학적으로 육지이기는 하지만, 청이라는 절대 왕조의 사대국임을 감안하면 실제는 섬과 마찬가지일세. 그런데 일본과 다른 점, 그들은 청에 복속하지 않았고 독립국의 지위를 가지고 있었지. 하지만 우리는 거대한 대륙 국가인 청나라에 예속을 면치 못하고 있었네. 그러나 시대는 바뀌었어. 청은 일본에 패하였고, 조선은 청의 도움을 받을 수도 없이 세계열강 앞에 나서게 되었다. 일본은 조선을 병탄할 야욕을 숨기지 않고 있다. 조선은 이제 어찌하면 좋을까? 여러분들이 말해 보라."

배재학당의 학생들은 유학자들이 많았고, 그들은 나름의 정치적 안목을 가지고 있었다. 서재필의 질문에 영남 유학자인 황세직이 대답했다.

"지금 나라의 형세는 고려 말과 비슷합니다. 각지에서 민란이 일어나고 사교가 횡행하여 민심을 어지럽히며 원이 망하고 명이 일어나는 혼란기와 비슷합니다. 이런 때에는 외교에 있어 여러 세력의 균형을 취하여 중립을 표방해야 할 것입니다."

서재필은 냉소했다.

"중립이라? 힘없는 중립은 결국 강대국의 먹이가 되지 않던가?"

황세직이 항변했다.

"원교근공의 방략으로 멀리 있는 아라사와 친하고 가까운 일본을 멀리하며 미국이나 영국과 같은 나라들을 우방으로 두어야 할 것입니다."

"결국 친 아라사가 옳다는 이야기인가?"

"역사적으로 일본은 조선을 침략하여 대륙으로 진공한다는 이상을 가지고 있습니다. 그들을 의지한다면 우리 조선은 식민지국이 될 것입니다. 그러나 아라사는 영토에 대한 야심은 없습니다. 그들은 우리를 동맹국으로 삼아 대양 진출의 교두보로 삼으려고 할 것입니다. 그러니 우리 국가의 외교 역량을 일본과 상대할 수 있는 아라사와 미국과 같은 나라들에 집중해야 할 것입니다."

서재필은 가타부타 평하지 않았다. 그는 학생들의 의견을 알고 싶었다. 그러나 몇 사람 더 의견을 피력했으나 결국 친일파와 친러파의 갈림이었다. 서재필은 나를 가리켰다. 그는 아펜젤러를 통하여 나에 대한 평판을 듣고 있었다.

"이승만 군! 자네는 미국에 특별한 관심이 있다고 들었는데 친미파로 생각해도 되겠는가?"

"친미파란 존재하지 않습니다. 선생님."

나는 딱 잘라서 말했다. 미국은 극동에 영토적 야심을 가지고 있지 않았다. 조선은 그들이 관심을 가질 만한 국가가 아니었다. 자원도 없었고 백성들은 가난했다. 수레조차 제대로 없는 미개한 나라였다. 그들은 태평양의 지배권을 행사하기 위하여 일본과 아라사를 견제할 필요는 있었으나 파병까지 하여 무력 충돌을 하려고는 하지 않았다. 나는 그 점을 지적했다.

"미국은 극동 조선에 큰 관심을 가지지는 않습니다. 오히려 그들은 남양 열도를 식민지로 하려 할 것입니다."

남양 열도란 필리핀과 말레이시아, 인도네시아와 같은 해상 무역로에 있는 나라들을 말함이었다. 서재필은 미소 지었다. 만족했다기보다 '제법인데'라는 표정이었다. 말을 꺼낸 김에 계속 내 생각을 펼쳤다.

"중립국이란 상대가 공격하여 얻을 수 있는 이익, 그 이상의 타격을 줄 수 있는 힘을 가진 상태가 되어야 주장할 수 있습니다. 우리 조선의 현 상황에서 맞는 정책이 아닙니다. 외교란 힘의 논리이지 수사학으로 해결되지 않습니다. 전국 시대의 소진, 장의도 진나라와 육국의 힘이 대등하므로 그와 같은 외교 전략을 쓸 수 있었습니다. 하지만 그런 불확실한 상태는 오래가지 못합니다. 결국, 스스로 강해지지 않으면 중립이든 자주국이든 아무런 국제적 지위도 누릴 수 없습니다."

나는 자주 자강을 주장했다. 외세로 독립을 구할 수 없다. 친러든 친일이든 아니면 친미든 모든 외교의 우선순위는 자주였다. 서재필은 머리를 끄덕였다.

"승만 군의 말이 옳다. 스스로 자립하지 못하는 민족을 구하는 외세는 없다. 자네들도 독립 정신에 대해 깊이 생각해 보도록 하게. 우리 민족을 부강하게 할 수 있는 방법이 무엇인지, 외세의 간섭을 받지 않으려면 어찌해야 하는지."

서재필은 이승만을 바라보면서 김옥균을 떠올렸다. 조선의 개화와 새 시대를 열려고 혁명의 칼을 들었던 동지들의 아픈 기억이 그를 괴롭혔다. 그는 이승만을 기억했다.

제3장
혁명지사
서재필

＊ ＊

　며칠 뒤 서재필의 초대를 받아 정동에 있던 그의 집에 방문했다. 배재학당의 사저로 사용하던 두 칸 양옥집이었다. 그의 서재에는 양란이 피어 있었다. 동양란과 달리 향이 강했다. 내가 방문하던 날 붉은 꽃대가 올라오고 있었다. 그의 서양인 부인이 차를 내왔다. 뮤리엘이라고 불리는, 늘씬하고 윤곽이 뚜렷한 미인이었다. 미국 명문가 출신이라고 했다. 그런 사람이 동양의 가난한 남자와 결혼했다니, 품성의 깊이를 짐작할 만했다. 까만 차 향이 쓰면서 달콤한 향기를 내었다. 밋밋한 국산 차와는 달리 향이 진했다. 그 정열적인 향이 좋았다. 커피는 이 당시 상류사회에서 유행하고 있었다. 왕실에서도 애용한다고 하였다. 서재필은 미국에서 오래 살았으므로 커피에 익숙했다.

　"편히 앉게."

　그는 소탈했다. 나이와 신분에 크게 구애받지 않으려 했다. 이마가 반듯하고 콧날이 우뚝하고 광대뼈가 단단히 눈 아래를 받쳤다. 눈매는 남의 속을 들여다보듯 번쩍였다. 무골로 보였지만 그는 과거에 급제한 문신이었다. 그러나 갑신정변 때 김옥균, 박영효, 서광범과 같이 수구파의 대신들을 칼로 벤 과단성을 가진 사람이었다. 영어 한 단어 모르면서 낯선 미국 땅에 가서 의사 면허 시험을 통과하였다는 사실은 그의 능력과 의지를 단적으로 알 수 있었다. 그러나 서재필은 역적으로 몰려 가족들을 모두 잃었다. 연좌제에 얽혀 있었다. 그의 삼족이

멸하였다. 잔인한 형벌이었다. 이 사건으로 그의 아들과 처가 모두 죽었다. 그의 처가에서는 연좌에 얽힐까 두려워 그의 처자식을 모른 체하였다. 그때의 참혹함을 잊지 않고 있었다. 그의 장인이 그를 보러 왔을 때 문전에서 내쫓았다. 그가 원한을 잊지 못함이라기보다, 기억을 되살리고 싶지 않은 아픔 때문이라고 나는 생각한다. 그가 귀국하던 해에 갑오경장이 있었다. 연좌제 폐지, 신분의 차별 철폐, 경무청 신설 등 신법을 시행했다. 박영효와 서광범 등 갑신의 주역들이 새로운 제도의 혁신에 참여했다. 이들이 미국과의 외교 관계를 맡기기 위해 서재필을 초빙했다. 1895년 겨울, 그해 서재필은 중추원의 자문위원으로 들어왔다. 그러나 미국 시민의 자격을 그대로 유지했다. 조선의 조정은 자주적 정책을 시행할 구심점이 없었다. 하루는 친일파가 득세하고 하루는 친러파가 득세했다. 조정의 대신들은 정치적 역학관계에 따라 여기저기 쏠렸다. 왕은 소신이 없었다. 그는 조선의 독립을 생각하지 않고 일신의 안위만을 살폈다. 만일 대의를 따랐다면 왕의 권한을 내려놓고 내각에 통치권을 넘겨야 했다. 일본의 메이지가 그러했듯이 그도 시대의 흐름에 따라야 했으나 그러지 못했다. 왕실에 대한 그의 욕심이 조선을 점점 미궁으로 몰고 갔다. 서재필도 왕의 처신을 잘 알고 있었다. 언제 왕이 변심하여 개화파를 축출할지 모른다고 생각하고 있었다. 조선에서 그가 머물 시간은 그리 많지 않았다. 그는 갑신정변에서 자신의 모든 것을 잃은 후에, 대의를 위한 희생에 대해 회의하고 있었다. 자신이 할 일은 갑신년에 끝났다고 느끼고 있었다. 지금 다시 고국에 돌아온 이유는 자신이 하려고 하였던 일을 이어갈 젊은이들을 육성하려고 함이었다. 김옥균과 박영효와 같은 동지들을 잃음으로써 자신의 시대는 끝나고 새로운 사람들이 조선의 새벽을 이끌어야 한다고 생각했다. 배재학당에서 나를 만나고 그는 시대의 소명을 넘기려고 하였다. 그와의 대화는 자주독립에서부터 시작되었다. 서재필이 먼저 핵심을 찔렀다.

"승만 군! 며칠 전 자주독립에 대해 말하였는데 좀 자세히 말해 줄 수 없겠나?"

예상되었던 질문이었다.

"제 소견은, 외교의 근본은 독립에 있다고 생각하고 있습니다. 그래서 사대를 말하는 조선책략이나 친러와 친일은 현실적이지 않다고 봅니다."

"현실적이지 않다? 좀 더 자세히 말해 보겠나?"

"가까운 중국의 고사를 보더라도 춘추시대의 열국들이 큰 나라에 의지하다 결국 다 멸망하였습니다. 자립하지 못하는 민족을 도와주는 열강은 없습니다. 특히 우리와 같은 반도 국가는 대륙으로 보아서는 해양 진출의 교두보요, 일본과 같은 섬나라 입장에서는 대륙 진출을 위해서 꼭 필요한 전략적 땅입니다. 지금의 국제 정세가 그러합니다. 청국은 부패하였고 일본과의 전쟁에서 졌습니다. 그들은 조선의 주인임을 포기하였습니다. 일본은 조선 반도를 병합할 야심을 감추지 않고 있습니다. 정한론을 주장하는 사람들도 있습니다만 아직 그들의 역량으로는 조선인 이천만을 완전히 복속시킬 역량이 되지 못한다고 생각하는 사람도 많습니다. 그래서 이토 히로부미 같은 대신들은 간접적으로 통치할 궁리를 하고 있다고 합니다. 하지만 일본의 야심을 아라사가 가로막고 있습니다. 그들은 극동에 해양 세력을 구축하여 장기적으로는 남방 열도에 진출할 야심을 가지고 있습니다. 조선 식민의 꿈을 가지고 있다고 판단하여도 무방합니다. 이 두 세력 사이에서 미국과 영국 같은 해양 세력의 주적은 아라사입니다. 그들은 일본에 우호적이라고 저는 판단합니다."

이때 서재필이 눈을 크게 떴다.

"호오! 그렇게 생각하는가?"

그는 세계의 변방에 있는 조선이란 나라의 젊은 유생이 그와 같은 혜안을 가지리라고는 생각하지 못했다. 단아하고 여리게 생긴 젊은 유생이 세계 정세에 이리 밝다니⋯. 서재필은 독촉했다.

"계속해 보게."

"그러니 사실 우리가 가장 경계할 대상은 일본임은 분명합니다. 미국과 영국은 아라사가 한반도를 차지하는 것만은 막으려고 할 것입니다. 그들이 가장 바라는 것은 조선의 현상 유지이지만 상황이 변한다면 그들은 일본을 지지할 것입니다. 그들의 주된 관심은 남방 열도에 있지, 결코 조선에 있지 않습니다."

"나도 동의하는 바이네."

서재필이 흥미를 보이자, 나는 감격했다. 그의 신임을 얻는다면 조선 개화파의 주된 일원으로 활동할 기회를 얻을 수 있을 것으로 생각했다. 그리된다면 나라의 앞날을 위해 몸 바칠 각오를 하고 있던 터였다. 나는 격한 감정으로 진심을 토로했다.

"선생님! 지금이 조선의 마지막 기회입니다. 우리에게 주어진 첫 번째 시간은 선생님이 주도하셨던 갑신정변입니다. 만일 그때 혁명이 성공하였더라면 지금쯤 우리는 일본의 메이지 유신과 버금가는 국가 발전을 이룩하였을 것입니다. 하지만 또 한 번의 기회가 왔습니다. 일본과 아라사가 아직 대립하고 있는 이 시기에 국가를 변혁시키지 못한다면 우리는 결국 식민지가 되고 말 것입니다."

서재필은 침묵하고 있다가 나를 똑바로 바라보았다.

"승만 군! 조선은 자네와 같은 젊은이를 필요로 하네. 조선의 새로운 미래를 위하여, 같이 일해 보세."

그는 나를 제자이면서 혁명의 동지로 받아들였다. 서가에서 그는 나에게 두 권의 책을 뽑아서 건네주었다. 하나는 『프랑스 대혁명』이고 다른 하나는 루소의 『사회계약론』이었다.

"이 책들을 읽어보도록 하게."

나는 그 책들을 집으로 가지고 와 밤을 새워 읽었다. 루소와 존 로크, 존 스튜어트 밀과 같은 계몽주의 사상가들의 새로운 세상에 대한 가르침들이 펼쳐졌다. 저절로 주먹이 쥐어지고 한숨이 나왔다. 왕의 시대는 가고 시민의 시대가 왔다. 새로운 시대는 자유와 평등의 시대였다. 독재는 사라지고 법의 지배가 필요했다. 자유와 평등이 프랑스 혁명이 흘린 피의 요구였다. 권력은 분립되고 백성은 평등해야 했다. 노예제도는 사라져야 할 구습이었다. 양반은 시대에 의해 없어져야 했다. 하지만 조선의 왕과 양반은 권력을 가진 채 문명을 받아들이려고 하였다. 이것이 조선의 문제였다. 계급은 철폐되어야 했지만, 양반들은 노비들을 놓아주려 하지 않았다. 조선이 독립하려면 이천만 백성이 모두 한마음 한뜻으로 외세에 저항하여야 하건만 권력자들은 끝까지 백성을 쥐어짜려 하였다. 동학혁명의 유발자 조병갑이 판관이 되어 동학 접주 전봉준을 사형시킨 판결만 보아도 조선의 권력자들이 얼마나 강한 집착으로 백성들의 자유를 압제하는지 알 수 있었다. 고부군수 조병갑, 그는 가렴주구의 탐관이었다. 조병갑만이 아니었다. 그런 자들은 조선 팔도에 만연했다. 매관매직이 성행했다. 그들은 이천 냥을 주고 지방관을 샀다. 그들이 본전을 되찾기 위해 만행을 저지를 시간은 임기 삼 년이었다. 그나마 조선 후기에는 임기가 일 년도 주어지지 않았다. 민씨 일가와 그에 기생한 세도가들이 점점 많아져, 벼슬 판매 가격이 올라갔다. 이런 등쌀에 죽어 나가는 것은 백성들이었다. '황구첨정' '백골징포' 등의 터무니없는 조세가 횡행했다. 이런 폭정의 세상에서 백성들은 구원을 기다렸다. 처음 나타난 구원은 배를 타고 온 서양의 천주교였다. 하느님 앞에 모두가 평등하다. 모두가 천주의 아들, 딸이라는 가르침은 절망적인 세상에 시달리는 백성들에게 희망이 되었다. 이 희망을 조정은 용납하지 않았다. 왕의 지배하에서 빚은 오직 왕 이외에 없었다. 왕권을 신봉하는 대원군은 천주교의 신자들을 목 베고 주리를 틀었다. 왕에 대한 도전은 있을 수 없는 반역이었다. 그러자 이번에는 동학이 나섰다. 수운의 가르침은 평이했다. 일심으로 천주를 모시고, 사람을 하늘처럼 대하면, 만백성이 자유롭고 평등한 '대동세상'이 이루어지리라는 믿음은, 가렴주구에 시달리던 삼남을 휩쓸었다. 동학은 서학과 달리 현실적 구원을 약속했다. 이 땅에서 평등한 새 세상이 실현되리라. 수운의 부르짖음에 조정은 두려워했고 왕은 분노했다. 그는 백성이 자신의 자리를 위협한다고 생각했다. 관군은 힘이 없어 연전연패했고, 놀란 왕은 백성을 향해 일본의 총칼을 들이대었다. 공주에서 농민군 만 명이 죽고, 우금치에서 다시 만 명이 죽었다. 그는 자신의 백성들에게 기관총을 난사했다. 일본은 조선을 병탄할 절호의 기회로 삼고 본격적으로 내정에 간섭하기 시작했다. 그러자 왕은 아라사를 끌어들여 자신의 자리를 유지하려고 하였다. 조선이 개화하려면 왕이 개혁되어야 했다.

조선에 자주독립의 민주 체제를 수립하려는 서재필의 열망은 신진 세력인 안경수, 이완용, 윤치호, 이상재, 박정양과 같은 인사들에 의해 1896년 7월 2일 독립협회 결성으로 이어졌다. 여기에는 민간 세력을 이용하여 외국의 압력에 적절히 대응하려는 고종의 정책적인 고려도 뒷받침되었다. 구한말의 조선은 기득권을 놓치지 않으려는 왕실을 중심으로 하여 지배층을 이룬 수구세력, 선진 문명을 도입하여 계급을 타파하고 새로운 시민사회를 이루려는 개혁파, 최익현을 대표로 하여 오백 년 주자학의 계급주의를 지키려는 원리주의자들, 그리고 무지와 문맹의 압제에 고통받는 평민과 노비들. 이들은 가야 할 길을 모르는 들판의 소떼들과 같았다. 독립협회는 조선 삼천리 민중에게 나아갈 선언문을 발표했다. 그들은 말했다. "오늘 우리들이 왜 새삼스레 독립을 말하는가? 왕이 있고 백성이 있는 오백 년 조선의 자주를 왜 외치는가?"

독립협회 창립 선언의 취지는 이렇다.

대 조선국 사람들이 독립을 외침은 무슨 연유인가? 우리의 형세는 이미 자유로우니 또한 이미 독립한 것인데 왜 독립을 목적으로 하여 협회를 만든다고 하는 것인가? 지금 우리는 외국과 대항하여 이겨낼 힘이 없다. 청일전쟁이 우리 땅에서 일어나고, 시장의 자본은 청국과 일본의 상인이 쥐고 있다. 광산은 아라사와 프랑스, 독일국이 장악하고 일본과 아라사군이 한양에 주둔하여 조선을 감시하고 있다. 더하여 황비는 일본 낭인에게 살해되고, 그 시체는 불에 태워졌다. 이러고도 자주독립국이라 하겠는가? 우리는 분연히 일어서자. 이천만 모든 백성이 하나가 되어 자주 자강 독립의 나라를 만들자.

조선 말기는 각자도생의 시대였다. 아라사와 미국, 일본에 기대어 일신의 영달을 꾀하는 모리배들이 득실댔다. 독립협회의 지사들은 이들을 규탄하고 새로운 나라를 건설하려고 하였다. 하지만 그 안에서도 내분이 있었다. 노비를 해방하고 양반과 상민의 차별을 없애 입헌군주제를 도입하자는 급진파와, 왕권을 유지하되 서서히 백성들의 참정권을 늘리자는 온건파가 대립하고 있었다. 그런 중에도 독립협회는 회보를 발간하고 조선의 각 시도에 지부를 결성하며, 만민 평등의 기운을 퍼뜨렸다.

1897년 6월 하순, 나는 서재필의 부름을 받았다. 그가 거주하는 주택은 미국 주한 공사대리가 거주하던 벽돌 단층 주택이었다. 꽃밭이 조성되어 있어서 한여름의 뜰에 꽃들이 환했다. 서재필은 품이 넉넉한 주황색의 코르덴 바지를 입고, 위에는 흰 셔츠의 소매를 팔꿈치까지 걷어붙이고 꽃삽으로 모종을 뜨고 있었다. 여유로운 품격이 보였다. 조선 사대부의 편협함이 보이지 않았다. 그 차이가 자유가 아닐까 하는 생각이 들었다.

거실에 앉아 서재필은 부인이 내온 커피를 권했다. 커피는 조선 차와 달라서 분명한 맛을 가지고 있었다. 쓰지만 유혹적으로 혀에 감겼다.

"이건 자유의 향이지."

서재필이 커피잔에서 피어오르는 더운 김을 음미하며 말했다. 무슨 뜻인지 몰라서 나는 잠자코 있었다.

"커피에는 카페인이라는 각성제가 들어 있네. 중독성이 있지. 자유도 마찬가지네. 자유로운 세상을 살아 본 사람은, 자유에 중독되게 되지. 미국이란 나라가 그렇다네. 대영제국 왕의 통치하에서 자유로운 아메리카 시민의 꿈을 이루기 위해, 그들도 전쟁을 통해 많은 희생을 치렀어. 그 독립전쟁을 시작한 사람들이 누구이겠는가? 자유가 무엇인지 아는 선각자들이었어. 우리에게도 그런 선각자들이 필요해. 마치 이 유리잔에 담긴 커피처럼 말이야."

서재필은 커피를 음미하며 목울대를 꿈틀거렸다.

"갑신혁명 때 우리 동지들은 아직 커피를 몰랐어. 강하고 쓴 자유의 맛을 알아야 혁명이 갈 길을 제대로 인도할 수 있었는데 말이야. 우리는 노비 해방과 사민평등의 기치를 내세우면 백성들이 우리를 지지해 주리라 착각하고 있었단 말이야. 하지만 그건 잘못된 생각이었어. 서양 문명의 요체는 자유였네. 독립도 자유를 위함이요, 평등도 자유의 결과이네. 자유, 자유, 자유."

서재필은 낮게 세 번 중얼거렸다.

"개화는 곧 자유로운 백성을 말함이네. 왕도 그 사실을 알고 있어. 그러나 왕은 자유로운 백성을 원하지 않지. 그는 복종하는 노예를 원하지, 자유로운 백성의 왕이 되려고 하지 않네. 그래서는 문명국가가 될 수 없네."

서재필의 부인이 케이크 조각을 내왔다. 그녀는 서재필이 하숙하였던 집주인의 딸인데 명문가의 재원이었다. 그녀의 아버지는 제임스 뷰캐넌 대통령과 사촌 형제이자 남북전쟁 당시 철도우편국을 창설해 초대 국장을 지낸 미국 육군 대령 출신의 정치인 조지 뷰캐넌 암스트롱(George Buchanan Armstrong)이었다. 미개한 아시아의 가난한 청년과의 결혼을 가문에서 찬성할 리가 없었다. 그러나 청년 서재필이 보여준 삶의 열정에 감동한 그녀는 끝내 결혼을 선택한다. 우등한 인종이라 자부하던 백인 귀족 여성이, 열등 민족이라 무시하던 동양인을 사랑할 수 있었던 배경에는 서재필이라는 한 인간 정신의 고결함이 그녀에게 감동을 줬음이다.

이때 서재필은 갑오의 난에 의해 가족들이 모두 처형당하거나, 유배당한 상태였다. 연좌제였다. 한 사람의 죄를 가족 모두에게 묻는 조선 법의 잔혹함이었다. 서재필에게는 삼족의 법이 내려졌다. 그의 처와 아들이 모두 죽임을 당했다. 처가와 친가도 모두 형벌을 받았다. 멸문의 화를 겪었다. 미국으로 도망간 서재필은 그 비극을 마음에 품고 있었으나 삶의 의지를 꺾지는 않았다. 그러나 그의 새로운 삶은 절대 쉽지 않았다. 낯선 땅의 이방인으로서 살아남기 위해 온갖 고통을 겪었다. 새로운 땅 아메리카는 삶의 기회를 주었으나 그 기회는 싸워서 이기는 자에게 주어졌다. 자본주의 사회에 편입되기 위해서는 상류 계층인 지주나 경영주, 언론인, 법조인, 그리고 의사가 유리했다. 주류사회에서 멸시당하는 아시아계의 하등 인종인 젊은이가, 신대륙 아메리카의 시민이 되기 위한 가장 확실한 선택이었다. 의사는 실용적 자본주의가 인정하는 전문 직업이었다. 그의 아내 뮤리엘은 그 시기에 만난 그의 후원자였다. 노란 유색인종을 사랑한 것은 서재필이 보여준 치열한 인생에 대한 흠모였다. 그는 서부 개척 시대의 총잡이처럼 자신의 운명과 처절하게 싸웠다. 뮤리엘은 그 목숨 건 승부에 가슴이 저렸다. 그녀는 서재필의 운명에 자신을 걸기로 했다. 사랑이라고 해도 무방할 뮤리엘의 감정은 서재필의 지독한 운명에 대한 동화였다. 그녀는 서재필을 사랑하면서 존경하고 또 무한히 신뢰했다. 그 믿음이, 그녀를 동방의 외진 나라 미개한 조선으로 오게 했다.

그녀 뮤리엘 암스트롱은 갸름한 용모에 사파이어색의 눈망울이 신비로운 서양의 미녀였다. 조선어에 능숙하지 못했지만 적응하려고 애를 썼다. 그녀는 남편 서재필을 이해하듯이 조선을 이해하려고 하였다.

"미스터 리, 조선은 문명국이 될 수 있습니다. 고유의 문자를 가진 민족이 세계에 많지 않습니다. 조선 글은 과학적이에요. 일본의 경우보다 더 빨리 문명국이 될 수 있습니다."

그녀는 서재필을 따르는 사람들을 호의적으로 대하였다. 그날도 커피와 그녀가 손수 만든 케이크를 서재로 내왔다. 크림과 초콜릿이 가득 든 빵이었다. 커피가 머그잔에 가득히 들어 있었다. 초콜릿은 구하기 힘든 귀한 음식이었다.

"고맙습니다. 사모님."

뮤리엘은 호의 가득한 미소를 함박 지었다.

"친구들이 보내 주었는데 좋아하실지 모르겠습니다."

"물론입니다, 사모님."

나는 황급히 시인했다. 초콜릿은 커피처럼 향이 강하고 단맛이 풍부했다. 이국적인 맛이었다. 처음으로 겪는 혼란스러운 경험이었다. 조선의 차 문화와는 전혀 다른 독특한 커피 문화에 나는 흥분되고 감격했다. 서재필은 이렇게 말했다.

"서양, 특히 미국의 커피 문화는 동양에서는 이해하기 힘들지. 서양의 문화는 개인의 욕망을 부정하지 않아. 이것 보게. 사람이란 말이야 …. 시거나 달거나 매운 다섯 가지 맛에 익숙하다네. 왜 그런지 아나? 그게 맛의 근본이니까 그런 거야. 사람 사는 근본…. 그게 신문명이라네. 매운 것을 맵다고 하고 단 것을 달다고 해야 한다네. 억지로 욕망을 감추고 그것을 사람의 도라고 말한다면 위선일세."

바람의 아들 이승만

"선비의 도는 욕망이 이끄는 방향을 악이라고 가르칩니다만…"

서재필은 냉소했다.

"도가 곧 욕망일세. 욕망이 가르치는 방향을 도가 아니라고 한다면, 도는 거짓일세. 그래서 도에는 이름이 없지. 이름을 짓는다면 도가 아니라고 한 사람이 누구였나?"

"노자 아닙니까?"

"그래. 그가 도를 말하고 도를 곧 부정했네. 그 이유가 무언지 아나?"

"도의 설명할 수 없음을 말함이 아니겠습니까?"

"그 말이 그 말이지. 도란 우리의 삶 그 자체이네. 단 것을 달다고 말하고 쓴 것을 쓰다고 말하라. 그 이상의 도는 없어."

"그렇다면 선생님은 서양의 도를 어떻게 설명하시겠습니까?"

"이미 말했다네, 느낀 바를 말하고 행동하는 것…. 그것이 곧 도이고 자유라네. 자유 이상의 도는 없어."

"조선에는 도가 없습니까?"

"없어. 자유가 없다면, 도 역시 없다."

서재필은 단호하게 말했다. 그는 갑신정변 때 칼로서 사람을 베었고 칼에 죽어 본 경험이 있는 사람이었다. 그는 칼의 경험을 가진 사람이었다. 칼의 경험을 가진 사람은 세상의 본모습을 알고 있었다. 지금의 조선에는 글보다 칼이 필요했다. 칼이 길을 열고 글이 그 뒤를 이어야 했다. 자유가 없는 개화는 없었다. 신문명이란 곧 자유의 모습이었다. 서재필은 그 길을 말하려 하였다.

"이 군!"

그는 무겁게 말했다.

"독립협회가 원래의 사명을 잃고 있네."

서재필이 고국에 돌아오자 가장 먼저 한 일은 독립협회 창설이었다. 청국이 일본에 패하고 일본의 세력이 조선에 깊이 들어오자, 왕은 백성의 힘을 빌리려 하였다. 백성의 힘을 빌려 왕의 권위를 가지고, 그 권위와 서양과의 관계 개선을 통해 아라사와 일본의 위협을 막으려 하였다. 미국은 서양 세력 중 비교적 조선에 관대한 정책을 가진 나라였다. 그 일련의 흐름이 조선의 독립을 원하는 양반과 지주의 이해관계와 맞아떨어졌다. 그러나 이들에게는 미국과의 친밀한 관계를 주도할 인물이 필요했다. 왕은 미국 시민권자인 서재필이 적임자라고 생각했다. 그러나 왕과 양반이 주도하는 조선의 개화는, 민중들에게는 그다지 관련 없는 일이었다. 1890년대 당시 조선 노비의 인구는 삼 할에 달했다. 갑오 이후 몇 차례 노비 해방령이 있었지만 관노비에 국한되었다. 사노비의 경우에는 양반들의 반대가 심해 해방되지 못했다. 조선의 노비는 이민족이 아니었다. 그들은 같은 피를 지닌 이 땅의 민중이었다. 그들이 주자학의 지배자들로부터 노비로 학대받았다. 이유가 분명치 않은 양반의 인권유린이었다. 그들은 조선의 개국과 함께 노비로 강제되고, '일천즉천법'의 다스림을 받았다. '일천즉천법'이란 부모의 어느 한 편이 노비이면 그 자식도 노비의 신분을 따르는 악법이었다. 영조 이후 '노비종모법'이 시행되긴 했으나, 노비제도의 근본 변화는 없었다. 갑신정변 이후 수차례 노비 해방령이 발표되었으나, 경제적 자구책이 없는 노비 해방이란 공허한 염불에 불과했다.

평민들 역시 극도의 수탈에 시달리고 있었다. 벼슬은 권력자에 의해 팔리고 그 자리는 처음에 삼 년 주어지다가, 권문세가 일족들의 탐욕으로 인해 점점 짧아져서 후기에는 일 년으로 단축되었다. 일 년의 재임 동안 자신이 상납한 금전 그 이상을 얻어내기 위해 탐관들은 백성을 혹독히 착취하였다. 어린아이에게도 세금을 매기고 죽은 사람에게도 세를 거두었다. 이런 나라에 무슨 희망이 있어서 백성들이 국가에 대해 애착을 가지겠는가? 조선은 백성들의 나라가 아니었다. 왕의 백성은 양반과 지주와 같은 지배계급들이지, 평민의 나라는 아니었다. 그러니 백성들에게까지 국가를 위한 헌신과 애국심을 요구한다는 것은 지배층의 불합리한 요구라고 할 수밖에 없었다. 왕은 이러한 사실을 잘 알고 있었다. 그는 밖에서 보기에는 우유부단하고 무능한 왕으로 보였지만, 왕실의 보존을 위해서 무엇을 해야 하는지 잘 알고 있었다. 그는 조선이 왕의 나라임을 백성들에게 각인시키려고 하였다. 그래서 백성을 자신의 편으로 길들이려 하였다. 조선의 오백 년 통치는 백성들을 왕에게 순치하도록 만들었다. 백성들에게 충성심을 불어넣는 방법은 왕이 그들과 고통을 같이한다는 신호를 보내는 일이었다. 그러한 통치술은 오래전부터 있었다. 가뭄에 기우제를 지낸다든지, 검소한 생활을 한다든지 하는 덕치의 모습이었다. 왕은 백성들에게 하늘이고 땅이었다. 왕이 없다면 조선도 없었다. 이 나라는 왕의 것이었다. 조선의 독립이란 왕의 독립이어야 했다. 백성의 독립은 왕의 독립이 없으면 이루어질 수 없었다. 왕은 서재필의 독립협회를 승인했다. 그러나 독립협회의 움직임을 주도면밀히 감시했다. 그 중심에 이완용이 있었다. 그는 친미파의 모습을 보였으나 기회주의자였다. 개화는 불가피하다고 생각했으나 주도 세력은 보수적이어야 한다고 생각했다. 독립협회가 설립되자 그는 부회장과 회장을 하면서 여전히 권문세가의 기득권을 확보하려 하였다. 서재필은 그 점을 지적했다.

"조선의 개화는 백성을 위한 개화여야 한다. 그 첫 번째가 평민과 노예, 양반과 권문세가가 없는 완전히 평등한 사회를 만드는 일일세. 그러기 위해서는 신분 차별 철폐와 토지의 공정한 분배, 경제활동의 자유가 보장되어야 한다네. 그러나 자유는 그냥 주어지지 않지. 프랑스와 영국, 미국의 독립전쟁을 보더라도 투쟁 없이 얻어진 자유는 없지 않은가?"

서재필은 미국 식의 자유와 평등한 기회 보장을 말하고 있었다. 무엇보다 그는 미국 시민으로서 얻었던 자유의 가치에 대해서 절실히 알고 있었다.

"내가 이 나라로 돌아온 이유는 이 군과 같은 젊은이들에게 자유와 평등의 가치를 알려 주고 싶어서였다네. 이 두 가지가 개화의 가장 중심 가치라네. 백성이 자유롭고 평등해진다면 독립은 저절로 따라오게돼. 깨어난 백성들을 강제로 식민지화시킬 수 있는 나라는 없네. 이 사실을 왕과 그 일족들은 잘 알고 있어. 하지만 그들은 백성들에게 자유와 평등을 줄 마음은 없어. 그들은 기득권층을 위한 독립을 바라고 있어. 그들에게 재산과 권세를 줄 수 있는 제도들을 가지려고 하지. 그 중심에 왕이 있어. 왕은 권문세가와 양반 귀족들과 어떤 식으로 결탁해야 하는지 잘 알고 있지. 권문세가들도 마찬가지라네."

서재필은 점점 더 자신이 하고 싶은 말로 다가가고 있었다.

"독립협회는 관료들이 장악하고 있어서 더 이상 우리의 이상을 주장하기가 어렵게 되었다네. 이 점은 이 군도 잘 알고 있겠지?"

독립협회의 일은 나도 관여하고 있어서 조정의 고위 관료들과 그들을 추종하는 사람들의 의도를 잘 알고 있었다. 그들은 백성들의 자유와 권리를 말하지 않고 조선의 독립에 대해서만 말하고 있었다. 그들에게 조선의 독립이란 왕과 지배층의 독립을 말함이었다. 백성들의 자유와 평등, 토지의 분배와 교육 기회의 제공 등은 고려해야 할 중대 요소가 아니었다.

"조선의 개화는 백성의 개화여야 하네. 한때 나는 조선의 지배층들이 스스로 권력을 내려놓을 것으로 생각했지만 그들은 그럴 의지가 없어. 프랑스와 영국의 귀족들이 그러했던 것처럼 그들 스스로는 기득권을 내려놓지 않는다는 확신, 그건 분명하다."

"그럼 조선은 어찌해야 합니까? 선생님."

서재필은 오랜 고통을 견뎌온 사람답게, 의지에 찬 눈빛으로 나를 쏘아보았다.

"그 일을 이 군과 같은 젊은 세대들이 맡아 주어야 하네. 서구 열강이 전제 왕권을 끝장낸 것처럼, 새로운 지식인들이 구세대의 적폐를 일소해야 하네. 그렇게 하지 못한다면 조선은 식민의 시대로 가게 될 것이 분명하네. 동남아와 인도의 경우를 보더라도 왕조 시대를 끝장내지 못한 나라는 결국 서구 열강의 식민지가 되었다네. 조선도 마찬가지라 할 수 있어. 지금 조선은 아라사와 일본 사이에서 교묘히 균형을 잡으며 연명하려 하지만, 이 불균형한 상태로는 오래갈 수 없다네."

"그렇다면 선생님은 왕조 시대를 끝장내고 공화주의를 해야 한다는 말씀이시군요."

"그 길만이 조선을 살린다고 생각하네."

"좀 더 구체적으로 알려주십시오. 선생님."

"조선의 자주독립을 이루기 위해서는 사대부들이 주도하는 독립협회로는 한계가 있다네."

사대부들이란 독립협회의 중추를 이루는 윤치호, 남궁억, 이완용과 같은 관료들을 말함이었다. 그들은 신지식을 습득한 개화주의자들이

긴 하였으나 왕의 나라를 부정할 사람들은 아니었다. 그러나 서재필의 자유는 왕국이 아니라 민주 공화국을 가리키고 있었다. 위험한 발언을 그는 서슴없이 했고, 나는 그와 뜻을 같이하는 제자이자 동지였으므로 뜨겁게 받아들였다.

"그럼 어찌해야 하겠습니까?"

서재필은 혁명가로서의 단호한 모습을 드러내었다. 그의 눈빛이 안경 너머에서 번갯불처럼 번쩍였다.

"그래서 나는 조선에도 혁명이 필요하다고 생각하네. 피를 흘리지 않고 민주주의를 이루기를 원하지만 결국 그런 식으로는 성공할 수가 없다는 생각을 굳혔네."

서재필의 굳은 안색에 긴장할 수밖에 없었다.

"선생님은 갑신년의 일을 되살리려 하십니까?"

서재필은 팔짱을 끼고 어두워져 가는 뜨락을 내다보았다. 가장 중요한 말을 남기고 생각을 정리하는 모습이었다. 그가 뒤돌아서서 나를 쏘아보았다.

"이 군! 자네는 갑신년의 일을 어찌 생각하나?"

"성공했으면 조선은 입헌 공화국의 민주국이 되었을 것입니다."

"그렇네! 김옥균 박영효와 같은 동지들의 뜻대로 일이 진행되었더라면 조선은 문명국이 되었을 것일세."

"그렇다면 갑신년의 혁명을 다시 한번 해 보실 생각이십니까?"

서재필은 냉소했다.

"그게 지금 가능하다고 생각하나? 그때의 사정과 달리 지금은 일본 내에 조선을 도와 서양의 침탈을 막으려고 하는 화친 세력들이 없다네. 온건파들이 정치의 중심에서 밀려난 상태야. 지금은 조선을 병탄하여 대륙 진출의 야심을 이루려고 하는 정한론이 득세하고 있지. 청국이 전쟁에 지고 나서 조선은 주인 없는 들판과 다름없어. 아라사 제국이 태평양에 진출하기 위해 일본을 견제하고 있지만 오래갈 수 없어. 미국과 영국 같은 해양 세력들은 아라사를 블라디보스토크에서 봉쇄하려고 한단 말이야. 그러나 그들은 동북아시아의 조선 반도까지 가질 야심은 없어. 그들이 원하는 지역은 인도와 동남아시아 같은, 자원이 풍부한 나라이지. 조선과 같이 큰 자원이 없는 나라에 국력을 쏟으려 하지 않겠지. 그렇다면 그들의 선택은 무엇이겠나? 일본에 조선을 넘기고 아라사를 막으라고 하지 않겠나? 그날이 가까워지고 있네. 조선의 시간이 별로 남지 않았어."

"그러면 선생님의 계획은 무엇입니까?"

"조선이 진정한 자주독립국이 되려면 공화제가 확립되어야 하네. 그러기 위해서는 의회를 만들어야 하네."

"그렇기는 합니다만 어떤 방법으로? 왕은 허락하지 않을 것입니다."

"승낙하도록 만들어야지. 그러려면 독립협회와 같이 양반과 지배층이 참여하는 기구가 아니라 만백성이 참여하는 단체가 필요하네. 조선의 평민이 주도하는 단체를 우리가 만들도록 하세."

"어찌하면 되겠습니까?"

"이 군!"

서재필은 불타는 눈빛으로 나를 쏘아보았다. 그의 눈빛은 신념에 차 있었다.

"나는 자네와 같은 젊은이들이 앞장서야 한다고 믿네. 평민 대중 속으로 뛰어들어 그들과 함께, 이 나라를 위해 싸워 주게."

서재필은 이 당시 왕에 의해 미국으로의 출국을 종용받고 있었다.

그는 자신이 고국에 있을 날이 얼마 남지 않았음을 감지하고 있었다. 그는 그의 독립 의지를 이어받을 사람으로 나를 지목했다.

"이 군! 이완용과 윤치호는 대의를 위한 사람들이 아니야. 그들은 왕정 유지론자들에 가까워. 그래서 나는 새로운 김옥균을 찾고 있네. 자네가 갑신년의 김옥균이 되어 주게."

갑신정변의 김옥균. 나는 감격했다.

"선생님! 제가 어찌하면 좋겠습니까?"

"만민공동회!"

서재필 선생은 단호하게 말했다.

"만민공동회요? 그게 무엇입니까?"

"지식인과 관료 양반 중심의 독립협회와는 달리, 민중이 주도하는 단체를 말함일세. 평민과 노비, 상인과 농민, 대장장이와 백정이 모두 참여하는 이 땅의 주인 백성의 소리를 내 주도록 하게."

난감한 제안이었다. 내가 비록 청년들과 개화파 인사들 사이에 인망이 있다 하나, 백성들의 호응을 이끌 만한 영향력은 없었다. 더구나 왕이 호시탐탐 자신을 위협할 가능성이 있는 독립협회의 움직임을 감시하고 있는 상황에서 불가능에 가까운 책무였다. 나는 선뜻 대답하지 못하고 머뭇거렸다. 서재필이 누구인데 그러한 생각을 모르겠는가? 그는 의자에서 일어나 내 어깨를 두터운 손으로 두드리며 친근하게 말했다.

"이 군! 걱정하지 말게. 자네를 도울 방도가 있으니."

서재필은 방 안을 서성거리며 호롱불 사이로 스며드는 달빛을 쳐다보았다. 흐릿하지만 달빛은 서재필의 얼굴 윤곽을 분명히 비추었다. 그는 확신을 가지고 말했다.

"대신 중에 왕을 설득할 만한 안목을 갖춘 사람이 있네, 그는 이완용이야."

왕의 앞잡이로 부정하였던 이완용을 다시 꺼냈다. 나는 의아했다.

"그분은 조정 대신으로서 백성들의 정치 참여에는 부정적인 분인데, 만민공동회의 설립을 인정해 주실까요?"

"그는 정략적인 사람이야. 이해관계에 민감하지. 미국 공사관에 근무한 경력이 있어서 국제적인 감각도 탁월해. 지금 왕의 입장에서는 아라사의 절영도 조차나, 원산항의 개항 요구 등 이권 개입을 막을 명분이 절실히 필요해. 아라사의 요구로 인해 일본이나 프랑스, 영국 등의 이권 개입이 점차 심해지고 있는 심각한 형편이야. 그렇다고 해도 조선의 내각에는 아라사의 요구를 물리칠 힘이 없어. 그렇다면 아라사의 요구를 반대할 명분은 민간에서 만들 수밖에 없지. 하지만 어용 단체나 독립협회와 같은 관변 지식인들의 투쟁으로서는 한계가 있다는 걸 왕은 잘 알고 있어. 이완용이나 친 아라사파도 같은 입장이지. 이럴 때 민간에서 외세에 항쟁할 명분을 주겠다면 어떻게 하겠나? 덥석 받지 않겠나. 백성들의 참의원 확대 참여 요구도 두렵겠지만, 현실적 위협은 아라사와 일본이니까… 우선 받아들이겠지. 민간 역시 이 기회에 백성들의 참정권 보장을 분명히 해야 하고… 어떤가? 서로의 이해관계가 맞아떨어지지 않는가?"

"말씀을 듣고 보니 왕으로서도 난감한 입장이겠습니다. 아라사와 일본의 요구를 들어주자니 국고가 고갈되고, 민간의 요청을 받자니 왕의 자리가 위태롭고…"

"맞는 말이네. 지금 왕의 입장이 무척 어렵지. 이완용은 왕의 입장과 민간을 잘 조율할 수 있는 탁월한 수완가일세. 그는 신문물에 밝아 서양의 힘을 잘 알고 있는 사람이야. 이대로 있어서는 조선은 결국 아라사나 일본의 식민지로 전락할 것임을 알고 있어. 그래서 그가 왕과의 협상에 가장 필요하다는 걸세."

이완용은 1858년 출생으로 노론계의 거물 이호준의 양자였다. 어려서부터 영민하여 신동으로 불렸고 25세 때 증광별시에 급제하였다. 이후 관직을 거치며 민비의 총애를 받았고 개화파와는 척을 지었다. 그러다 1887년 3월 육영공원에 입교하여 영어를 비롯한 근대 교육을 받았다. 1887년 9월 주미 참사관으로 임명되어, 전권공사 박정양을 수행하여 미국으로 건너가 2년간 선진 제도와 문물에 대한 소양을 쌓아 친미파로 알려졌다. 귀국 후 한성판윤, 외무협판 등의 요직을 두루 거치다 1896년 친러파 인물인 이범진 등과 함께 아관파천을 성공시켜 권력의 중심부로 들어갔다. 1896년 7월부터 1898년 초반까지 독립협회에서 활동하면서 위원장, 부회장 및 회장직을 맡았다.

"선생님의 말씀은 이완용 대감과 교섭하여, 만민공동회를 개최하기 위한 왕의 협조를 받도록 도와 달라는 부탁을 드리라는 계획이시군요. 그렇지만 이 위원장님은 섣불리 말을 건네기가 어려운 분입니다."

"미리 연통을 놓을 터이니 찾아뵙도록 하게. 그는 주미 공사를 지낸 분이라 시대 변화에 밝은 사람이네."

"소문 듣기에는 왕의 근신이라고 들었습니다만, 만민공동회를 어찌 생각하실는지!"

"그는 다만 이해득실을 따질 뿐이야. 대의명분은 중요하지 않다고 생각하지. 지금 왕실은 아라사의 협박에 어쩔 줄 몰라 하고 있어. 백성들이 왕가의 편을 들어 아라사에 항거하겠다면 그로서도 거절할 수 없는 제안이지."

서재필은 잠깐 우울한 표정을 지었다가 곧 정색했다. 그는 이완용과 과거 동기였다. 두 사람 다 전도유망한 청년 관료들이었다. 하지만 중간에 길이 갈렸다. 자신은 우국충정의 길이 민중혁명이라고 생각했고, 이완용은 기존 질서 내의 완만한 변화를 원했다. 서로 다른 길을 걷는 사람이었다. 하지만 길이 다르다고 해서 적이 될 수는 없었다. 지금은 손을 잡고 외세를 배척해야 할 시기였다. 그러나 이후에도 왕이 민중의 길을 막는다면, 싸우게 되어도 어쩔 수 없다고 생각했다. 서재필은 다음 행동을 지시했다.

"왕이 만민공동회 활동을 묵인해 주겠다는 기별이 오면, 종로 싸전의 한만호를 만나 보게."

나는 의아했다. 갑자기 싸전 상인을 찾아 어찌하라는 말인가?

"선생님! 무슨 말씀을 하시려는지?"

"백성들을 모으려면 독립협회가 물론 지부를 동원하겠지만, 특히 한성부의 백성들이 자진해서 회의에 참여할 수 있도록 해야 하지 않겠는가? 싸전을 하는 한 점주는 시류에 밝고 사람들을 모을 인덕을 갖춘 사람이니 그에게서 도움을 받도록 하게."

"알지 못하는 사람을 불쑥 찾아가면 반겨 줄는지요."

서재필이 얼굴을 찡그리며 무슨 말을 할 듯 망설이다, 그만두었다.

"그는 장사로 모은 돈을 의원이나 보육원, 빈민들을 돕는 의인일세. 종로지회 간부이기도 하니, 전혀 모르는 사이라고도 할 수 없지."

독립협회는 이즈음 전국 각 지역에 지부를 두고 있었다. 한성에도 몇 군데 지부를 두어 민간의 명망가들이 활동하고 있었다. 그중에서도 한만호라면 자선가로 평판이 높았다. 그런 사람의 도움을 받는다면 큰 힘이 될 수 있었다. 서재필은 귀국한 지 오래되지 않았음에도,

사회 여러 계층에 인맥을 만들었다. 갑신년 이래 서재필이라는 명성은 조선에 상당한 영향력을 가지고 있어서, 그를 따르는 사람들이 많았다. 그들의 도움을 받는다면 만민공동회의 창설도 어려운 일은 아니었다. 서재필은 그가 체류하는 동안 민간의 역량을 길러 자주적인 개혁 세력으로 기르려 하였지만, 관료와 수구 양반들이 내버려 둘 리가 없었다. 서재필에 대한 각종 모함과 상소가 잇따랐으며, 그를 의심하던 왕은 마침내 출국을 종용했다. 서재필은 계약상의 이유를 들어 시간을 끌었지만 왕의 입장은 단호했다. 서재필에게 위약금 삼천 원을 배상하더라도 그의 위험한 대중 선동을 저지할 결심이었다. 위약금 삼천 원은 이 당시 조선의 연간 세입이 십만 원 남짓임을 감안하면 엄청난 금액이었다. 그러나 왕조의 존망에 관한 일이기에 왕은 재정의 출혈을 감수하고 서재필의 추방을 결정했다. 서재필이 원하던 개혁은 완성되지 않았지만, 그 사명은 나에게 남겨졌다. 그리고 위약금 삼천 원은 훗날 대한의 독립자금으로 쓰였으며, 서재필의 문구 사업마저도 독립운동 투자금으로 인해 파산하였음을 밝혀둔다.

제4장
만민공동회

✦ ✦

이완용은 학부대신을 사직하고 정동 자택에 은거해 있었다. 독립협회의 일에도 관여하지 않았다. 그는 서재필, 안경수, 정교와 같은 과격 분자들과 어울리고 싶지 않았다. 그가 대신직에서 물러난 것도 그를 의심하는 왕의 노여움 때문이었다. 왕은 아라사와 같은 강력한 전제 군주제를 원했다. 입헌군주제나 공화제를 주장하는 무리는 역신으로 간주했다. 이완용이나 윤치호 같은 보수파들이 독립협회에서 활동하 도록 내버려 둔 이유는, 그들이 급진 개혁주의자들의 과격함을 저지해 주기를 원함이었다. 그런데 시간이 갈수록 관료 출신들이 수상해졌다. 노비 해방은 그렇다 하더라도 신분제의 완전한 철폐, 언론과 집회의 자유, 중추원의 의회 기능 전환, 평민의 참의원 정수 확대, 예산 결산 의 대민 공포, 외교 군사권의 내각 승인권 등 군주의 권력을 제한하려 들었다. 자신을 왕위에서 끌어내리려 함이 아닌가 하는 저의가 의심스 러워졌다. 특히 똑똑하다는 이완용은 더욱 믿을 수가 없었다. 보수파 대신들의 상소가 잇달아 올라왔다. 특히 유림의 거두 최익현의 개화파 에 대한 상소는 저주에 가까웠다.

"그들을 모두 물리치소서. 외세에 의존한 개화가 어찌 국가의 운명을 바르게 세우리까? 이웃 청나라는 영국과 맹약하였으나 그들에게 속아 나라가 아편으로 병들었고. 우리나라는 왜의 간사함에 속아 국 모가 시해당하였습니다. 외적의 세를 빌려 미래로 나아감이 어찌 국가의 백년대계이겠습니까? 지금 서양 오랑캐와 왜적에 의탁하여 문명한 나라로 만든다고 하는 독립협회의 무리는, 이 나라의 도덕을 무너뜨려 나라를 적에게 바치고자 하는 간사한 자들일 따름입니다. 주상께서는 마땅히 이들을 물리치고 벌을 내려 국가의 위엄을 보여야 할 것입니다."

유림의 상소가 빗발쳤다. 그러나 왕은 유학자의 주장으로서는 왕조를 지탱할 수 없음을 알고 있었다. 동학이 일어나고 의병이 들끓었으나 모두 허무한 희생이었다. 지금은 주자의 시대가 아니고, 예수와 과학이 지배하는 세상이었다. 왕은 그들의 충심을 의심하지 않았으나, 그들의 호소가 과거에 갇힌 완고함임을 알고 있었다.

이완용을 만나기 위해 그의 자택으로 두 번 찾아갔다. 한 번은 그가 일본 공사 미우라를 만나러 갔고 다른 한 번은 궁으로 들어가고 없었다. 세 번째 방문에서야 겨우 그를 만날 수 있었다. 이완용은 사랑채 마루에 서서 연못의 수련을 보고 있었다. 한낮의 햇빛에 큰 잎사귀가 물 위에 늘어져 있었다. 내가 가까이 가자 그는 손짓하며 연잎을 가리켰다.

"저걸 보게. 연잎이 축 늘어졌네. 생기를 잃고 있어. 날이 너무 더운 게 아닌가?"

나를 떠보려 함이었다. 더위에 지친 연잎에 비겨 시들어 가는 조선의 명운을 가리켰다.

'너는 어찌 생각하느냐?'

그의 속마음이 들렸다. 나는 연잎을 말하는 그에게 연못가에 핀 수련의 잎을 들어 보였다.

"뿌리가 살아 있으니 죽지는 않을 것입니다. 연못의 물만 갈아 주면 싱싱함을 다시 찾을 것입니다."

이완용은 빙그레 웃어 보였다. 나는 조선의 희망을 말하고, 그는 수긍했다.

"들어오시게!"

사랑방 안은 단출했다. 삼베 방석이 주어졌다. 그는 서안을 옆에 두고 북쪽에 앉았다. 하녀가 차를 내왔다. 언행이 조신했다. 발끝으로 물러났다. 유가의 가법이 생생했다. 이완용이 차를 권하며 말했다.

"나는 조선의 양반일세, 기호학파지."

기호학파는 율곡 이이의 주기론을 지지하는 학파였다. 정치적으로는 서인이었고, 구한말의 주류였다. 기호학파라고 밝힘은 양반과 평민의 도리를 가르치는 왕조의 지배층임을 자인했다.

그는 나에게 은연중에 물었다.

'계급 차별을 인정하느냐? 아니면 사민평등을 주장하려는가?'

나는 그 질문을 비껴갔다.

"저는 양녕대군의 십육 대손입니다. 6대조부터 급제자를 내지 못하였습니다."

그와 나는 독립협회에서 같이 일한 적이 있다. 그는 독립협회 위원장으로, 나는 독립협회보의 필진으로 서로 이름 정도 알고 지내던 사이였다. 그런데 새삼스레 출신을 묻는 저의는 양반계급임을 여전히 인정하는가 하는 물음이었다. 나는 양반 가문이긴 하지만 평민과 다름없다고 대답했다. 벼슬길에 오르지 못한지 벌써 6대째였다. 이완용은 고개를 끄덕였다. 그의 생가는 고려 시대 이래로 명문이었으나 9대를 벼슬길에 오르지 못했다. 먼 친척인 감찰공파(監察公派) 이호준의 양자로 입적되면서 출셋길로 들어섰다. 양부인 이호준은 당대의 정계 거물로, 승정원 동부군수 등의 고위직을 지냈고 신정왕후 조 씨의 조카인 조성하를 사위로 들였으며, 흥선대원군의 서녀와 자신의 서자를 혼인시켰을 정도로 인맥도 튼튼한 인사였다.

"나의 생가도 한미한 집안이었지. 그러나 양반이었기에 관직에 오를 수 있었네."

이완용의 술회는 교만해서가 아니었다. 양반이기에 출세할 수 있었다는 완곡한 표현이었다. 그러니 독립협회 일도 적당히 시류와 타협하면 어떠냐 하는 회유였다. 서재필의 언질을 받고, 내가 찾아온 목적을 짐작하고 있었다. 그로서는 부담스러운 부탁이었다. 가난한 집안 출신으로서, 가문을 지켜야 한다는 책임감이 급진적인 개혁주의자와의 만남을 망설이게 했다. 그러나 나라의 백년대계를 생각해야 하는 대신으로서 자유와 평등의 가치인 민주주의를 모르는 바가 아니었다. 그 역시 신식 학문을 배웠고 미국 공사로서 근무한 외교관이었다. 하지만 조선은 아직 미국과 같은 민주국가가 되기에는 이르다고 느꼈다. 미국 역시 독립한 지 백 년 가까이 되어서야 노예 해방이 있었다. 그것도 전쟁을 통해서…. 조선은 아직 멀었다. 사민평등과 자유를 민중에게 내어 주려면 조선이 망해야 했다. 왕이 죽어야 하지만, 그렇다고 해서 무지한 백성들이 이 나라를 독립국으로 만들 수 있으리라 기대할 수 없었다. 왕이 없는 민중이란 오합지졸이었다. 이완용은 안쓰럽게 나를 바라보았다. 성공하기 힘든 이상주의자를 바라보는 현실주의자의 눈빛이었다. 하녀가 가져온 차를 한 모금 입에 넣고 적신 후 그가 달래듯이 말했다.

"그래! 무슨 일을 하려고 하는가?"

그의 눈빛은 평온했지만, 남의 속을 헤집듯 깊었다. 거짓을 말할 수는 없었다.

"백성이 주도하는 단체를 설립하려고 합니다."

"무슨 이유로? 무슨 필요가 있어서? 독립협회가 있지 않은가?"

"독립협회의 애국 애민을 잘 압니다만, 삼천리 강토의 모든 백성을 하나로 뭉치기 위해 저와 동지들은 만민공동회라는 단체를 만들기로 하였습니다."

동지들이라고 했지만 주모자가 서재필임은 이완용이 모를 리 없었다. 그는 고개를 저었다.

"위험한 발상이야! 고삐가 풀린 말은 낙오되기 마련이야. 백성에게 자주권을 주기에는 아직 이르네."

그는 신분제를 유지하기를 원했고, 나는 평등한 세상을 원했다. 이완용은 보수주의자였다. 기존의 질서하에서 점진적 개혁을 원했다. 그는 개혁의 편인 듯했으나, 여전히 양반의 편이었다. 갑오경장 때 법령상으로 노비는 해방되었으나, 사민은 평등하지 않았다. 노비는 여전히 노비, 상민은 여전히 상민이었다. 그 중심에 토지가 있었다. 양반은 토지를 내놓지 않았다. 토지 없는 노비 해방은 아무런 쓸모가 없었다. 노비 해방에는 농지개혁이 뒤따라야 했지만, 개화파에게 그 일은 지극히 어려운 일이었다. 그들 역시 양반이었기에 토지를 포기할 수 없었다. 토지개혁에 관한 나의 주장은 왕의 나라 조선에는 너무 일렀다. 나는 이런 속내를 말하지 않았지만, 이완용은 진정한 평등을 이루기 위해서는 경제적 자주권을 내어 주어야 한다는 사실을 잘 알고 있었다. 그는 미국 공사를 지낸 사람이었다. 미국의 흑인 노예 해방이 토지의 분배와 동시에 이루어지지 않았다면 실패했으리란 사실을 누구보다 잘 알고 있었다. 사민평등을 주장하는 만민공동회의 설립은 폭민의 가능성을 내포하고 있었다. 폭민이란 무지한 백성의 난동을 말함이었다. 나는 이완용의 우려를 알고 있었다. 그러나 현실적으로 지금의 조선은 폭민보다 더한 국가 위험에 직면해 있음을 역설하였다.

"지금의 조선 사정은 한가하지 않습니다. 청국이 일본에 패하고, 일본은 조선을 삼키려는 야욕을 노골적으로 드러내고 있습니다. 그들을 견제하기 위해 아라사를 끌어들이려 했습니다만, 그들 역시 조선의 수탈에만 열중합니다. 이런 불안한 시대가 얼마나 갈 수 있겠습니까? 몇 년 안 가서 조선은 러일 양국의 전쟁터가 될 것입니다. 그 싸움의 승자가 우리나라를 식민지로 삼을 것이 뻔하지 않습니까? 그때도 왕실과 양반이 무사할 수 있을까요? 청나라의 경우를 보십시오. 청은 아편전쟁 이후 열강에 의해 나라는 분열되고, 백성은 난민이 되고 있습니다. 청의 왕실 역시 통치권을 잃고 있습니다. 이 모두가 개혁을 늦추어서 민족의 단결을 이루지 못한 결과입니다. 역사의 흐름은 민중의 방향으로 흐르고 있습니다. 일본의 경우를 보십시오. 그들은 세계 흐름에 신속히 변화하여 놀랍도록 빠르게 선진 문명국으로 발돋움하고 있습니다. 이 모두가 백성에게 자주권을 부여한 결과입니다. 백성은 나라의 근간입니다. 임진년과 병자년의 양 난리에도 이 나라를 구한 사람들은 누구였습니까? 산과 들에서 일어난 민중이었습니다. 그들을 믿지 않고, 누구와 함께 외세와 싸우시겠습니까? 독립협회는 한계에 봉착하였습니다. 지식인과 관료에 의한 계몽주의로는 이 이상의 투쟁력을 가질 수 없습니다. 백성이 자주독립 정신을 가질 수 있도록 기회를 주셔야 합니다. 그들이 이 나라를 위해 싸울 수 있도록 해 주십시오."

나는 열렬히 웅변하였다. 이완용의 풍부한 경륜이 없으면 왕을 설득할 수 없다고 믿었기에 진정을 다하였다. 그러나 이완용은 녹록한 사람이 아니었다. 눈을 감고 한참 생각하다 말했다.

"독립협회의 사업을 확장하면 되지 않겠는가?"

나는 그 제안의 부당함을 피력했다.

"독립협회는 지식인과 관료들이 이끌고 있습니다. 그러니 일본과 아라사는 의심의 눈초리로 주시하고 있습니다. 독립협회의 지도자 중에는 백성의 뜻을 대표할 평민이 없습니다. 이래서는 외국과의 투쟁 동력이 약해질 수밖에 없습니다. 그러니 상민의 지지를 얻을 진정한 백성의 단체가 필요하지 않겠습니까? 독립협회의 간부들은 양반과 지식인들이고 뜻은 있으나 행동하는 사람들이 부족합니다. 주상 전하의 허락을 받아 주신다면, 외세를 물리치는 데 간성이 되겠습니다."

이완용은 담배를 더듬어 장죽을 물었다. 정략적인 이해득실을 따지기 위함이었다. 그가 생각하는 새로운 사민이란 자신의 앞에 앉은 젊은 지식인과 새롭게 눈을 뜬 상인 자본이었다. 만민공동회의 주축은 그들이 될 것이 분명했다. 그들에게 힘을 실어 준다면 무슨 일이 벌어질까? 그들이 새로운 나라의 주인이 되려 할 것인가? 그럴지도 모르지만, 아직 그 시기는 멀었다. 백성들은 무지했고 자본이 없었다. 자본과 지식이 없는 백성이 자주와 민주를 알 리 없었다. 그렇지 않아도 아라사와 일본의 요구가 극심하여 조선의 광산과 항만, 시장의 상권은 제국주의 세력의 소유가 될 판이었다. 그리되면 왕과 양반은 없어지고 외세에 붙은 상인과 신지식인들의 세상이 오게 된다고 이완용은 생각했다. 오히려 신흥 자본가와 개화파들에게 일본이나 아라사의 조선 식민지화는, 그들에게 기회가 되고 왕과 양반은 제거되는 시기가 빨라질 수 있었다. 이것이 이완용의 고민이었다. 그런 이유로 왕은 독립협회를 후원하여 일본이나 아라사의 요구를 물리치면서 왕이 주도

하는 조선의 개화를 앞당기려 하였다. 왕이 개혁의 주체가 된다면 권력을 일부 내놓더라도 정국의 주도권은 쥘 수 있었다. 그것이 조선 왕의 책략이었다. 그러니 왕과 양반이 틀어쥔 독립협회가 아니라 신흥 개혁 세력이 주축이 된 만민공동회에 자주의 기회를 준다면 자신들의 구상이 무너질 위험이 있었다. 그렇지 않아도 민간에 심어 놓은 세작들에게서 이승만의 움직임을 듣고 있었다. 그 뒤에 서재필이 있음도 알고 있었다. 이들을 묵인하여 세력을 키우도록 내버려 두어야 할지 여러 구상을 하는 중인데 이승만이 제 발로 찾아오니 그 의도를 확인할 좋은 기회가 되었다. 이전에 그가 논설을 썼던 신문이나 토론회를 통해 그의 주장을 듣기는 하였지만, 막상 그와 대면하여 구체적인 생각을 들어 보지는 못했다. 언젠가 시간을 내려고 하였는데 이런 만남이 오니 자세히 그의 이념을 들어 보고 싶었다. 이완용은 놋쇠로 만든 재떨이에 대통을 가볍게 두드렸다.

"이 군 생각을 듣고 싶네. 구체적으로 어떤 일을 하고자 하는가?"

이완용이 태도를 바꿨다. 그는 만민공동회를 왕실의 안위에 이용할 수도 있지 않겠나 하는 기대를 했다. 외세를 물리친다는 목표는 만민공동회도 가지고 있다. 그들의 정치 참여 요구를 적당한 수준에서 관리하면, 일본이나 아라사에 항거할 수 있는 왕의 외곽 단체로 만들 수도 있지 않을까?

나는 이완용의 머뭇거림을 보고, 적극적인 의견을 펼쳐 보였다.

"만민공동회는 조선의 독립을 위해 투쟁하고자 합니다. 주상 전하와 백성을 위해서입니다."

조선의 독립이란 말은 모호했다. 왕을 말함인지, 아니면 평민을 뜻하는지 명확하지 않았다. 이완용은 후자로 알아들었다. 왕과 백성은 하나가 아니었다. 왕이 권력을 내려놓아야 백성들의 시대가 온다는 사실은 명확했다. 서구 열강의 역사로 보아도 신문명은 왕과 백성의 투쟁이었다. 그 주체는 자본가인 평민들이었다. 조선은 평민들이 자본을 축적할 기회가 없고, 그 자본가의 역할은 양반 관료가 담당해야 했다. 이완용은 조선이 신문명국가가 되기 위해서는 양반이 개화의 주체가 되어야 한다고 생각했다. 백성은 우매했다. 그들이 서구 열강과 같은 시민이 되기에는 많은 시간이 필요했다. 그러니 조선에서는 양반계급이 서구의 자본가 시민과 같은 역할을 해야 한다고 이완용은 믿었다. 백성은 그들의 지시에 따라 움직이는 민중이면 충분했다. 모든 사람이나 계층이 다 개화될 필요는 없었다. 그래서 나에게 물었다.

"독립이란 누구로부터인가?"

나는 서슴없이 대답했다. 그 대상은 명확했다. 나는 일본이 되어야 한다고 말했다. 사민평등은 말하지 않았다. 우선은 백성들이 뜻을 펼 수 있는 만민공동회의 설립이 필요했다. 그러기 위해서는 왕의 허가가 반드시 필요했다. 임의로 만민공동회를 설립한다면 역적의 오명을 쓰고 처형당할 반역죄였다. 이완용은 다시 물었다.

"일본이 되어야 함은 무슨 이유인가? 아라사도 야심을 보이지 않는가?"

이완용은 이 당시 아라사에 가까웠다. 그러나 친 아라사파라 하기도 어려웠다. 오히려 두 세력의 균형을 이용하는 실리주의자에 가까웠다. 이른바 줄타기 외교였다.

"아라사는 대양으로 나가기 위한 수단으로 조선을 이용하고 있습니다. 그들은 조선을 식민지화할 야심은 있지만, 일본에 비해 절박성이 없습니다. 그들의 중요한 군사력은 유럽에 배치되어 있고, 중국과의 국

경선에 전력을 투입하고 있습니다. 그들의 조선 진출은 영국이나 미국과 같은 해양 세력들에게 봉쇄될 것입니다. 아라사 대안으로 미, 영이 선택할 나라는 일본입니다. 그들은 아라사의 태평양 진출을 막기 위해 일본을 지원할 것입니다. 일본은 대륙 진출이 그들의 야망입니다. 미국과 영국의 입장에서 볼 때 일본은 아라사의 방패로 협력하며, 따라서 조선은 현실적인 위협인 일본의 침략에 방비해야 합니다."

"그 의견에는 동감이네. 일본에서는 후쿠자와 유키치를 비롯한 강경파들이 정한론을 내세우고 있어. 지금 당장 실행하지 못하는 이유는 아라사의 간섭 때문이네. 청일전쟁이 끝난 지 몇 년 지나지 않아서, 현재 일본의 국력으로는 아라사를 상대로 전쟁을 일으키기가 어렵네. 하지만 그 시기는 멀지 않아. 지금 미국은 남방으로 향하고 있어. 그들의 목표는 필리핀을 비롯한 남방 열도야. 네덜란드와 포르투갈이 지배하는 영역이지. 미국은 그들의 식민지를 빼앗아 남태평양을 세력권으로 하려고 하네. 영국은 인도 경영만으로도 사실 힘에 부치지. 그렇다면 동북 대양으로 아라사가 진출할 가능성이 높은데, 여기에서 그들은 어떤 선택을 할까? 일본에 힘을 실어 주지만, 대륙 진출은 막으려고 하지 않을까? 일본이 만주 진출을 한다면 결국 해군은 남방으로 향하게 되겠지. 그런 상황을 예상한다면 일본과 아라사의 힘을 조선 반도에 묶어 놓을 책략을 취하려 하지 않을까? 그렇다면 우리 조선은 힘을 기를 시간을 더 벌 수 있겠지."

이완용은 국제 관계를 통찰하는 안목이 있었다. 나는 거기까지 생각이 이르지는 못하였다. 앞으로 그는 자신의 이익에 따라 후원자가 되거나, 만민공동회의 강력한 적이 될 수 있겠다는 예감이 들었다. 이완용은 백성의 독립을 원함이 아니라 조선의 독립을 원했다. 그에게 있어 조선이란 왕의 나라이며 성리학이 지배하는 신분제 사회였다. 그의 입장에서 만민공동회는 왕이 어떻게 사용하느냐에 달렸다고 보았고, 그러기 위해서는 다루기 쉬운 개혁주의자들을 시험해 볼 필요도 있었다. 서재필과 같은 위험한 인물이 아니라면, 나와 같은 젊은 개혁주의자들은 쉬운 상대였다. 열정을 보이지만, 민중의 지지를 받을 수 있는 지도자감은 아니었다. 아직 경험이 미숙한 풋내기였다. 이완용은 민중 단체의 설립을 허가해도 큰 위협이 될 수 없다고 판단했다. 오히려 이 일을 계기로 출세의 계기가 될 수도 있다는 계산이 섰다. 그는 언질을 주었다.

"주상 전하께 말씀을 올리겠네."

이완용이라면 왕을 설득할 수 있으리라고 나는 기대했다. 왕은 현재 불안한 상태이다. 외국의 압박과 국내의 민심은 뒤숭숭하다. 현 상황을 타개할 수 있는 다른 수단이 있다면 붙잡을 가능성이 컸다. 기다려 보자. 그렇지 않다면… 싸워야겠지.

제5장
왕의 선택

◆ ◆

이완용은 왕을 독대했다. 이승만의 부탁을 받은 뒤, 두 달 정도 흐른 후였다. 왕과의 단독 면담은 측근의 감시가 있어 기회를 내기가 쉽지 않았다. 특히 엄 귀비는 개화파인 이완용을 좋아하지 않았다. 왕이 저녁 수라를 마친 술시였다. 저녁 어스름이 길게 꼬리를 끌며 전각 안으로 따라 들어왔다. 이완용은 왕의 평상 앞에 숙배하고 앉았다. 열린 창문을 통해 들어온 저녁 바람에 황 촛불이 꺼질 듯 일렁거렸다. 이완용의 흰 볼에 그림자가 머물렀다가 사라졌다. 그는 허리를 펴고 침착한 눈매로 왕을 올려 보았다. 왕은 이완용의 태도에 약간 긴장했다. 무슨 말을 하려고 독대를 청했는가? 나라가 불안해서 그런지 신하들이 여기저기 눈치를 보는 자들이 많다. 어느 놈은 일본에 의지하자고 하고, 다른 놈은 아라사에 붙자고 난리다. 어느 놈이 충신인지 분간이 안 된다. 하긴 뭐! 천하가 혼란하면 다 제 살길 찾기 바쁘지. 이해하려고 하지만 그래도 마음을 터놓을 신하 몇 명은 있어야 하는데 막상 찾아보면 드물다.

측근이라고는, 족벌밖에 모르는 민가 일족과 지방관이나 팔아먹는 권신들이니, 이런 놈들 믿고 국가 대계를 상의할 수 없다. 그래도 외국 문물을 접해 본 지식인들이 낫긴 한데, 위험한 생각을 가진 놈들이 많다. 그들의 머릿속에는 일단 왕의 권력을 내놓아야 한다는 공화주의자들이 많으니, 아무래도 믿을 만한 상대는 아니다. 이완용은 주미 공사까지 지낸 국제 감각이 있는 관료고, 과거에도 급제한 수재다. 그러나 충신은 아니다. 겉으로 드러내지는 않지만, 이익과 손실을 교묘히 가리는 영리한 자다. 상황에 따라서 언제든지 배신할 수도 있다. 그 사실을 나는 잘 알고 있다. 당연하게 받아들여야 한다. 왕이 신하에게 아무런 이익을 나누어 줄 수 없을 때, 모든 신하는 역신이다. 아버지 홍선대원군을 보라. 섭정 자리를 내어놓고 운현궁으로 돌아갔을 때 대문은 한적했다. 왕이라고 다를까? 명나라 마지막 황제 숭정제가 농민 반란군 이자성에게 북경성에서 포위당했을 때, 그를 지킨 자는 태감 왕승은 한 사람뿐이었다. 시세에 따라서 인심은 변하는 법이다. 그를 원망해서는 안 된다.

하지만 나의 대에서 오백 년 왕조를 망하게 할 수는 없다. 대의정치고 공화제고, 다 좋다. 하지만 조선은 개국 이래 오백 년간 누구의 것이더냐? 바로 이씨 왕조의 소유다. 어떤 말을 하여도 그 사실은 변함이 없다. 태조 이래 전해온 이씨 왕조를 지키기 위하여 나는 무슨 일이라도 할 것이다. 충신이 아니라 역적이라도 관계없다.

왕은 이완용을 왕가를 보위할 충신으로 보지는 않았다. 이완용은 자신의 이익이 된다면 언제라도 이씨 왕조를 버릴 것이다. 그 사실은 잘 알고 있다. 하지만 왕실을 보위하는 데 충신만이 필요하지는 않다. 역적도 필요하다면 손을 잡아야 한다. 이완용은 역적도 충신도 아니다. 그가 둘 중에서 결정할 시기가 온다면 아마 내가 그에게 이익이 되지 못할 때이다. 그럴 것이다. 그에게는 대나무 같은 꼿꼿함이 없다. 버들가지처럼 유연했다. 친일적 태도를 보였다가 친러의 행보를 취하기도 하였다. 어찌 보면 믿을 수 없는 사람이었다. 그러나 현실적으로 이런 신하가 필요했다. 조선은 자주적인 힘이 없다. 병자호란과 같은 국제 변혁이 조선의 조야를 흔들고 있었다. 이런 때에는 최명길과 같은 유연한 주화파가 필요했다. 이완용은 그런 면으로는 유능한 신하였다. 국제적 힘의 역학관계를 찾아, 균형을 잡을 만한 수완가였다. 독립협회에 참가시킨 이유도 그런 재능을 기대해서였다. 민간과 조정의 갈등을 조정하라는 지시도 내렸다. 왕은 물끄러미 이완용의 흰 얼굴을 바라보며 그의 말을 기다렸다. 이완용은 어떤 서두를 꺼낼까? 머릿속을 더듬다가 평이한 보고를 올렸다. 처음부터 왕의 심기를 불편하게 할 필요는 없었다.

"전하의 뜻을 받들어 독립협회는 백성들의 교화를 충실히 수행하여, 충의 심을 높이고 있습니다. 전하의 홍덕입니다."

입에 발린 소리다. 요즘 독립협회의 활동이 시원치 않다. 지금 시국이 어떤 시국인가. 아라사가 아관파천을 기회로 조선의 온갖 이권을 약탈하고 있지 않은가? 전국 각지의 광산채굴권부터 진남포항의 조차권, 이번에는 절영도의 토지 임차, 목포의 토지 매수까지 아예 조선을 자기 영토로 만들려고 수작질하는 데다, 프랑스도 한성부의 토지 조차를 요구하고 일본도 기회를 틈타 광산이며 철도 부설권을 요구하고 있다. 관에서는 공식적으로 거부가 어렵다. 친러파의 대신들이 묵인하다시피 하고, 왕이 공식적으로 입장을 낸다면 외교 마찰이 되기 쉽다. 외국과 반목하면 왕 자리도 위태롭다. 그렇지 않아도 이 망할 놈들에겐 내가 눈엣가시다. 그래서 조정이 나서면 안 된다. 민간단체인 독립협회에 그 일을 주동하라는 내밀한 지시를 내렸다. 백성들의 교화란 강한 외세를 견제하는 민간의 힘을 키우기 위한 책략이었다. 왕에게 있어서 민간이란 양반을 말함이었다. 그런데 요즘엔 영 허약하다. 군중대회도 없고, 러시아를 비판하는 목소리도 제대로 나오지 않는다.

영 불편하다. 이렇게 가다간 언제 조선이 망할는지 모르겠다. 에이! 시원찮은 놈들. 이완용은 왕이 입맛을 다시는 모습을 보고 머리를 조아렸다. 왕은 독립협회에 실망하고 있다. 이럴 때 이승만이 제안한 만민공동회를 방책으로 올리면 왕의 승낙을 받을 가능성이 있다. 이완용의 직감은 그 방향을 가리켰다.

"전하! 신이 생각하기에 독립협회를 이대로 운영한다면, 외국에 저항할 기세를 잃게 됩니다. 그래서 독립협회의 외곽조직으로 만민공동회를 열어 신분 고하를 막론하고 조선의 온 백성이 모여 외세를 규탄하고자 합니다."

왕은 이완용의 난데없는 제안에 무슨 속셈인지를 알기 위해 침묵을 지켰다. 백성들을 모아 군중대회를 열겠다, 위험한 발상이다. 군중이 무엇인지 아는가? 군중은 화약과 같다. 잘 다루면 유용하게 쓸 수 있지만, 잘못하다 불을 잘못 댕기면 한성을 불태울 수 있다. 지난번 동학란을 보지 않았는가? 일본군이 진압하지 않았다면 아마 조선은 끝장났을 것이다. 그 덕분에 왜놈들이 한성에 군을 주둔시켜 조정 일에 간섭하는 계기가 되었지만…. 이완용이 제안한 만민공동회도 민중을 자극하여 궁이라도 습격한다면 뒷감당을 어찌하겠는가? 왕의 걱정을 눈치채고 이완용이 대책을 내놓았다.

"전하! 만민공동회는 독립협회가 감독하는 단체입니다. 협회에서 군중을 지도하고 이끄니 심려하지 않으셔도 되십니다. 서재필은 믿지 못하신다고 하더라도 윤치호와 안경수, 그리고 소신이 그들을 이끌 터이니 그런 걱정은 놓으십시오."

"자네들이 직접 앞장설 것인가? 그리되면 더 큰 문제가 아니겠는가? 조정의 중신이 집회를 주동하다니 말이 되는가?"

황제의 의문은 간단히 풀렸다. 이완용은 최악의 상황에 책임을 회피할 수 있는 수단을 내놓았다.

"전하! 만민공동회는 상시로 열리는 집회가 아니옵니다. 열강들의 요구를 철회할 때까지 한시적으로 나설 계획입니다. 더구나 그 집회의 연사로는 이승만, 양홍묵과 같은 젊은이들이 나서서 주관할 예정이니 민란이 일어날 가능성은 없사옵니다."

"이승만? 그 배재학당 출신의 젊은이 말인가? 그가 쓴 신문 사설을 보니 나라를 걱정하는 마음은 가득하더군. 그런데 주장이 과격해!"

이승만이 의회 정치의 논조를 편다는 우려였다. 이완용은 황제의 우려를 달랬다.

"아직 젊은이라서 이상적 열정이 가득하지만, 그 역시 왕실의 피를 이은 사람입니다. 어찌 왕가를 위협하겠습니까?"

"과인도 들었네. 그가 양녕대군의 16대손이라고 하더군."

"예! 그러합니다. 똑똑하고 충심이 있는 사람입니다. 믿고 맡겨 주소서."

왕은 고개를 끄덕였다. 그런 판단이 들었다. 이번 일을 맡겨 보고 믿을 만한 사람이라면 불러서 중용할까 하는 생각도 들었다. 그래도 혹시 하는 불안감을 혈족이라는 위안으로 달랬다.

'무어니 해도 피붙이가 제일이지.' 내심으로 그렇지만 드러낼 수는 없다.

"기다리게. 중신들과 상의할 터이니."

왕의 반승낙이 떨어지자, 이완용은 입가에 미소가 지어지는 것을 억지로 눌렀다. 만일 만민공동회가 아라사의 이권 수탈을 막아낸다면 그 역시 절대권력인 왕에게 한 걸음 더 다가간 셈이 된다.

만민공동회 설립 윤허가 내린 날은 1897년 11월 초순이었다. 그 전달인 10월에 대한제국의 선포가 있었다. 조선이 자주국임을 대내외적으로 알리기 위한 왕의 고심이었다. 왕은 황제가 되었지만, 제국의 위엄은 없었다. 조선은 저물어 가는 왕국이었다.

왕의 윤허가 내린 날, 때 이른 진눈깨비가 내렸다. 이완용이 왕의 뜻을 전했다. 그의 집 서재에서였다. 방 안은 군불을 때어 훈훈했다. 하녀가 유과를 커피와 함께 내왔다. 색색의 모양으로 빚어진 궁중 식이었다. 커피는 말레이에서 가져온 원두를 볶았다고 했다. 커피잔이 유백색의 본차이나였다. 중국의 도자기 제조 기술을 수입하여, 한 단계 더 발전시켜 만든 영국의 고급 자기였다. 궁중에서도 보기 힘든 귀한 물건이었다.

이완용은 고급하고 세련된 서양 문화를 즐겼다. 그의 취향을 탓하고 싶지는 않았다. 다만 민중을 위한 투쟁은 같이하기 어려운 사람이라는 느낌이 들었다. 서재필 선생과는 지향하는 바가 달랐다. 커피를 한 모금 마시고 유과 한 조각을 입에 넣었다. 달콤한 과자와 쓴맛이 도는 커피가 입안에서 부드럽게 어울렸다.

"자네의 제안 말이야."

그가 뜸을 들였다. 온화한 눈빛으로 바라보았지만, 엄한 기세가 있었다. 대신을 오래 지낸 관록이었다.

"폐하께서는 만민공동회를 탐탁하게 생각하고 있지 않네."

내 반응을 슬쩍 살폈다. 이런 경우 동요를 보인다면 이완용은 속으로 웃겠지. 나는 입을 다물고 그의 다음 말을 기다렸다.

"독립협회 일도 요즘 마땅치 않게 여기시네. 한마디로 말하겠네. 조선은 이씨 왕조의 천하이고 백성은 신민으로서의 본분을 잊으면 안 되네. 만일 그 약조를 지켜준다면 만민공동회의 일을 묵인하겠노라고 하교하셨네."

결국 왕은 조건을 걸었다. 군주제를 폐지하라는 요구를 하지 말라. 백성의 참정권을 보장하지 못한다. 사민평등을 주장하지 말라. 그 뜻을 분명히 밝히고 있었다. 하지만 나는 이완용의 생각을 물었다.

"대감께서는 어찌 생각하십니까?"

이완용은 눈으로 웃었다. 어리석은 질문이군, 그런 생각을 하는 듯했다. 그는 대답 대신 충고했다.

"모든 일에는 때가 있는 법. 지금은 만민공동회의 애국심만 생각하게."

만일 왕의 뜻을 거부한다면, 독립협회도 무사하지 못하리라는 예감이 들었다. 복잡한 생각은 미뤄두고 우선 백성을 결집하는 일이 급했다. 이완용이 혼잣말을 했다.

"선후를 따져야지!"

제6장
상인 한만호

♦ ♦

며칠 뒤, 나는 종로 미곡상 한만호를 찾아갔다. 그는 서재필의 소개로 알게 된 독립협회 회원이었다. 만민공동회 설립을 하려면 그의 도움이 필요했다. 한만호는 민간에 인망이 높았다. 사립학교 후원과 고아원 기부도 상당히 했다. 체격이 크고 뼈가 굵은 강골이었다. 신분은 상민이라고 하는데 국내외 정세에도 상당한 식견이 있었다. 장사를 하다 보니 자연히 그리되었으리라 하는 생각도 들지만, 학문적인 소양도 있으니 평범한 상민은 아니었다. 처음 만났을 때, 만민공동회 창설 의사를 물었다. 한만호는 별다른 반응을 보이지 않았다. 다만 서재필 선생으로부터 기별을 받았다고 덤덤히 대답했다.

그는 여전히 싸전에 앉아 손님을 맞이하고 있었다. 중년 부인이 좌판에 놓인 쌀을 집어 입안에 넣고 우물거렸다. 고소한 맛이 향긋했다. 옆에 선 점원이 기대에 찬 표정으로 물었다.

"부인! 맛이 어떠세요? 이천 햅쌀이라서 밥을 지으면 찰기가 넘칩니다."

중년 부인이 입술을 비죽거렸다. 살집이 마르고 얼굴이 세모진, 다소 신경질적인 여자였다. 그 뒤에 어깨가 딱 벌어진 땅딸한 사내가 양복을 입고 서 있었다.

"상품은 아니지만, 이 정도면 쓸 만하오. 가격만 맞춰 준다면 거래를 생각해 보겠소."

억양을 들어보니 조선 사람이 아니었다. 점원이 호기심을 가지고 물었다.

"처음 뵙는 분인데 어디서 오셨습니까? 물량을 말씀하신다면 섭섭하지 않게 해 드리겠습니다."

"음! 어디서 왔는지는 굳이 말할 필요 없고, 물량은 삼백 섬 정도 필요해요."

점원의 입이 벌어졌다.

"삼백 섬이나요? 그 정도는…."

삼백 섬이라면 백산 상회라고 해도 작은 규모는 아니었다. 점원이 한만호를 돌아보았다. 뒤에서 그들이 하는 양을 지켜보고 있던 한만호가 사무실로 여자를 불러들였다. 얼마 안 있어 여자가 상기된 표정으로 나왔다. 화난 표정이었다. 한만호는 덤덤한 표정으로 여자가 돌아가는 모습을 지켜보았다. 점원이 아쉬운 표정을 지었다.

"왜 그러시오?"

좋은 고객을 돌려보내는 한만호의 처사에 의문이 들었다. 간섭할 일은 아니지만 장사꾼이 손님을 빈손으로 내치는 일이 쉽게 볼 수 있는 일은 아니어서 호기심을 보였다.

"엉! 아, 뭐라고 하셨소?"

한만호가 무언가를 골똘히 생각하다 나를 돌아보았다.

"손님을 그냥 보내시기에…."

괜한 말을 했나 싶었다. 나와는 아무런 관련이 없는 일을 가지고…. 쌀 삼백 섬이면 적지 않은 거래인데, 포기한다니 그럴 만한 이유가 있을 터였다. 한만호는 머리를 긁적이며 어쩔 수 없다는 투로 대답했다.

"일본 군인들이 우리 쌀을 사들인다는 소문이 돌던데 우리 집에까지 왔구려. 그 애들이 전쟁을 대비해서 비축미를 늘린다는 말이 있어요."

"전쟁이요? 청일전쟁이 끝난 지 얼마나 된다고?"

"청일전쟁에서 이기고, 우리 조선을 뜻대로 하려고 했더니 아라사가 문제가 된 거죠."

역시 세상 물정은 상인들이 빠르다. 그들은 물동량의 흐름으로 정치의 흐름을 알아챈다. 조선왕조가 상공업의 발달을 틀어막은 정책이 결국 오늘날 낙후된 조선을 만들어 낸 원인이다.

"작년 삼남의 소출이 평작에 못 미쳤어요. 내가 애국자는 아니지만, 일본의 매점매석과 야합하면 조선 민중들은 무얼 먹고 삽니까?"

한만호는 평이하게 말했지만, 상인이 이익을 포기하는 일은 두꺼비가 파리를 놓아주는 행동과 같다. 그러려면 대의가 있어야 한다. 조선 민중에게 돌아갈 쌀을 왜인에게 팔지 않겠다. 이런 정도의 애국심은 갖춰야지.

"일본 상인들이 조선 쌀을 사재기하려면 그만한 물량과 가격을 제시했을 텐데 큰 이문을 포기하시다니 대단하시오."

"그렇지도 않습니다. 쌀은 누가 먹어도 먹어야 하는 식량이니, 굳이 왜인에게 팔지 않아도 되지요. 더구나 전쟁용 비축품이라면 더욱 안 되지요."

한만호는 아무렇지 않은 듯 말했지만, 눈빛이 번쩍였다. 예사로 볼 사람은 아니다.

그가 창고 옆의 작은 판자로 지은 사무실로 안내했다. 난로 위에 놓인 주전자를 들어 보리차 한 잔 따라주었다. 구수한 향이 목젖을 적셨다.

"일본 아이들이 마시던 차이지만 보리는 조선산입니다."

한만호는 일부러 일본 아이들이란 하칭을 사용했다. 낮추어 보는 태도였다.

"보리는 조선산이 훨씬 구수합니다. 그럼 우리 차죠."

나는 자조하듯 말했지만, 개화의 실질이 그렇다고 규정했다. 신문명은 물질로서 오지만, 그 정신은 조선의 의지로서 움직여져야 한다. 한만호는 긍정하듯 눈 가장자리를 꿈틀거렸다. 그리고는 지나가듯 물었다.

"왕의 허락이 떨어졌습니까?"

"그렇습니다. 우리의 이상을 실현해 봅시다."

나는 가슴 벅차게 말하며 그의 손을 잡았지만, 그는 기쁜 기색이 없었다.

"설마 했는데…"

뒷말을 잇기 전 문을 밀치고 한 사내가 들어섰다.

"성님! 배달 다녀왔습니다."

목소리가 우렁우렁하고 키는 작은데 어깨가 딱 바라졌다. 퉁방울 같은 눈을 부릅뜨고 나를 응시한다. 한만호가 그를 소개했다.

"오영수라고, 형제처럼 지내는 사이입니다. 이 사람도 독립협회 회원입니다. 홍남 사람입니다. 저의 가게에서 일을 돕고 있습니다."

그리고는 오영수에게 말했다.

"독립협회에 계신 이승만 선생일세."

오영수가 큰 손으로 내 손을 잡고 덥석 허리를 숙였다.

"배재학당의 이 선생이시군요. 양반과 상놈의 차별을 없애야 한다고 주장하시는 분…. 이렇게 뵙게 되니 영광입니다. 선생님의 말씀에 큰 감명을 받았습니다."

"무얼요. 저뿐만 아니라 독립협회의 많은 분들이 같은 생각을 하고 있습니다. 우리는 한 동포이고 형제입니다."

"감사합니다. 선생님. 우리 동무들이 모이면 독립협회 이야기를 많이 합니다."

민중의 마음은 모두 이와 같을 것이다. 차별이 없는 평등한 세상…. 모두 그런 세상을 꿈꾸지만, 조선의 현실은 아직 어둡다. 내 손을 잡고 놓아주지 않는 오영수를 달래며 한만호가 권했다.

"이러지 말고 앉읍시다."

나무로 만든 사각 탁자를 사이에 두고 마주 앉았다. 오영수가 어디서 듣고 왔는지 너스레를 떨었다.

"요즘 동북에는 아라사 군인들이 들어와서 난리입니다. 흥남에는 아라사 군함이 들어왔다는 말이 있습니다."

아라사 군대가 함경도로 들어오다니…. 그 이야기는 들은 바가 없는데…. 오영수가 미심쩍어하는 눈치를 채고 말했다. "아라사 군함이 수리를 핑계로 들어와 있습니다. 관찰사가 항의해도 도통 들어먹질 않는다는군요."

생각보다 빨리 전쟁이 나는 게 아닌지 불안해졌다. 만일 그런 일이 생긴다면 조선의 강토는 쑥밭이 될 것이다.

"일본이 그리 쉽게 아라사에 조선을 넘겨주진 않을 텐데, 큰 싸움이 나겠구려."

한만호가 괴로운 신음을 토했다. 두 나라의 승패가 결정 난다면 조선의 운명도 다하였다. 아직 조선은 그들 손아귀에서 놓여날 아무런 실력도 없다. 그러나 그동안의 시간을 벌 수 있다면…. 앞으로 조선을 개혁하여 십 년의 시간만 주어진다면 독립의 기회는 주어진다. 일본이

바람의 아들 이승만

나 아라사 어느 나라도 이천만이 결사 항쟁하는 나라를 속국으로 삼을 수는 없다. 나는 울적해하는 한만호의 힘을 돋구었다.

"두 나라 사이에 전쟁이 일어나더라도 가까운 시일 내에 일어나지 않는다고 봅니다. 이유를 말한다면 아라사는 대국이지만 그들의 주방어선은 유럽에 있습니다. 그들 전력의 일부분만 극동에 있다고 보아야 하지요. 더구나 영국이나 미국과 같은 해양 국가들이 아라사의 극동 진출을 견제하고 있습니다. 반면 일본은 청일전쟁에서 승리한 지 오래지 않아, 아라사를 상대할 국력이 되지 않습니다. 이 두 국가가 전쟁을 결심할 때가 아직 되지 않았다는 이야기입니다. 우리가 그 사이에 국가를 문명화시킨다면 살아날 기회를 가질 수 있습니다."

한만호가 번쩍이는 눈빛으로 나를 뚫어지게 바라보았다.

"이 선생은 조선을 문명화시킨다고 하는데, 개항 이래 수십 년이 지났지만 조선은 그대로요. 이 나라에 식민지를 면할 기회가 있다고 믿소?"

그가 추궁하듯이 묻자, 순간 당황하였다. 그가 계속 말했다.

"우리는 서재필 선생을 따르는 사람이요. 그분의 지시에 따라 이 선생을 돕고자 하오. 그러나 이 선생의 말을 들어보면 방향성이 불분명하오. 만민공동회를 만들어서 외세를 배격하자는 데에는 이견이 없소. 그렇지 못하면 조선은 외국에 간과 쓸개를 다 내준 허깨비 상태가 될 테니, 그렇지만 그다음에는 어찌 되오? 왕이 그 대가로 상민에게 중추원과 내각을 내어줄 것 같소, 내각에서 추천하여 총리대신을 뽑고, 중추원에 민간에서 추천하는 인재들로 의회를 구성하도록 용인하겠습니까? 백성들의 차별을 없애고 노비 해방을 해 준답니까? 역천 혁명이 없으면 우리의 희생은 왕과 양반들에게 좋은 일만 시키는 게요."

나는 그의 과격한 말에 놀랐다.

"역천 혁명이요? 역천이라 하셨소?"

역천이라 함은 이씨 왕조를 무너뜨려야 한다는 과격한 주장이었다. 한만호는 눈을 부릅떴다.

"그렇소. 분명히 하시오. 그렇지 않다면 공연한 일에 심력과 돈을 기울일 생각이 없소."

오영수가 어깨를 들썩이며 동조했다.

"형님의 말씀이 옳소. 이 선생의 소견을 밝히시오."

"너는 가만있거라!"

한만호가 오영수를 꾸짖고 담배를 장죽에 붙인 다음, 연기를 한 모금 후우 내뿜으며 말했다.

"이 선생, 혹시 서재필 선생으로부터 나에 대한 말을 듣지 않았소?"

서재필은 구체적인 말을 하지 않았다. 다만 믿을 수 있는 사람이라고 하였다. 한만호가 침중하게 말하였다.

"나는 이 선생을 잘 모르오. 내가 따르는 분은 서재필 선생이오. 그분의 지시로 이 선생을 도우려는 게요. 그러나 이 말은 꼭 해야 하겠소. 만일 왕의 통치를 돕겠다면 나는 사절하겠소."

그가 담배 연기를 콧김을 불며 불어내었다. 연기가 구불대면서 방 안을 맴돌았다. 여름날 머리를 꼿꼿이 세우고 밭고랑을 기어다니는 뱀이 연상되었다.

'잘못하면 물겠다는 소리군. 이 사람들은 숨어 있는 폭민이야. 서 선생님은 왜 이런 사람들을…'

어쨌든 여기까지 왔으니 물러설 수 없다. 서재필 선생의 추천을 믿고 속내를 털어놓을밖에.

"한 점주님의 혁명이 무얼 의미하는지는 모르나 백성이 통치하는 내각을 만들자는 의견에는 동의하오. 내 뜻은 입헌군주제에 있소."

한만호는 그 말을 알아들었다. 평범한 장사꾼은 아니었다. 입헌군주제라는 말은 쉽게 알아들을 수 있는 말이 아니었다. 오영수가 무슨 말인지 알아듣지 못해 말문을 열려는 것을 한만호가 손으로 무릎을 눌러 가만있으라는 암시를 주었다.

"말씀은 잘 알아들었소. 역시 신문에 쓴 논조와 같이 기개 있는 분이오. 그렇다면 우리가 해야 할 일을 알려주시오."

몇 번 만나기는 했지만 속내를 확실히 알지 못해, 정체를 밝히라고 요구했다.

"일이 중차대하니 그 전에 점주님의 감춘 신분을 알려 주셔야, 털어놓을 수 있지 않겠소."

한만호는 대통을 툭툭 재떨이에 털었다.

"허허! 역시 만만한 분이 아니시오. 그럼 솔직히 말하리다. 나는 갑신정변 때 김옥균 선생 밑에서 일했던 사람이요. 그 정도로만 해 둡시다."

한만호가 예사 사람은 아니라고 짐작은 했지만, 갑신정변의 혁명가인 줄은 몰랐다. 그 당시 많은 사람이 죽고 다쳤는데 이 사람은 어찌 살아남았을까? 같이 일하다 보면 차차 알게 되겠지. 그게 뭐 중요한가? 서재필 선생이 한만호를 소개한 이유가 명확해졌다. 계몽이 아니라 조선의 개조를 해야 한다는 그 말…. 조선은 계몽만으로는 아니 된다. 혁명이다. 하지만 아직 확실한 신념이 서지 않는다. 피를 흘리지 않고 백성들에게 주권을 돌려줄 수 없는가? 언젠가는 가능하겠지만 지금 시간이 촉박하다. 일본과 아라사가 싸워서 이기는 나라가 조선을 차지하게 될 것이다. 왕은 저항할까? 별로 그럴 것 같지 않다. 그는 하늘이니까… 하늘이 변하지 않는 걸 믿나? 변하겠지, 그게 이치다. 지금 알 수 있는 일은 없다. 어쨌든 그래…. 이 말을 지킬 수 있을지 모르겠지만 끝까지 가 보는 수밖에.

"점주께서 걱정하시는 부분을 잘 알고 있습니다. 만민공동회의 목적은 입헌군주제입니다. 이 점은 약속합니다."

한만호는 눈자위를 실룩거렸다.

"좋소이다. 우리는 서재필 선생이 만민공동회를 주관하는 것으로 알고 있었는데 그분은 곧 출국하신다는군요. 이 선생을 믿고 일을 추진하라는 말씀은 들었지만 그래도 확답을 받고 싶었소. 어찌해야 할지 계획을 말해 주시오."

지난 만남 이후 한만호가 서재필 선생을 만났음을 시인했다. 왕은 미국의 지지를 원했으나 미국의 관심은 조선에 있지 않고 남방 군도에 있었다. 서재필은 미국과의 관계 개선에 도움이 되지 못했고, 오히려 왕의 입장에서는 체제를 위협하는 세력이 되어 있었다. 그래서 왕은 그의 추방을 결정하였다. 서재필은 조선의 공화국 수립을 돕고자 하였으나 그가 할 수 있는 일은 거기까지였다. 나머지 일은 내가 맡아야 했다.

"우선 좋은 소식을 알려 드리지요. 왕이 만민공동회의 사업 취지를 승낙하고, 집회를 인정하기로 약조하였소. 독립협회 위원장으로 있는 이완용 대감이 주청하여 승낙을 받았다 하오. 그러니 한 점주께서는 사람들을 모아 주시오. 날짜는 대략 내년 3월 초순으로 잡고 있으니 그리 알면 되오."

3월 초순이면 한겨울은 지나갔다. 농사철도 아니니 적당한 시기였다. 한만호는 알았다고 말했다. 그리고 사업 자금을 마련해 보겠노라고 하였다.

독립협회는 만민공동회의 사업을 후원하겠다고 공언하였지만, 실질적인 지원을 하기에는 역량이 부족했다. 참여 인원의 독려와 그에 따른 물자, 원거리 운송 수단 등의 제공 등에는 상당한 자금과 인력의 동원이 필요했다. 그러나 독립협회는 그만한 정도의 재력과 실무 진행을 맡을 인력이 없었다. 더구나 만민공동회의 투쟁 방향에 대해서도 강경파와 온건파가 대립했다. 안경수, 정교, 이상재, 양홍묵과 같은 급진파들은 사민평등과 중추원의 평민 참여 확대를 주장하고 윤치호, 이완용, 남궁억과 같은 보수 관료 출신들은 정치적 과격성에 거리를 두려고 하였다. 그들은 적당한 선에서 아라사와 일본과의 협의를 통해 정치적 성과를 거두려고 하였다. 이들의 주장을 모두 받아들일 수는 없었다. 나는 양홍묵, 이상재, 주시경 등의 젊은 개혁가들과 독립협회 회원들을 중심으로 대회 준비를 진행해 나갔다. 1897년 그해 12월에는 배재학당의 출판부가 발행하는 협성회보가 창간되어 내가 주필을 맡아 만민공동회 개최를 알리는 기사를 실었다. 한만호는 만민공동회 준비위원의 자격으로 물자와 인력 동원의 준비를 해 나갔다.

개최 날 동원될 예상 군중 수를 나는 대략 오천 명 정도로 추산하였는데 그 근거는 독립협회의 최대 군중 동원 실적이 삼천 명임을 참고한 자료였다. 그러나 한만호는 만 명 이상을 주장하였다. 내 입장은 부정적이었다.

"그 정도의 인원을 동원하기는 불가능합니다. 한성 인구가 양반 상민 다 합해도 이십만입니다. 아이들과 노인 부녀자를 빼면 대회에 참가 가능한 성년 남자는 오만 정도입니다. 이 중에 시간을 낼 수 없는 노비나 소작인들을 제외하면, 많아야 오천 정도입니다."

"그렇지 않습니다. 지금 사람을 사방으로 내보내 방문을 붙이고 있는데, 오영수의 말에 의하면 민중의 열렬한 호응에 감격할 정도라고 합니다. 경향 각지에 대회를 알리는 일은 그가 하고 있습니다."

한만호는 개혁을 지지하는 다수의 백성이 우리 편에 있다고 말하였다.

"갑신혁명이 있은 지 20년입니다. 메이지 유신을 결행하였던 일본 하급 무사들과 같은 혁명 주도 세력은 없지만, 혁명에 찬동하는 숨은 지사들이 있습니다. 백성들도 새로운 문물과 지식에 점차 눈을 뜨고 있습니다. 서양 선교사와 그들로부터 교육받은 지식인들이 놀라울 만큼 빠른 속도로 백성들을 계몽하고 있습니다. 민중은 결코 어리석지 않습니다. 만일 이번에 만민공동회가 성공하여 사민평등의 대의가 펴져 나간다면, 외세를 물리치고 진정한 자주독립국가의 실현도 결코 꿈은 아닙니다. 상민과 노비, 천대받는 상공인들에게 개혁의 불씨를 들이대면 활활 타오를 것입니다. 새로운 세상이 왔음을 외쳐야 합니다. 저는 갑신혁명 이후로 이처럼 감격스러운 날은 없었습니다. 죽기를 각오하고, 이 일을 성공시키고 싶습니다."

한만호가 내 손을 덥석 잡았다.

"이 선생! 자유와 평등이 가득한 백성의 나라를 위해 앞장서 주십시오. 저와 저를 따르는 사람들은 물불을 가리지 않고 돕겠습니다."

나 역시, 이번이 마지막 자주독립을 외칠 기회라고 느끼고 있었다. 주변국의 정세는 매우 급했고, 조선의 국력은 보잘것없었다. 그런데도 기득권을 가진 보수 양반들은 자신들의 이익을 놓으려 하지 않았다. 우국충정의 열의만으로는 안 된다. 갑신정변이 실패한 원인은 정세 판단의 오류다. 여러 가지 시대적 상황이 겹쳤지만, 결정적인 판단 착오는 왕의 영향력을 과소평가한 것이었다. 대세를 결정짓는 힘은 민중에 있지 않고 왕에게 있었다. 그의 선택이 청군을 불러들이고 수구파의 반격을 불러왔던 것이다. 그때와 다름없이 왕은 아직 조선이다. 조선 성리학의 정점이며, 하늘이고 백성의 주인이었다. 혁명의 깃발은 민중에게 있지 않다. 왕의 선택이 왕가가 아니라 민중이 되도록 해야 한다. 조선 민중이 조선 왕가의 근본임을 깨우쳐야 한다. 만민공동회의 취지를 알리기 위해 격문을 썼다.

> 조선의 백성들이여. 임진과 병자의 호란을 겪은 이 땅의 민초들이여. 우리들의 삶이 타인에 의해 결정될 때 우리는 과감히 거부해야 한다. 우리의 강토가 저들의 손에 넘어가고 우리의 일거리와 먹거리를 저들에게 빼앗긴다면 우리는 무릎을 꿇고 구차한 자비를 구해야 하는가? 우리의 딸들이 저들의 노리개가 되고 우리의 아들이 저들의 노비가 된다면 우리는 그들 앞에서 눈물만 흘려야 하는가? 그것은 죽은 목숨이며 죽은 나라이며 죽은 강토이다. 나는 단호히 배격한다. 절영도와 진남포와 목포의 조차를 완전히 거부한다. 나는 동포들에게 호소한다. 우리의 강토와 딸과 아들의 피 흘림을 우리가 지키자. 모이자, 동포여. 자주독립국 조선을 위해.

만민공동회의 요구를 내세웠다. 첫째, 조선의 자주독립을 위해 외세를 배격하라. 둘째, 아라사는 절영도 조차와 한러은행 개설 요구를 철회하라. 셋째, 법률에 의해 국가를 통치하라. 넷째, 외국과의 조약이나 행정 협약은 중추원의 승인을 받도록 하라. 다섯째, 국가의 재정은 탁지부에서 관할하고 예산과 결산을 매년 공표하라. 여섯째, 고위 관료는 내각의 동의를 받아 왕이 임명할 것 등의 혁신을 요구했다. 왕이 받아들이기 어려우리라 짐작은 하지만, 새로운 시대를 열기 위해서는 반드시 이루어야 할 민중의 길이었다. 그리고 왕이 살 수 있는 유일한 해결책이라고 생각했다. 나는 절규했다.

'죽지 않고서 살아날 길은 없으리라!'

이완용이 불렀다. 1897년 겨울 삭풍이 거세게 부는 섣달 하순이었다. 창문에 성에가 두껍게 서렸다. 독립협회 위원장실이었다. 이완용은 솜을 가득 넣은 면포에 가죽신을 신고 콧수염을 매만지고 있었다.

"어서 오시게!"

그는 볼을 실룩거리며 양손을 크게 벌렸다. 과장된 몸짓이었다. 그와 반대로 차가운 눈빛이 스쳐 갔다.

"겨울 날씨가 예사롭지 않군."

목탄 화롯가로 오라고 손짓했다. 주철로 된 화로에 불길이 약했다. 독립협회의 자금 사정이 넉넉지 못해 연료를 충분히 제공하지 못한다. 섣달 하순이었다. 옆 건물 교회에서는 크리스마스트리에 노래 찬송가 소리가 울렸다.

"며칠 있으면 예수님이 오신 날이라더군."

이완용이 힐끗 나를 쳐다보며 말했다. 교회에 나가지 않느냐 하는 표정이었다. 나는 고개를 흔들었다.

"아직 믿음이 분명하지 않습니다. 공자님도 잘 모시지 못했으니, 예수님도 확실한 느낌이 없어서요."

"맞아, 맞아!"

그가 유쾌하게 웃었다.

"나도 그렇다네. 사서를 수십 년 공부하고도 공자님을 잘 모르겠어. 그러니 예수님은 더더욱 모르지. 하지만 모른다고 해서 넋 놓고 있을 수만은 없는 시대 아닌가? 열심히 목사님도 만나고 그들의 이야기도 부지런히 듣고 있다네. 특히 이런 겨울에는 크리스마스 찬송가가 듣기 좋더군. 왠지 성스러워져."

"노래가 아름답지요. 마치 천상의 소리처럼."

우리는 잠자코 화로의 조개탄이 타는 불꽃을 내려다보았다. 이완용이 물었다.

"만민공동회 일은 잘되어 가는가?"

"예! 백성들도 외국의 횡포는 잘 알고 있으니…. 같이하겠다는 사람들이 많습니다."

"다행스러운 일이네. 나라가 어려운 시기에 모두 힘을 합쳐야겠지."

그는 다시 말이 없어졌다. 그러다 한숨을 쉬었다. 지나가는 말처럼 꺼냈다.

"자네의 격문은 잘 읽었네. 잘 썼어. 명문이야."

인사치레였다. 대꾸할 사이를 주지 않고 그가 빠르게 말했다.

"그런데 아라사의 진남포와 절영도 조차 요구를 철회하라는 주장은 잘했네만, 중추원을 민간으로 채우자는 요구는 지나치네."

나를 부른 뜻을 내비쳤다. 외세에 대한 저항 시위는 하되 왕의 통치권에 문제를 일으킬 주장은 하지 말라. 그러나 중추원은 만민공동회의 정치적 목적이기도 하니 포기할 수 없었다.

"공동회에 참여하는 다수가 동의하는 의견이니 없는 일로 하기가 어렵습니다."

이완용은 불쾌한 기색을 비쳤다.

"누가 그러는가? 양홍묵인가, 장지연인가?"

장지연은 관료 출신이어서인지 왕실의 권위에는 비교적 온건하다. 그는 양홍묵을 거명하면서 장지연을 끼워넣어 만민공동회의 의견이 다수가 아님을 비추었다.

"합의에 따랐습니다."

공식적인 의견이라고 말했다. 이완용이 빈정댔다.

"자네의 의견이겠지."

"그럴 리가요? 저 한 사람의 의견으로 움직일 수 없습니다."

"배재학당 출신들이 많지 않은가? 아, 그럼 됐고!"

이완용이 귀찮다는 듯 손을 저었다.

"잘 생각해 보게. 지금과 같은 위난의 시대에 왕의 권위를 함부로 흔들면 안 되네. 그리되면 각자 살길을 찾게 돼. 지금도 친러와 친일, 친미로 갈라져서 다투고 있는 위중한 국면이 아닌가? 집행부를 잘 설득해서 올바른 방향으로 일하도록 하게."

거절은 하지 않았다. 지금은 시기가 아니다. 가야 할 길을 가는 것뿐.

"대감의 말씀 잘 들었습니다. 회원들에게 전달하겠습니다."

그는 "응" 하고 가볍게 대꾸했다. 처음부터 답을 기대하고 한 말은 아니었다. 경고만 할 생각이었다. '네가 까불어도 내 손바닥 안이야.'

"지금은 우선…" 이완용의 의사를 전달받은 손용익이 발언권을 요청했다. 그는 충청도 관찰사를 지낸 수구 관료로서 독립협회에서 왕의 견해를 전달하는 인물이었다. 친일적인 태도를 보였으며, 아라사와 프랑스 같은 나라에는 반감을 가진 인물이었다. 개혁하되 왕을 중심으로 한 점진적인 변화를 추구했다. 만민공동회의 개최를 결정하는 독립협회 이사회 자리였다.

"조정과 충돌할 필요는 없겠지. 우리끼리 싸워서 얻을 것이 뭐 있겠나? 일단 조정의 의사를 받아들이자. 민권에 관한 주장은 잠시 접어두고 외국의 조차권과 항만 사용권 같은 부당한 요구를 철회시키는 데 주력하자고. 어떤가?"

그의 말은 틀리지 않았다. 관과 민간이 충돌해 봐야 자중지란일 뿐이었다. 그와 뜻을 같이하는 관료 출신 몇몇이 동의했다.

"방휼지쟁이 될 수 없으니 그렇게 하지."

조가비와 도요새의 싸움, 그 의견이 틀리진 않았다. 하지만 진실도 아니다. 지금 조선의 진짜 문제는 무언지 아나? 그건 조선 왕실의 권력이다. 권력의 실제 의미가 무언지 아는가? 그건 자유다. 자유를 통제할 수 있는 자유, 그게 권력이다. 권력이 자유를 독점하고, 그 자유를 거래하는 행위가 충성이다. 그럼 거래할 수 없는 자는 어떻게 되는가? 그게 노비다. 이런 불공정한 거래에서, '단결하자' 아무리 외쳐 보아야 설득력이 없다. 인민에게 계급을 강요한다면, 만민공동회도 성공 불가능하다. 백성은 바보가 아니다. 단지 그게 사람 사는 올바른 방법이라고 세뇌됐을 뿐이다. 지금은 백성들도 알아가고 있다. 자신들이 차별받아야 할 이유가 없다는 사실을…. 그런데 왕실을 위해 궐기하자고…. 그게 통하겠나? 보수파 몇 사람이 손용익에 동의할 때 내가 발언권을 얻었다.

"참정권을 보장해 주지 않으면 백성들이 참여하겠소? 그들은 단순

하오. 더 나은 세상을 살 수 있다고 믿기에 목숨 걸고 나서는 거요. 자식들에게 따뜻한 밥 한 숟갈 더 먹이고, 솜옷 한 벌 더 입혀 줄 수 있다고 믿기에 나서고 있소. 그러려면 노비들은 해방되고 평민들은 양반과 신분 차별을 없애야 하오. 그런 믿음이 있기에 밭일도 팽개치고 앞장선다는 말이오."

손용익이 반박했다.

"그 사정을 모르는 게 아니네. 하지만 아라사의 요구를 먼저 물리치고 그 이후에 우리 주장을 해야 할 게 아닌가? 우선 급한 발등의 불부터 끄고 봐야 하지 않겠나?"

상당히 설득력 있는 주장이다. 선공후사. 전국 시대의 소진 정의부터 조선왕조 오백 년에 이르기까지 만고불변의 진리처럼 인정되어 온 가르침. 배재학당 출신의 전수종이 손뼉을 쳤다. 그는 외교부에서 서양 공사관과 교섭을 맡은 무관이었다. 독립협회에는 이완용의 추천으로 입회하고 있었다. 정세에 기민하고, 온건한 개혁 노선을 지지하는 입장이었다.

"옳소이다! 무엇이 먼저인지를 살펴야지. 국가를 구하고 그다음에 중추원 일을 다루어야 하는 게 일의 순서지."

이런! 일의 순서는 알지만 뭐가 중요한지는 또 모르는군.

"이보게, 수종이. 피부병만 살피다 보면 정작 내장의 염증을 놓치게 되네. 그리된다면 어찌 되겠나? 일에는 선후보다 더 급한 일이 일의 원인을 찾아 바로잡는 일이 더 중요하지 않겠나? 다시 말하지만, 백성들에게 양반과 평민의 차별 철폐와 노비 해방을 공약하지 않으면 나설 사람이 없네. 군중이 없는데 아라사의 조차권이나 외국의 간섭을 누가 막겠는가? 수종이 자네인가?"

손용익이 입술을 깨물며 노려보았다.

"이 군! 자네의 주장대로라면 왕실과 대립하겠다는 뜻인데, 왕실이 그 요구를 받아 주고 만민공동회의 힘을 키워 주겠는가? 아마도 아라사에게 조차권을 주더라도 중추원 의원의 절반을 백성들에게 내어 주지 않을 것일세."

나는 이사회를 향하여 호소했다.

"저는 그렇게 생각하지 않습니다. 제 말을 들어봐 주십시오. 만일 아라사나 프랑스에 그들이 요구하는 이권을 내어 주면 이번 한 번으로 그들이 만족하고 물러날 것 같습니까? 계속 조선의 피와 뼈를 요구할 것입니다. 그리되면 양반 상놈이 문제이겠습니까? 조선 인민 모두가 외국인의 노비가 될 것입니다. 그리되면 왕실은 무사하겠습니까? 민란이 일어나고 적들은 침공하여 조선을 식민지로 삼으려 할 텐데."

"어허, 이 군! 말조심하게."

좌중이 웅성거렸다. 이럴 때 물러나면 안 된다. 주도권을 내어 주면 기세에서 무너진다. 나는 밀어붙였다.

"사리가 그렇기에 하는 말입니다. 그러니 이번이 왕실과 백성이 모두 살 수 있는 기회입니다. 나는 우리의 의견을 모두 요구해야 한다고 주장합니다."

손용익은 못마땅한 기색을 보였으나 내 말이 먹혔다. 나는 비감하게 말을 덧붙였다.

"우리에겐 시간이 별로 없습니다. 일본은 대륙 진출을 통해 아시아의 패권국이 되려고 합니다. 대륙 정복은 섬나라인 그들의 오랜 꿈입니다. 그러기 위해서 청과 싸웠고, 그들은 조선을 교두보로 삼지 못하면 아시아의 맹주가 되지 못한다는 걸 잘 압니다. 그게 조선의 비극입니다. 그러니까 그들은 아시아 남방, 비율빈이나 대월국은 미국이나 영국에 넘겨 주고, 아라사와는 결판을 내려 할 것입니다. 지금은 힘을 축적하며 기회를 기다릴 뿐입니다. 우리에게 주어진 시간이 얼마나 있을까요? 2년 혹은 3년, 그 시간이 지나기 전에 우리는 일본 혹은 영국 같은 근대체제를 만들어야 합니다. 그렇게만 된다면 우리에게도 기회가 있을 수 있습니다. 이천만 백성이 주권을 가진 결사 항쟁의 국가를 일본이나 아라사가 삼킬 수는 없습니다. 저는 그렇다고 생각합니다. 이번 민중총궐기가 조선이 근대국가로 갈 수 있는 최후의 기회라고 확신합니다."

나는 현재의 정세를 판단하고 웅변했다. 좌중은 조용했다. 그들도 어느 편이든 간에 조선이 가야 할 방향을 정해야 할 시기가 왔음을 알고 있었다. 하지만 그들은 여전히 양반이었고, 조선의 주인이었다. 그들의 노비를 여전히 소유하려 하였고, 그들의 토지를 빼앗기려 하지 않았다. 그들은 모두 기득권을 가진 상태에서 백성들의 지지를 이끌어 내려 하였다. 그래서는 혁명이 될 수 없다. 회의가 끝나고 손을 들어 다수결로 방침을 정하였다. 스무 명의 이사 중 과반이 나의 주장에 손을 들어 주었다. 양홍묵이 가장 적극적으로 찬성하였다. 그는 지지 발언까지 하였다. 회의가 끝나고 나오면서 양홍묵의 손을 잡았다. 그가 내 눈을 똑바로 보며 말했다.

"실패하지 않도록 하게."

나는 힘차게 고개를 끄덕여 주었다.

왕은 이완용을 불러들였다. 만민공동회가 결성되고 있다는 소식을 들은 다음 날이었다. 경운궁 내실에서 독대했다. 이완용은 똑똑한 사람이었다. 정세 판단에 능했다. 그는 과거에 급제한 선비이며 신학문을 두루 섭렵한 재사였다. 성정이 침착하고 판단이 사건의 핵심을 꿰뚫었다. 그는 사실을 정확히 직시하고 그 변화를 들여다보았다. 그래서 왕은 그의 의견을 듣고자 했다. 시비가 차를 내왔다. 커피였다. 요즘 왕은 커피를 즐겼다. 차는 무미했다. 심성을 바르게 한다는데, 납득이 안 되었다. 그보다 커피가 정신을 맑게 했다. 격변하는 시대에 이정제동(以靜制動)이란 도가의 가르침은 공허했다. 움직임을 잡을 수 있는 건 더 빠른 움직임이지, 고요함이 아니었다. '모두 헛소리야. 헛소리!' 왕은 진저리를 쳤다. 이완용이 한 모금 마시자 왕이 물었다.

"어떤가?"

이완용은 왕이 묻는 의도를 잠시 생각했다. 정말 커피 맛을 묻는 것인지, 아니면 다른 의도를 가졌는지, 별 뜻은 없어 보였다. 왕은 복잡한 사람이 아니었다. 권모술수에는 약했다. 그래서 겁이 많고 의심이 많았다. 아버지 흥선군과 왕비 명성황후와의 권력 다툼에서 많은 희생을 보았기 때문이다. 이완용이 마신 차는 부드럽고 달았다.

"커피와 다른 음료가 섞인 듯합니다."

왕이 만족스럽게 웃었다.

"그렇지. 커피에 우유를 넣었다네. 비엔나커피라고 한다네."

비엔나라면 오스트리아 수도를 말한다. 그 나라에서도 수교를 청했던가? 기억이 나지 않는다. 왕이 친절히 알려 주었다.

"덕국 공사가 제조법을 알려 주었네. 귀비가 특별히 배워서 내 왔다네."

귀비라면 엄 귀비를 말함이었다. 그녀는 출신이 비천했다. 상궁 출신이었다. 인물은 보잘것없었지만, 성품이 순후했다. 왕은 총명하고 간섭이 심한 여자는 질색이었다. 똑똑한 민비에게 시달려서 그런가 보았다. 왕은 이완용이 커피를 다 마실 때까지 기다려 주었다. 오후의 햇빛이 선선히 그림자를 드리웠다. 왕의 볼이 창백했다. 피로한 기색이 완연했다. 왕이 말했다.

"슈페이에르의 압박이 심각해. 본국 황제의 친서를 보내왔어."

슈페이에르는 주한 아라사 공사였다. 아라사 황실이 자금난에 시달리고 있다는 이야기는 들었다. 그들은 유럽의 열강처럼 식민지를 확보하려 했으나 해양 진출로가 부족했다. 유럽은 영국과 프랑스의 함대에 막혀 있고 아시아는 부동항이 없었다. 조선의 진남포와 원산을 조차하여 태평양과 중국해로 진출한다면, 영국이 인도 경영에 국력을 쏟는 빈틈을 이용하여 포르투갈과 스페인이 점유한 인도차이나로 진출할 야심을 가지고 있었다. 그렇게만 된다면 태평양의 섬인 괌이나 비율빈을 두고 미국과도 겨뤄 볼 수 있다고 생각했다. 만일 태평양에서 식민지 확보가 가능하다면 아라사의 재정난도 해결할 수 있다고 그들은 계산했다. 그 첫 번째, 속국으로 삼아야 할 나라가 조선이었다. 조선의 항구와 광산을 차지한다면 태평양으로 나가, 서양 열강과 대항할 힘을 비축할 수 있었다.

그러나 조선으로서는 얼마 되지 않는 광산채굴권과 대외 무역권을 아라사에게 빼앗기고 항구의 운영권까지 넘겨준다면, 나라는 실질적으로 망한 것과 다름없었다. 정세 판단에 어두운 왕이라도 이 사실을 모를 리 없었다. 왕은 이대로 아라사에게 밀린다면 고스란히 자멸할 수밖에 없다는 사실을 알았다. 외국에 기댈 수 없다면 이제는 민중의 힘을 동원할 수밖에 없었다. 조선의 백성이 왕실을 지지하고 결사 항쟁해 준다면, 그 틈바구니에서 왕실은 살아날 기회를 가질 수 있다. 그리고 잘만 된다면 예전의 위세를 되찾을 수도 있다. 무엇보다 조선 오백 년은 왕의 나라였으니까…. 아직도 조선 성리학은 백성을 믿게 하는 종교다. 그러니, 백성들을 거리로 나서 적과 싸우게 하려면 만민공동회의 제안을 받아들일 수밖에 없다. 반면 그들의 공화제 주장에 겁도 났다. 이러지도 저러지도 못하는 왕의 우유부단함이 다시 나타났다.

"지금 만민공동회는 어찌 되어 가려나? 그자들을 믿어도 될까?"

자신이 주도적인 결정을 하지 못하고 이완용에게 은근히 기대는 표정을 지었다. 이완용은 속으로 혀를 찼다. 이런 정도의 인물이 조선을 40년간 이끌어 오면서 망하지 않은 게 다행이다. 대원군이라도 있었으니 이만큼이라도 끌고 왔다. 그 뒤 민비…. 말할 필요도 없다. 척족들의 전횡으로 나라가 결딴나지 않았나? 동학 난이 일어난 걸 보면 알 수 있다. 옛날 같았으면 동학 난으로 조선왕조는 끝장났다. 전주성이 함락되고 한양길이 열렸을 때 민심은 왕에게서 돌아섰다. 일본군이 개입하여 기관총으로 난사하지 않았으면 동학군은 한양으로 진입하였을 것이다. 그런 말을 입 밖에 낼 수 없지만…. 어쨌든 지금의 상황도 그때보다 낫지 않다. 이완용은 갈팡질팡하는 왕의 중심을 잡아 주어야겠다고 생각했다. 자신 외에 국제 정세의 흐름을 제대로 읽는 중신이 어디 있는가 하는 자부심도 있었다.

"폐하! 소신의 생각에 현하의 심복지환은 아라사입니다. 그들이 충동질하여 우리의 강토를 약탈하면 일본은 물론이고 열강들이 달려들어 조선을 허수아비로 만들 것입니다. 그에 비하면 만민공동회는 피부병에 불과합니다. 젊은이들이 혈기가 왕성하여 공화제를 서두르나, 대한의 백성은 폐하의 편입니다. 혹여 이승만과 같은 청년들이 앞서서 국가를 혼란에 빠뜨린다면 소신과 전하의 신료들이 그들을 엄히 다스릴 것이오니 심려 놓으십시오."

이완용은 황제에게 올리는 폐하라는 칭호를 사용했다. 이 당시 조선은 대한제국으로 국호가 바뀌고 왕은 황제를 칭했다. 1897년 10월 12일이 개국일이었다. 임오군란과 동학란, 청일전쟁 등으로 나라가 어수선해지고 국가의 자주성이 신망을 잃자, 삼한의 정통을 계승한 나라의 정체성을 바로잡기 위해 왕이 내린 결단이었다. 구체제의 조선을 혁파한 신문명의 국가 선언이기도 했다. 하지만 그 방법이 황제국이라니…. 결국 왕실의 위엄을 세우겠다는 욕심에 다름 아니었다. 진정한 국체를 바로 세우려면 입헌군주국을 선언해야 했다. 그러나 왕에게는 권력에 대한 집착뿐이었다. 이완용도 그 사실을 알고 있으나, 조선의 명운은 끝나지 않았다. 아직 이완용은 조선의 신하였다. 왕의 권세만이 그에게 부귀영화를 줄 현실적인 힘이었다.

왕이 이완용의 말을 들으니, 일의 선후 관계가 그러했다. 큰 적은 아라사의 침탈이요, 내부적 민중 반란은 역도로 몰면 그만이었다. 이런 간단한 일을 어렵게 생각하다니. 왕은 이완용의 책략에 흐뭇했다.

"경의 말이 옳소. 젊은 아이들이 우국충정이 과하여 기강을 흔든다면 그때 가서 처리하면 될 일." 그러다 문득 다짐 하나는 받아두어야 하겠다는 생각이 들었다.

"경은 들으시오. 그러나 군중이란 선동에 넘어가기 쉬우니 경이 각별히 그들을 유념하여 살피도록 하시오."

왕은 민란을 우려했다. 그럴 수밖에 없었다. 대규모 군중이 폭도로 변하는 경우는 역사에 허다했다. 이완용은 그에 대비할 필요가 있다고 생각했다.

"그리하겠사옵니다. 필요하다면 그들을 막을 방도를 강구하겠사옵
니다."

비상시 군사를 동원할 태세를 갖추어야 한다고 이완용은 생각했다.

제7장
유림의 저항

◆◆

　　겨울 가랑비가 치는 날 오후 한만호가 독립협회로 찾아왔다. 만민 공동회는 별도의 기구를 두지 않고 독립협회의 도움을 받고 있어서, 사무실도 일 층 구석 방 하나를 빌려 쓰고 있었다. 한만호는 앉자마자 난처한 표정을 지었다.

　　"이 선생. 최익현 대감이 경향의 유림에 사발통문을 돌려 집회를 막고 있습니다."

　　최익현이라면 조선 말 유학의 거두였다. 왕에게 강한 충심을 보여 흥선대원군을 실각시키는 데 역할을 했고, 개화에는 적극적인 반대 운동을 벌인 구체제의 신봉자였다. 그가 머리카락을 자르라는 단발령에 저항하여 올린 상소에 '내 머리는 잘라도, 머리카락은 자르지 못한다(吾斷頭 此髮不可斷)'란 고집스러운 저항은 유명했다. 그러나 유림에서 집회를 가로막는 일은 산발적으로 있긴 했지만, 조직적으로 하지는 않았다. 최익현이 나섰다면 개화파가 주장하는 양반 지배체제의 혁파가 그들의 위기의식을 불러왔음이다.

　　"어찌 된 일인지 소상히 말씀해 주시지요."

　　한만호는 물을 한 잔 청해 벌컥벌컥 마시고 마음을 가라앉혔다.

　　"그저께 오후에 통문을 나간 오영수가 돌아오지 않고 있습니다. 주위에 물어보니 김포의 박 군수가 오영수를 붙잡아 형틀에 묶어 쳤다는군요."

"그게 무슨 소립니까?"

"지주들은 소작인이 집회에 나서는 것을 미워하지 않습니까? 그들은 반상이 따로 있다고 믿는 사람들이니 천한 상민이나 노비들이 개혁에 앞장서는 모습을 증오하다시피 합니다. 영수가 마을 앞에서 연설하는 모습을 보고 곤장을 쳤답니다."

"그게 무슨 소리요? 나라에 국법이 버젓이 있는데 양반이라고 해서 상민을 어찌 마음대로 매를 친단 말이오. 관가에는 고변하는 사람이 없었소?"

"영수와 같이 있던 촌민들이 항의하였는데 관가에서 아무 조치도 없었답니다."

"이런 죽일 놈들…." 살이 벌벌 떨렸다. 조선이 이런 무법천지의 나라라니, 하지만 그냥 두고 볼 수는 없지 않은가?

한만호가 낙담하여 말했다.

"게다가 최익현 공이 통문을 돌려 양반들이 상민이나 노비가 독립협회 집회에 참석하지 못하도록 단속하라고 종용한답니다. 이를 어찌하면 좋겠습니까?"

결국, 조선의 양반들은 자신들의 기득권을 놓고 싶지 않은 거다. 아무리 법률적으로 노비 해방과 평등권을 외쳐도 그들의 의식은 지배권을 내놓으려 하지 않는다. 이래서는 조선의 개혁은 성공할 수 없다. 그들의 의식부터 뜯어고쳐야 한다. 잘못된 행동을 잘못된 그대로 받아들이면 당연시된다. 그들이 틀렸다고 말해야 한다.

"내가 만나 보아야겠습니다."

한만호가 조심스럽게 물었다.

"무슨 복안이라도 있는지요?"

나는 단호하게 대답했다.

"없습니다."

"아무런 대책 없이 그를 만나 보아야 사태만 악화시킵니다. 고을 사또와 양반은 한통속입니다. 오히려 그들은 좋은 기회로 보고 만민공동회를 탄압할 핑계로 삼을 수 있습니다."

"그렇게 하지 못합니다. 백성들이 주시하고 있습니다. 이번에는 그들이 틀렸고 우리가 옳습니다. 갑신년과 다른 점이 바로 그것입니다."

갑신년이라 함은 김옥균과 서재필이 주도하였던 갑신정변을 말함이었다. 그 혁명은 삼일천하로 끝났다. 실패의 원인은 백성들이 조선의 양반체제에 익숙해 있기 때문이었다. 그러나 지금은 다르다. 백성들도 무엇이 옳고 그른지 안다. 자신들을 옥죄던 신분제가 왜 나쁜지 알고 있다. 사람은 누구나 얽매이고 싶지 않다. 그런데 조선의 성리학이 그들을 억눌렀다. 이기가 일원론이든, 아니면 이원론이든 그것은 중요하지 않다. 다만 그들은 이기라고 하는 천지 생성의 원리로 사람의 본성을 억눌렀다. 왕과 양반 노비와 상민의 계급이 자연법칙인 것처럼 가장했다. 그 가르침이 인간 사회의 적용에 틀렸다는 점을 백성들도 안다. 선교사와 외국의 문물이 들어와서 백성들을 깨우쳤다. 하지만 아직 양반계급들은 왕을 붙잡고 백성들에게 자유를 주려 하지 않는다. 누군가가 앞장서 싸우지 않는다면 조선의 지배층들은 절대 백성들을 풀어 주려 하지 않을 것이다. 최익현이 머리는 잘릴지언정, 상투는 자를 수 없다고 한 이유를 아는가? 바로 그것이 조선 양반 지배의 힘이기 때문이다. 그러나 이제 그들을 인정할 수 없다. 조선 오백 년이 부처의 지배를 부정하고 탄생하였다면, 나는 공자로 치장한 그들의 위선을 벗겨 내리라.

"박 군수를 만나야겠습니다."

한만호는 말리지 않았다. 그는 담담하게 말했다.

"그러시지요. 나는 이번 싸움에 모든 것을 걸겠소. 갑신년의 날처럼 도망가지 않겠소."

한만호는 느끼고 있었다. 만민공동회가 실패하면 더 이상의 기회는 없다.

"이 선생이 앞장서면 내가 뒤를 받치겠소."

"민란으로 몰리면 안 됩니다. 나 혼자 가겠습니다."

"그렇게 미련하지 않습니다. 하지만 혼자 몸으로 가신다면 저들은 우습게 볼 겁니다. 억울한 일은 겪지 말아야지요."

한만호는 눈을 부릅떴다. 그 말이 옳다. 만일 오영수를 치도곤 놓은 김포의 박가를 치죄하지 못하고 거꾸로 당한다면 아무도 내 말을 따르지 않을 것이다. 어떤 경우에라도 나는 질 수 없다.

"그렇게 합시다. 그가 폭력을 쓰겠다면 당할 수야 없지요."

김포 벌은 밤새 추위로 얼었다. 헐벗은 농부들이 밭에 나와 보리가 얼지 않도록 밟아 주고 있었다. 그들은 쌀을 양반들에게 빼앗기고 보리로 생계를 이었는데, 그 미끈거리는 식감의 보리마저도 넉넉하지 않아, 춘궁기에 소나무의 껍질을 벗겨 죽을 끓였다. 백성의 배를 곯리면서 양반들의 담장은 높아지고 창고의 곡식은 쌓여 갔다. 늘어난 쌀가마니로 그들은 고리의 사채를 놓고, 소작인의 고혈을 빨았다. 높은 담장 안에서 그들은 공맹의 도리를 내세워 백성을 억박질러 부귀를 누렸다. 김포의 호족 박가도 그런 인물이었다. 그의 가택은 열두 칸 한옥으로, 언덕을 뒤편으로 한 좌청룡 우백호의 양택에 지은 호화로운 저택이었다. 집 안에 들어서니 윤택한 살림이 물씬했다. 그가 대청 위에서 나를 맞았다. 교만한 자였다. 눈썹이 짙고 코가 우뚝하며 기골이 장대한 사람이었다. 머리에 정자관을 쓰고 두툼하게 솜을 넣은 도포를 두른 채 마당에 세워 놓은 나를 내려다보았다.

"어디서 온 누구시라고?"

입꼬리를 슬쩍 내리며 얕잡아 보는 기세가 역력했다. 이런 자에게는 처음부터 예를 차리면 더욱 업신여길 게 뻔했다.

"독립협회 일을 보고 있는 이승만이라 하오."

"무엇이라고 했나?"

대청에서 내려오지 않고 선 자세 그대로 못 들은 척 되물었다. 내 기세를 꺾어 버리려는 수작이었다. 이런 자에게 말려들면 안 된다. 정공법으로 그의 잘못을 지적했다.

"손님을 밖에 세워 놓고 몰아세우면 어떡하오. 대감에게 긴히 할 말이 있으니, 좌우를 물리쳐 주시오."

마당 한쪽에서 비질하던 노인이 이곳을 바라보고 있었다. 박 군수가 눈살을 찡그리며 노인을 바라보자 황급히 사랑채를 벗어났다.

"올라오시오."

선심 쓰듯 툭 던지고 방 안으로 들어갔다. 벽면에 서화가 몇 점 걸려 있었다. 완당의 글씨체도 보였다. 자못 문자 향을 풍겼다.

"어디서 오신 분이시오?"

알면서도 기어이 내 입에서 다시 확인하고자 했다. 들어오기 전에 청지기에게 미리 언질을 주었건만, 내려다보려는 못된 심사가 엿보였다. 기에 눌려 약한 모습을 보이면 안 된다. 미소 지으며 여유 있게 받아쳤다.

"독립협회 일을 보고 있는 이승만이라 하오이다. 제국신문의 주필이기도 하지요."

이 당시 언론은 「한성신문」과 「제국신문」 등 몇 개 신문사와 「독립협회보」와 같은 기관지밖에 없었다. 그러니 언론사 주필이라고 한다면 고관이라 하더라도 만만히 볼 수 있는 사람은 아니었다. 내가 신문사 이름을 들먹이자, 박가는 신경이 쓰였는지 헛기침했다.

"흠! 나는 신문은 잘 읽지 않소이다. 서양 문물을 들여와 개화하자고 하는 모양인데 나는 그게 영 마음에 들지 않소."

"그래서는 곤란하지요. 일본이나 청국도 서양으로부터 새로운 문명을 들여와서 신식 국가로 탈바꿈하는데 조선만 뒤처져서는 안 됩니다."

"양귀들의 문명이라고 해야 사람을 홀리는 여러 가지 물건들을 가지고 백성을 기만하는 짓밖에 없는데 공맹의 도를 따르는 우리야 그들을 따를 필요가 없소이다. 그들이 비록 일시적으로 힘을 떨치지만 결국 우리를 어쩌지 못할 것이요."

"잘못 알고 있습니다. 서양 문명은 이미 세계를 지배하고 있습니다. 그들이 세계의 주인이라고 해도 과언이 아닙니다. 일본이 개항하여 철선으로 무장한 모습을 보시면서 그런 말씀 하십니까?"

"헛된 소리요. 주자의 학문이 오백 년을 내려와 나라를 바로잡아 사민의 기강이 섰소. 지금 일시적으로 양귀들이 힘을 내세우나 근본이 없는 자들이라 곧 비닥을 드러낼 것이요. 괴상한 물건으로 인심을 현혹하니 반드시 축출해야 할 무리요."

이자는 최익현보다 더하다. 자신의 과도한 신념을 애국심으로 치장하고 있다. 그러나 밑바탕을 캐면, 저열한 욕심에 사로잡힌 속물일 뿐이다.

"성현의 말씀에 색과 성으로 미혹하는 자들은 반드시 나라를 어지럽히니 처단해야 할 것이오."

그는 처단이란 말에 잔뜩 힘을 넣으며 잔혹한 웃음을 지었다. 이런 자들이 공맹의 도를 논하다니, 공자님의 말씀이 왜곡되어도 한참 잘못되었다.

"성인의 가르침이 어찌 그 뜻이겠습니까? 색과 성이 나쁜 것이 아니라 그것을 그릇되게 이용하는 사람들에게 문제가 있지요. 원래 색과 성이란 좋고 나쁨이 있지 않습니다."

색과 성을 개화파 인사들에 비유하는 그의 속뜻을 짐작하고 신문물로 설명했다. 그러자 불쾌한 기색이 완연했다.

"문자를 해석함에 이 공처럼 임의로 변조하면 사문난적이라 해야 할 것이니 조심해야 할 바요."

자못 점잖은 척 훈계했다. 이렇게 나온다면 굳이 체면 차릴 필요가 없다. 둘러서 말하지 않고 찾아온 목적을 밝혔다.

"글을 문자의 자구에 얽매어, 품고 있는 진정한 대의를 알지 못함이 군자의 잘못이라 할 것입니다. 지금 천하는 크게 요동치고 있으며, 황상께서는 나라의 문호를 개방하여 세계의 발전된 문물이 나라에 들어오고 있습니다. 이 추세에 맞추어서 나라를 발전시켜 나갈 생각을 하지 않고, 종전의 구태에 사로잡힌다면 나라의 큰일에 맞서는 행동입니다. 지금 독립협회는 황상의 뜻에 따라 나라를 구할 대계를 품고 충량한 신하와 어진 백성들로 아라사와 일본의 침탈을 막고자 합니다. 그런 이유로 이곳에도 독립협회 사람을 보내었는데, 그를 구금하고 매를 쳤다는 이야기를 들었소이다. 이는 독립협회가 하고자 하는 사업을 방해하고 폐하의 심려를 끼치게 하는 일이니 그를 방면해 주시길 바라오."

박 군수가 눈살을 찌푸렸다.

"황상의 주변에 몇 신하들이 개화를 핑계로 독립협회라는 도당을 만들어서 민심을 어지럽힌다는 이야기는 잘 듣고 있소. 더구나 이번에는 만민공동회라는 괴상한 단체를 만들어 입헌군주제라는 참람한 소리를 한다는데 그 행동을 우리 유림이 모르고 있다고 생각하는가? 최익현 대감이 통문을 보내어 그런 자가 고을에 나타나면 즉시 벌을 주어 얼씬도 못 하게 하라는 호령을 내렸으니 그 말에 응할 수 없네."

그 역시 속내를 드러내었다.

"내 본시 독립협회라는 자들이 찾아오면 물고를 내리라 다짐했지만, 같은 양반끼리 그러한 처사는 너무 강압적이라 참으려고 하였네. 하지만 자네 말을 들으니, 말이 망극하여 들을 수가 없네. 그대들이 꾸미는 만민공동회가 무슨 짓을 하려는지, 유림이 모를 줄 아는가? 아라사와 일본의 이권 개입 저지를 핑계로 황상을 허수아비로 만들려고 하는 저의를 정녕 모르리라 생각하나?"

유림이 독립협회를 반대한 지는 오래되었다. 그러나 이렇게 노골적으로 민간의 활동을 저지하려 하지는 않았다. 하지만 최익현과 같은 성리학 원리주의자들은 성현의 가르침에 어긋나는 정책들에 대하여 공개적으로 거부하기 시작했다. 그들이 생각하는 요순의 시대는 근대적 문물의 도입이 아니었다. 고대 주나라로의 회귀였다. 그 중심에 왕이 있고, 양반이 있었다. 그러니 입헌군주제와 같은 해괴망측한 법도는, 그들 입장에서 도저히 받아들일 수 없는 참람한 주장이었다. 만민공동회와 같이 신분의 차별이 없다고 주장하는 정치 단체의 출현은 그대로 묵과할 수 없었다. 박가는 나의 요구를 받아들일 기색이 전혀 없다. 오히려 양녕대군의 후손인 왕가의 방계 혈족이 무도한 백성들과 야합하여 왕정을 무너뜨리려는 역신의 무리로 보았다. 그는 노골적으로 입가에 비웃음을 담았다.

"이제 할 말을 다 하였으면 그만 돌아가 보게."

명백한 축객령이며 하대였다. 나이가 어리다고 하여 무조건 아랫사람으로 봄은 예법이 아니었다.

"저는 독립협회의 일로 공적인 일 처리를 위해 온 사람입니다. 나이가 어리다 하여 업수히 여김은 선비의 도리가 아니지 않습니까?"

박 군수의 얼굴이 일그러졌다. 속으로는 온갖 욕을 다했겠지만, 정색하고 달려드는 나에게 체통을 잃을 수는 없었다. 그도 나름대로 군수를 지낸, 권력 역학을 잘 아는 노회한 자였다. 나의 당당함이 기대고 있는 배후가 무엇인지 헤아렸다. 독립협회는 무시할 만한 단체가 아니었다. 그들 중에는 윤치호와 이완용과 같이 왕의 신임을 받는 거물들이 개입되어 있었다. 왕의 정치적 의중이 들어 있는 어용 단체였다. 더구나 이승만이라고 하면 언론인으로 명성이 높고, 젊은 혁신 지사로 알려져 있었다. 잘못하여 왕의 중신들을 적으로 돌릴 필요까지는 없었다. 그는 표정을 누그러뜨렸다. 순식간에 그의 얼굴색이 변하는 것을 나는 조용히 지켜보았다.

"험! 내가 자네라고 한 점은 사과하네. 하지만 나쁜 의미는 아니었어. 이 공과 같은 전도양양한 청년이 왕실을 위해 힘을 써 달라는 의미였지. 더구나 이 공은 왕가의 혈족이지 않은가?"

그는 평정을 되찾고 상황을 정리하려 했다. 하지만 나는 이 기회를 놓치지 않고 반격의 고삐를 죄었다.

"이 일은 이 정도로 넘어간다고 하더라도 광에 가두신 사람은 독립협회에서 보낸 전령에 불과합니다. 그런 사람을 끌고 와 매를 치고 가

두심은 지나친 처사이십니다. 마땅히 이 일에 대해 해명하셔야 합니다."

책임을 묻겠다고 하는 뜻을 나타내었다. 그러자 평정을 유지하려던 그가 발끈했다.

"무슨 허튼소리인가? 시골에서 조용히 사는 양민들을 선동하여 난세의 한복판으로 끌어들여서 무슨 이익을 취하려고 하는가? 백성들을 빙자하여 사욕을 취하려는 행태를 어찌 두고 볼까? 아직 이 나라의 유림은 죽지 않았네. 독립협회의 체면을 보아서 이만한 정도로 하겠지만, 오가라는 자는 그 행태가 지나쳐서 내버려 둘 수 없네. 단순히 외세를 물리치자 하는 정도라면 넘어갈 수도 있지만, 무어라? 양반 상놈이 없는 평등한 세상이 곧 오니 앞장서자고 선동하니 혹세무민의 무리 아니겠는가? 그 배후에 독립협회가 있다고는 믿지 않으니 이 정도로 해 두겠지만 방면은 불가하네."

"신분제도의 철폐는 갑오년에 이미 반포된 일입니다. 새삼스레 그 말이 잘못되었다 하심은 이해하기 어렵습니다."

"신분이 철폐되었다 하나 반상의 법도는 죽지 않았어. 나는 이 고을의 양반으로서 풍속을 어지럽히는 일을 그냥 두고 볼 수 없네."

"진정 그리 생각하십니까? 나랏법을 무시하고 개인의 사적 징벌 수단으로 매를 치는 것이 가당하다고 믿으십니까?"

군수 박가는 격노했다.

"참고 들으려니 너무 나가는군. 내가 군수를 지낸 사람임을 몰라? 민간의 풍속을 바로잡기 위해 마을의 규약에 따라 처벌될 수 있음을 왜 몰라? 정히 그러하다면 자네 역시 역심으로 치죄하겠다."

기승을 부렸으나 그의 눈은 냉정했다. 내 담량을 떠보려 함이 명백했다. 그의 기 부림이 끝나기를 기다렸다. 맞대응하면 누구 하나는 다친다. 그럴 필요는 없다. 그리되면 유림은 백성을 적으로 돌릴 것이다.

"사람을 내어 주시오. 굳이 이러실 필요야 있겠소."

"그리 못 하겠다면!"

그가 으르렁댔다. 혹시 오영수가 죽었나? 겁이 덜컥 났다. 이렇게까지 강하게 나온다면 무언가 있다. 다시 강하게 받아쳤다.

"사람을 내놓으시오."

박 군수의 눈빛이 흔들리다가 곧 침착성을 되찾았다.

"만날 필요가 있을까? 곧 관아에 송치할 테니 거기서 만나 보게."

그러더니 방문을 더럭 열며 소리쳤다.

"게 아무도 없느냐? 손님 가신다."

나가라는 소리였다.

"아직 말이 끝나지 않았소, 박 군수!"

"무어라? 박 군수, 이런 어린놈이!"

눈을 부라리며 위엄을 돋구는 그를 윽박질렀다. 좋은 말로 결착을 보기는 글렀다.

"혹시 오영수의 명줄을 끊은 것은 아니오? 그렇지 않고서야 이럴 수가 있소?"

"이놈이 나를 업수이 보고 모함까지 하는구나."

이때 밖에서 떠드는 소리가 들리고 하인이 종종거리며 달려 들어왔다.

"대감마님! 바깥에 장정 몇이 뵙기를 청합니다."

"장정들이?"

그가 힐끗 나를 돌아보았다.

"혹시 자네가 데리고 온 사람들인가? 난동을 부리고자 함인가?"

한만호가 온 줄로 짐작했다.

"그렇소이다. 난동을 부릴 마음은 없소이다만 사적으로 사람을 감금하고 폭행하였으니 그 죄를 받을 각오를 단단히 하시오."

이런 자는 강하게 나가야 한다. 어중간한 으름장 가지고는 거꾸로 당하게 마련이다. 양반의 위세를 믿고 변해 가는 세상을 부정하는 시대착오적인 자다. 이때 대문이 왈칵 열리며 한만호 일행이 문안으로 밀고 들어왔다. 한만호가 소리쳤다.

"사람을 내놓아라."

박 군수의 하인들이 한만호의 장대한 기세에 눌려 뒤로 주춤거리며 물러났다. 박 군수의 눈이 뒤집혔다. 그는 한갓 상놈들이 자신의 집에 들어와 난동을 부리는 데 화가 나서 숨이 막힐 지경이었다.

"이런 미친놈을 보았나. 상두야! 저놈을 때려잡지 못하느냐?"

떡대가 벌어진 총각이 주인의 독촉에 질려 앞으로 나서며 기 부림을 했다. 앞으로 나서서 한만호의 먹살을 부여잡고 메치려 하였으나, 오히려 되치기를 당해 땅바닥에 널브러졌다.

한만호의 뒤를 따라온 사내 둘도 덩치는 평범했으나 몸매가 날렵하게 생겼다. 그 셋이 하인들을 제치며 안으로 들어가려 하자 박 군수가 사랑채 벽에 놓인 삽을 들어 내리치려 하였다.

한만호가 나서려는 것을 내가 가로막았다. 만일 박 군수가 다치기라도 하면 상놈이 양반을 다치게 하였다 하여 만민공동회 일에 지장을 줄 수가 있었다. 박 군수의 앞을 가로막자 그는 비웃었다.

"네놈이 왈패들을 이끌고, 감히 양반집을 넘보았겠다. 이런 쓰레기 같은 놈. 뒈져라."

벼슬 못한 영락한 양반이란, 조정의 관리에게 하잘것없는 평민이었다. 극히 위험하게 삽날을 휘둘렀다. 비스듬하게 내 머리를 향해 내리쳤다. 그런데 한만호의 몸놀림이 예사롭지 않았다. 순식간에 삽자루를 움켜쥐고 박 군수의 낭심을 걸어찼다.

"으아아!"

온 집안이 무너질 듯한 비명을 지르며 박 군수가 허물어졌다. 한만호가 우리를 둘러보고 말했다.

"별일 없을 겁니다. 어서 영수를 찾으시오."

냉정하게 사태를 수습하는 모습이, 평범한 장사꾼의 모습이 아니었다. 박 군수가 땅바닥을 뒹굴다 한만호의 번쩍이는 눈망울과 마주쳤다.

"네 이놈! 감히 양반을 걸어차."

한만호가 코웃음 쳤다.

"양반 상놈이 따로 있을까? 박 군수 역시 양반을 돈으로 사지 않았는가?"

박 군수가 노발대발했다.

"이런 미친 놈이! 감히 양반을 능멸까지 하는구나."

한만호의 뒤에 섰던 패랭이 쓴 중년 사내가 앞으로 나섰다.

"날 모르시겠소? 군수 나리!"

박 군수가 땅바닥에서 일어나 사내의 눈을 들여다보다가 경악했다.

"넌… 네놈은 누구냐?"

"강계에서 삼(蔘)을 밀무역하던 무석이요. 한양으로 갔다는 소문은 들었지만, 이리 출세하였는지는 몰랐소."

중년 사내가 비아냥거리며 패랭이를 벗었다. 굵은 주름이 파인 이마에 머리가 반 이상 벗겨졌다. 눈자위가 거무죽죽해서 고생한 티가 역력했다.

"도고(都賈)가 강계를 떠나고 나서, 오래지 않아 관에 추포(追捕)당하여, 집안이 거덜 났소. 여기저기 행상하여 목숨줄은 부지하오만, 도고가 이리도 장하게 살 줄은 몰랐소."

감탄사를 연신 내뱉으며 이리저리 박 군수를 살펴보았다. 박 군수는 순식간에 사색이 되어 와들와들 떨었다. 조선 시대에 삼(蔘)은 관에서 엄격히 통제하던 금수품이었다. 관청에 등록된 공인이나 거래 허가증인 황첩을 받지 못하면 취급하지 못했다. 물량이 적고 이익이 크다보니 밀무역하는 잠상(潛商)들이 많았다. 평안도 강계 지방은 삼의 주생산지였다. 자연히 잠상들의 주된 활동 무대이기도 했다. 만일 박 군수가 과거에 잠상이었다면 큰 죄인이었다. 얼굴이 시커멓게 변한 박 군수가 고래고래 소리를 치며 잡아뗐다.

"네 이놈! 어디서 굴러먹던 잡종이, 감히 양반을 겁박하느냐? 나는 강계에서 살아 본 적이 없다."

그러나 호기로운 기세와는 달리 주눅이 들어 있었다. 한만호가 대거리하려는 무석을 뒤로 밀고, 박 군수에게 다가갔다.

"오늘은 그 일을 따지기 위해 오지 않았소. 차후에 이야기하기로 하고, 우선 사람을 내놓으시오. 만일 고집을 부린다면 가만두지 않겠소."

목소리는 낮고 은근했지만, 겁박하는 힘이 만만치 않았다. 박 군수는 사태를 깨닫고 이내 자세를 수그렸다. 벌벌 떨면서 손을 들어 별채 뒤를 가리켰다.

"헛간에 가둬 두었소. 죽지는 않았소이다."

"만일 죽었다면 네놈을 당장 물고를 내고 말겠다."

한만호는 부르짖으며 나에게 눈짓했다. 마당에서 웅크리고 있는 하인들에게 헛간 문을 열라고 지시했다. 과연 햇빛이 들지 않는 헛간 구석에 오영수가 기진하여 누워 있었다. 한만호가 흔들었다.

"이보게! 영수. 눈을 떠 보게."

온몸이 피투성이였다. 기척이 없는 그를 흔들어 깨웠다.

"한 점주?"

"그래, 날세."

오영수가 부르튼 입술을 비틀며 억지로 미소 지었다.

"나는 괜찮소. 죽지는 않을 것 같소."

"이 사람! 죽으면 되나?"

한만호가 얼굴을 찡그렸다.

오영수가 사적 형벌을 받은 경위를 독립협회 회장 안경수에게 보고했다. 그에게 알린다고 해서 특별한 수는 없었지만 그래도 공론화는 할 수 있었다. 안경수는 군부대신을 지냈다가 황제를 미국 공사관으로 빼돌리려던 춘생문 사건에 연루되어 직을 박탈당했다. 그 뒤 어찌어찌 살길을 찾았으나 최근에 그는 황제의 의심을 받고 있었다. 안경수는 황제의 의중을 정확히 받들지 않았다. 관료들을 독립협회에 관여시킨 것은 황실의 외곽조직으로서 기능하라는 뜻이었지, 서재필과 같은 개화주의자들과 어울려 사민평등을 외치라는 뜻이 아니었다. 그러나 안경수는 독립협회가 주장하는 민중의 참정권 확대에 목소리를 내고 있었다. 그의 생각은 외세의 배격에는 민중의 참여가 필수적이며 그것이 왕의 이익이라는 신념이었으나, 정작 왕의 뜻은 달랐다. '민중은 짐의 신민이며, 왕은 국가를 통치한다'라는 왕조 국가가 왕의 목적이었고, 안경수의 행동은 이에 반했다. 그러나 안경수는 사민평등의 사상만이 조선왕조를 구할 유일한 수단이라고 생각했다. 역사적으로 보더라도 전란에는 노비와 상민, 그리고 승려들이 의병을 일으켜 나라를 구했다. 그들의 공을 인정하여 벼슬을 주고 면천시키지 않았는가 말이다. 지금은 국가 전란의 시대와 다름없다. 양반과 상민을 차별하는 계급국가로서는 조선은 민중의 역량을 결집해 외세와 대항할 수 없으며 그 결과는 조선왕조의 몰락이라는 것이 안경수의 판단이었다. 서재필이 의도하는 민주국가와는 그 방향성이 다르지만, 과정은 같았다. 하지만 이완용이나 윤치호와 같은 관료파와는 수단이 달랐다. 관료파들은 사민평등을 통치의 수단으로 사용하려고 했다. 그들은 상민이나 노비가 양반들과 같은 지위에서 정치에 참여하는 것을 부정했다. 어디까지나 민중은 지배계급의 도구로서 통치의 대상이지, 협치의 상대가 될 수 없었다. 그들은 태생부터 무식하고 천박했다. 그들에게 평등을 허용하긴 했지만, 참정권으로까지 확대할 마음은 없었다. 민중은 국가보위의 수단은 될 수 있지만 국가의 주체는 아니었다. 그 한계 내에서 사민평등의 이념을 실현하려 했다. 이렇듯이 독립협회 내의 개화론자 사이에서도 입장 차이는 뚜렷했다. 그래서 공화주의자에 가까운 안경수와 만민공동회의 설립을 긴밀히 협의하기로 하였다. 최익현을 비롯한 유림의 반대에 대해서는 안경수도 잘 알고 있었다. 그러나 폭력을 사용하여 독립협회의 사업을 방해하리라고는 예측하지 못했다. 알고보니 유림의 폭력은 김포에서만의 일이 아니었다. 독립협회 지부가 있는 충청도와 경상도, 황해도, 해주 등지에서도 양반들의 폭행이 자행되었다. 이리되어서는 만민공동회의 창립부터가 위태로웠다. 안경수는 보고를 듣고 말했다.

"내가 최익현을 만나 보겠네."

유림의 거두인 그를 만나 도발에 대해 담판할 생각이었다. 최익현은 개화에 대해 극도의 반발을 하는 수구파의 거두였다. 그는 공맹의 완고한 가르침에서 한 발짝도 움직이려 하지 않았다.

"제가 모시고 갈까 합니다."

나는 최익현을 만나고 싶었다. 안경수는 네모진 턱을 오른손으로 어루만지며 무뚝뚝하게 말했다.

"그리하세. 하지만 그를 설득할 생각은 말게. 그는 골수 유학자야. 사민평등과 노비 해방과 같은 민권개혁은 어림도 없다네."

"그렇다면 더욱 설득해야 하지 않겠습니까?"

안경수가 고개를 완강하게 흔들었다.

"내가 그를 만나려는 것은 설득하려 함이 아닐세. 외세를 물리치려는 우리와 함께 싸우자는 부탁을 하려는 걸세. 그는 조선 유림의 어른이야. 조선의 정신이기도 하지. 아직 조선의 선비는 살아 있어야 해. 서양의 민주주의는 조선 정신이 되기에 너무 일러. 지금 이 나라를 지키는 사상은 죽어도 절개를 지키려는 선비 정신일세. 최익현과 같은 지조 있는 양반이 개화된 나라가 될 때까지 조선을 지켜 주어야 할 필요가 있는 이유일세."

나는 머리를 얻어맞은 듯이 정신이 멍해졌다. 단순히 자유와 평등에만 사로잡혀 투쟁하려고 하였던 짧은 소견이 부끄러워졌다. 나는 안경수에게 머리를 숙였다.

"제가 아직 어려 생각이 미처 못 미쳤습니다. 깨우침을 뼛속 깊이 새기겠습니다."

안경수가 입꼬리를 올리며 완곡한 미소를 보였다.

"모든 일에는 양면성이 있는 걸세. 젊은 시절이야 패기가 앞서겠지만, 세월이 변하게 만드네. 나도 그랬다네."

최익현은 본관은 경주이며 경기도 포천 사람이다. 1833년생이며 1855년(철종 6년) 명경과에 급제해 사헌부 지평·사간원정언·신창현감·성균관직강·사헌부장령·돈녕부 도정 등의 관직을 두루 역임하고, 1870년에 승정원 동부군수를 지냈다. 수봉관·지방관·언관으로 재직 시 불의와 부정을 척결해 강직성을 발휘하였다. 특히 1868년에 올린 상소에서 경복궁 재건을 위한 대원군의 비정을 비판, 시정을 건의하였다. 이 상소는 최익현의 강직성과 우국 애민 정신의 발로이며 막혔던 언로를 연 계기가 되었다. 1873년에 올린 계유상소는 신미양요를 승리로 이끈 대원군이 그 위세를 몰아 만동묘(萬東廟)를 비롯한 서원의 철폐를 대거 단행하자 그 시정을 건의한 상소다. 이 상소를 계기로 대원군의 십 년 집권이 무너지고 고종의 친정이 시작되었다.

이후 고종의 신임을 받아 호조 참판에 제수되어 누적된 시폐를 바로잡으려 했으나, 권신들이 반발해 도리어 대원군 하야를 부자 이간의 행위로 규탄하였다. 이에 사호조참판겸진소회소(辭戶曹參判兼陳所懷疏)를 올려 민씨 일족의 적폐를 비난했으나 상소의 내용이 과격, 방자하다는 이유로 제주도로 유배되었다. 1873년부터 3년간의 유배 생활을 계기로 관직 생활을 청산하고 우국 애민 위정척사의 길을 택하였다. 첫 시도로서 1876년 병자지부 복궐소(丙子持斧伏闕疏)를 올려 일본과 맺은 병자수호조약을 결사반대하였다. 이 상소로 흑산도로 유배되었으나 그 신념과 신조는 꺾이지 않았다.

오직 척사위정(斥邪衛正), 정학(正學)인 성리학과 정도(正道)인 성리학적 질서를 수호하고(衛正), 성리학 이외의 모든 종교와 사상을 사학(邪學)

으로 보아서 배격하는(斥邪) 사상의 지도자였다. 이는 조선 후기에 서학이 들어온 데 영향을 받아 국내에서는 실학 운동이 활발해지고 천주교가 전파되자 주자학의 입장에서 이를 사도로 보아 배척하고 국교로서의 유교를 수호하려는 운동이었다. 보수 유생을 중심으로 처음에는 개항, 곧 외국과의 통상을 반대하다가 뒤에는 항일 의병 운동으로 바뀌었다. 외세의 침략을 막으려는 반외세 자주 운동이었지만, 지나치게 전통 사회 체제를 고수하려고 하여 국제 관계의 흐름에서 뒤떨어지는 모습을 보였다. 그의 강직성과 구체제의 수호자로서 투쟁성은 전국 유생의 지도자로서 큰 영향력을 가지고 있었다. 따라서 그의 독립협회에 대한 탄핵을 방관할 수 없었다(※ 위키백과, 나무위키, 민족문화백과 등 인용).

최익현은 충남 청양군 목면에 은거하고 있었다. 왕이 내리는 호조판서, 경기도 관찰사 등의 요직을 모두 사퇴하고 유교 성리학을 지키는 조선의 통치 질서를 고집했다. 그에게 있어서 서양의 문물과 사상은 유가의 법도로서 인륜을 해치는 사악한 도였다. 그러니 독립협회의 개혁은 유가의 후예로서, 국가를 해하는 간특한 자들의 흉계로 받아들일 수밖에 없었다. 그는 왕에게 계속 상소를 올렸다.

소신의 머리를 자를지언정 어찌 성현의 도리를 저버려 신체 일부를 자르오리까? 이는 간악한 왜적의 수작이며, 성총의 눈을 가리는 간특한 신하의 모략이옵니다. 조선은 태조대왕 이래로 주자의 예로 나라를 다스렸고, 하늘의 도로 백성을 다스려 왔습니다. 일시적으로 나라의 운이 나빠 적들의 농간이 이 땅을 어지럽히나, 성현의 도로서 나라 안의 모든 백성이 힘을 합하여 적에게 대항하면 어찌 밝은 날이 오지 아니하겠습니까? 성상께서는 개화를 주장하는 역신의 무리를 멀리하시고, 어진 선비를 가까이하시어 국가의 기틀을 튼튼히 하시면, 자주 자강의 날이 멀리 있음을 어찌 한탄하시겠습니까? 부디 시골 선비의 청을 버리지 마시고, 국가의 백년대계를 세우소서.

최익현의 집은 ㄷ자 형으로 배치된 대청 본채와 사랑채 뒤뜰에 사당이 있는, 간소하지만 중후한 선비의 가풍이 있는 한옥이었다. 문 앞에서 연통을 넣으니, 청지기가 안으로 말을 전하였다. 오래지 않아 벼락같은 호통이 들려왔다.

"도끼를 가져오너라! 내 이 간악한 자들을 물고 내리라."

노기등등한 소리가 들려오며, 곧이어 대문이 활짝 열렸다. 그러자 한 손에 도끼를 든 초로의 영감이 마당 중앙에서 정자관을 쓰고 강파른 두 눈을 부릅뜨고 있었다. 다소 마른 체격에 반듯한 모습이었으나 휘어진 눈매와 일자로 꽉 다문 입술이 예사 성질이 아님을 보여주고 있었다. 도끼는 1876년 병자수호조약에 반대하여 올린 상소문 병자지부복궐소(丙子持斧伏闕疏)에 나온 대로 그의 굴복하지 않는 결기를 보임이었다. 그가 독립협회의 안경수가 왔다고 하니 분기를 참지 못해 도끼를 들고 시위한 것이었다. 안경수가 공손히 두 손을 모으고 인사했다.

"후학 안경수가 대감에게 예를 올립니다."

나도 허리를 굽혔다.

"독립협회의 이승만입니다."

최익현은 도끼를 땅바닥에 내리찍었다.

"이 도끼가 눈에 보이지 않는가? 나는 조선을 살리기 위해 자네들을 죽이겠네. 왜적과 내통하는 자는 국가의 적이라. 나는 성현의 도로써 그대들을 치겠다."

최익현이 도끼를 들고 다가왔다. 안경수가 침착히 받았다.

"그리하십시오. 대감. 그러나 왜적과 내통하는 자는 저희가 아니라 대감입니다."

최익현은 일갈했다.

"헛소리. 성현의 법도를 무시하고, 백성의 분별됨을 어지럽혀 나라를 혼란케 하니, 너희들이야말로 왜적과 다름없는 놈들이다. 너희들을 징치하기 위해 오래 별러 왔으니 어서 모가지를 내밀어라."

안경수가 침착하게 말했다.

"저의 목을 내놓는 건 아깝지 않으나 대감의 시대가 다했음을 알지 못하는 어리석음을 통탄합니다. 저를 베시고 조선의 백성을 위해 물러나십시오."

"이놈! 조선에 주자의 가르침이 오백 년에 이르러 유가의 법도가 이 나라의 백성을 다스렸다. 새삼 오랑캐의 법이 우리보다 나을 것이 무엇이냐?"

그 고집스러운 말에 나는 울컥했다.

"대감! 유가의 삼강오륜이 틀린 바가 어디 있겠습니까? 그러나 삼강오륜이 노비와 상민에게 평등하지 못하다면 그 또한 성현의 가르침을 잘못 이해한 바가 아니겠습니까?"

"무어라! 잘못 이해해? 오라, 네놈이 바로 사민평등을 외친다는 어린놈 이승만이로구나."

"그러합니다. 소생은 비록 나이 어리다 하나 사서삼경을 배웠고, 삼강오륜을 가르침 받았습니다. 그러나 군자의 도가 양반에게만 미치고, 노비와 평민의 삶에는 어찌 그리도 각박합니까? 대감께서는 보지 못하십니까? 들판의 곡식을 짓는 상민이 일 년에 지주인 양반님네에게 바치는 소작료가 얼마입니까? 적으면 오 할이요 많으면 칠 할입니다. 땡볕에 나가 허리가 굽히도록 일해도 처자식의 입에 쌀 한 톨 넣기에도 힘이 듭니다. 대감께서는 삼강오륜이 상하 간의 법도인 줄로만 아시나, 어찌 그게 공자님의 도이겠습니까? 들판의 농군이나 서원의 양반이나 모두 다 같은 사람입니다. 공자님의 삼천 제자가 다 공후장상의 자손이었겠습니까? 그들은 대부분 평민이었습니다."

최익현이 분기를 못 참고 달려와 내 멱살을 잡았다.

"네 이놈! 함부로 삼강오륜을 거짓 논하지 마라. 어찌 평민에게 가르침이 미치지 못할까? 다만 그들의 어리석음이 지나칠 뿐이다."

"사람을 계급으로 분별하지 마십시오. 조선은 계급으로 나라가 분열하였고, 일본은 유신 후에 무사와 평민이 모두 합쳐 국민이 되었습니다. 단결된 국민과 분열된 사민의 나라, 어느 나라가 성현의 가르침에 따랐습니까? 지금 우리가 주장하는 민주와 공화는 공자님이 가르친 치국의 도입니다. 사민이 평등하여 국민이 될 때 왜국과 대적할 수 있는 힘을 가지게 됨을 왜 모르십니까?"

"상하 간의 분별이 있어야 질서가 있게 되고, 질서가 있어야 충효가 나오고, 충효가 있어야 나라가 바로 섬을 너는 모르느냐?"

"충효가 어찌 사민의 차별에서 나오겠습니까? 진심으로 사람을 대함이 충효인 것입니다."

"이놈! 터진 입이라고 말대꾸는 꼬박꼬박하는구나."

최익현의 멱살 잡은 힘이 풀어졌다. 나는 그의 손을 떼어내고 바닥에 엎드렸다.

"소생도 대감의 위정척사가 우국충정에서 나왔음을 모르지 않습니다. 오백 년 주자학의 법도가 조선을 지켜 왔음을 어이 모르겠습니까? 임진왜란과 병자호란에서 외적을 물리쳤음도 모두 상하의 위계를 지킨 법도에 있었음을 잘 압니다. 그러나 현재 왜적들은 그 백성 전체가 하나의 국민으로 단결하여, 조선을 노비로 삼으려 하고 있습니다. 이러한 때에 성현의 가르침만으로 이 나라를 지킬 수 있겠습니까? 우리 조선도 합심하여 적들과 싸워야 할 것입니다. 그리하려면 노비와 상민 양반의 구별을 없애고, 이천만 배달민족은 한마음 한뜻이 되어야 합니다. 지금 위정척사를 고집하여 주자학과 서양학으로 나누어 싸운다면, 동학의 난을 핑계로 일본과 청이 침탈한 것처럼 또다시 아관파천의 치욕을 겪을 수밖에 없습니다."

최익현이 신음했다. 나는 그의 고뇌에 대하여 진심으로 호소했다.

"현하의 정세는 임진과 병자의 난과 다를 바 없습니다. 그 당시 사민이 모두 단결하였던 것처럼 지금의 사민도 모두 일치하여야 합니다. 우선 외적을 물리치고 위정척사를 논하심이 일의 순서가 아니겠습니까? 독립협회 대다수는 모두 주자의 가르침을 배운 분들입니다. 결코 성현의 가르침을 무시하지 않습니다. 다만 주자의 성리학이 조선에 들어온 지 오백 년이 넘었으니, 시대에 따라 변해야 한다고 생각할 뿐입니다. 근본을 따지면 대감이나 우리 독립협회가 다를 바 없습니다. 우리의 목적은 왕가를 보위하고 백성을 지키는 조선의 자주와 독립입니다. 위정척사를 잠시 물리시고 외적을 물리치는 데, 조선의 어른으로서 도와주십시오. 대감."

최익현은 사랑채 옆에서 비를 들고 멀거니 서 있는 어린 노비를 쳐다보았다. 불쌍한 놈이다. 흉년이 들어 소작인이 굶주림을 견디다 못해 쌀 두 말에 내다 판 아이를 데려와 키웠다. 그 아이의 겁먹은 눈망울이 최익현의 꼬장꼬장한 수염에 머물렀다가 황급히 아래를 향했다. '그래! 저놈도 살 만한 세상을 만들어 주어야 할 텐데, 선비가 타락했음이야…. 양반이 탐관 짓을 하여 세상을 어지럽히니, 난민이 도적이 될 수밖에…. 백성의 살림을 먼저 돌봄이 성현의 길이거늘.'

최익현은 도끼를 내려놓고 장탄식하며 말했다.

"너의 말이 모두 옳다고 할 수는 없구나. 하지만 그르다고 하기도 어려운 난세이다."

그는 도끼를 다시 들어 옆에 놓인 장작을 내리찍었다.

"가거라! 너희들을 집 안에 들일 수도 없고, 내쫓을 수도 없구나. 갈 길을 재촉하여라. 늦었구나. 해 떨어진다."

'쿵' 하고 도끼가 떨어지고 장작이 '찌억' 벌어지는 소리가 들렸다. 도와주지는 못하겠지만 방해하지 않겠다는 암시였다. 나는 자리에서 일어나 돌아서는 최익현의 등을 향해 절했다.

"대감! 조선을 역신으로부터 지켜 주십시오. 만일 제가 역도라면 저의 머리를 치십시오."

나는 주문을 외듯 중얼거리며 안경수와 함께 그 자리를 떠났다. 최익현의 말대로 서산에 해가 넘어가고 있었다. 비가 내리려는지 유난히 검붉은 노을이 졌다.

제8장
만민공동회의
불꽃

♦ ♦

만민공동회의 첫 집회는 1898년 3월 10일이었다. 한겨울이 지난 시기이기도 하지만 정국은 급하게 돌아갔다. 아라사는 강압적으로 절영도 조차와 아라사 은행 설립을 강제하였고, 이에 편승한 일본의 경부철도 가설, 프랑스 미국 등 광산채굴권 등의 요구가 조선 정부를 압박했다. 지배층의 수탈은 심해지고, 노비 해방령과 신분 철폐와 같은 혁명 정책들은 실종되었다. 더 이상 시기를 늦출 수 없다고 판단한 독립협회 간부들은 시급히 전국의 지부들을 통하여 국민 동원령을 내렸다. 한만호는 사비 천 원을 들여, 한양 곳곳에 사람을 풀어 방을 붙이고 집회 참가자의 편의를 제공했다. 이 당시 천 원이라면 지금의 삼억에 해당한다. 집회 장소는 종로 사거리였다. 그 전날 비가 내려서 걱정하였으나 다음 날은 새벽이 맑았다. 1898년 3월 10일 아직 겨울 추위가 가시지 않은 새벽, 삿갓을 쓴 노인부터 단발을 한 상인, 소를 타고 온 농민, 대장장이와 목공, 학당의 학생, 민머리의 중, 그리고 쓰개를 쓴 부인네들에 이르기까지 뜻있는 백성들이 서울 종로의 백목전 앞에 구름처럼 몰려들었다. 어림잡아서 일만 명이 넘는 사람들이었다. 당시 한양 인구가 이십만 명 전후였다는 사실을 감안하면, 나라를 걱정하는 동포들의 분노와 항거의 열기를 알 수 있다. 사거리 가운데 연단이 설치되고 깃발이 솟구쳤다. 흰 광목에 힘찬 붓글씨로 '만민공동회'라 쓰어 있었다. 군중들로부터 환호성이 터져 나왔다. 탐관오리에 시달리고, 외적에게 수탈당하는 백성들의 아우성이었다. 열 시가 되자 독립협회 간부들이 연단에 오르고, 회장인 이완용이 군중 앞에 모습을 보였다. 그는 만민공동회가 열리기 열흘 전 회장 안경수의 급진적인 자주 노선에 불안을 느낀 왕의 압력으로 급하게 교체되었다. 부회장은 윤치호, 서기 남궁억, 회계 이상재·윤효정, 제의(提議) 정교·양홍묵·이건호, 사법위원에 안영수, 강화석, 홍긍섭 등이 선출되었다.

이완용이 연단에 올라 만민공동회 설립의 취지와 개회를 선언했다.
"독립협회 회장 이완용이외다. 조선은 오천 년 역사의 문명국이요. 오랜 세월 우리나라는 자주독립국으로서 살아왔소. 그러나 불행히도 오늘날에 이르러 외세의 침탈이 거세고, 조정은 그들에 대항할 힘이 없소, 가만히 앉아 있으면 조선은 저절로 저들의 손아귀에 들어갈 판이요. 그래서 우리 독립협회는 천하 만민에게 고하오. 분연히 나아가 우리의 속박을 걷어내고, 부당한 저들의 요구를 물리칩시다. 이천만 동포가 한마음으로 나서서 자주독립의 항쟁을 걸읍시다. 그 앞줄에 독립협회가 서겠소."
군중은 환호하고 손뼉을 쳤으나, 질서를 어지럽히지 않았다. 그들은 싸우려 함이 아니라, 외세에는 저항의 의지를, 왕에게는 공정함을 호소하려 하였다. 폭력이 아니라 평화로운 방법으로 자신들의 의사를 피력하려고 했다. 군중 가운데에서 몇 사람이 나서서 만민공동회 대표를 선출하자고 주장했다. 선비와 농민, 등짐장수와 백정, 나무꾼과 물장수 기생과 과부 등 곤고한 삶을 사는 이 땅의 백성들이 모인 자리에서 대표가 된 사람은 종로 시전의 쌀장수, 한만호였다. 그는 고아와 과부, 난민들을 구하는 일에 여러 해 동안 거금을 희사한 의인으로 널리 알려진 사람이었다. 대중의 신망이 두터웠다. 만민공동회의 첫 집회는 우려를 나타냈던 정부 측뿐만 아니라 주한 외교관들까지 감탄할 정도로 매우 질서 정연하고 진지하게 진행되었다. 이 자리에서 회장으로 선출된 한만호는 아라사의 내정간섭과 침략 의도를 질타하고, 이에 대해 고종과 정부는 적극적으로 대항할 것을 요구하는 연설을 하였다. 그날 경성의 신문들은 놀라움의 소식을 1면에 가득 실었고 은인자중하며 비웃던 수구 대신들은 시대의 변화에 위협을 느꼈다. 첫 집회에서 임시회장으로 선출된 한만호가 군중에게 포효한 연설은 지금도 뇌리에 선연하다.

"조선의 백성들이여. 수백 년 중국의 사대와 개항 이후 외세의 압제와 노역의 시대를 끝내야 한다. 사농공상의 사민은 자유롭고 평등하다. 조선의 백성은 모두 평등하며 오직 왕의 신민이다. 우리는 아라사의 강압적 수탈과 협박을 단호히 거부하며 그들의 절영도 조차와 원산항의 임차, 함경도 철광석 광산 약탈 등의 조선 침략 행위를 중지할 것을 강력히 경고한다. 조선의 백성은 한 몸이 되어 죽기로 외국의 침략과 싸우며, 자유로운 독립 조선국을 위해 목숨을 바칠 것이다."

한만호는 시대 정세를 꿰뚫고 있었다. 오랫동안 시전에서 일본과 청국 상인들과의 교역에서 얻어진 정치 감각은 고루한 정치인들보다 더 넓은 혜안을 가지고 있었다. 그는 아직 왕을 적으로 돌릴 때가 아님을 알고 있었다. 그의 속마음이야 완전한 공화국을 원하였지만, 조선의 백성은 아직 왕가의 신민임을 뼛속 깊이 새긴 우민이었다. 군주는 하늘이요, 백성은 하늘을 거역할 수 없다는 유가의 이념이 그들을 사로잡고 있었다. 그래서 왕을 백성의 적으로 삼기에는 시기가 일렀다. 우선 외적과 대항하면서 명분을 얻고 왕에게서 공화주의를 획득하는 무혈 혁명을 이루고자 하였다. 그것이 이 당시 민주적 공화제를 이루려는 우리의 선택이었다. 왕의 의도대로 외세와는 싸우고 내부적으로는 자유를 쟁취한다, 만민공동회의 격문에 군중은 흥분하기 시작했다. 외적을 물리치자! 그들은 크게 외쳤다. 임진왜란과 병자호란의 경험으로 군중은 변란이 곧 기회임을 직감했다. 나라에 위기가 생기면 신분의 변동이 일어났다. 노비는 해방되고 상민은 관직을 얻었다. 임란 이후 이순신은 노비를 해방하고 그들에게 관직을 주었다. 그 행동이 이순신의 위대한 승리를 이끌었다. 군중은 집회를 신분 해방의 기회로 알아서 흥분하고 소란을 피웠다. 나는 그들에게 외쳤다.

"아라사의 수탈과 외세의 침략을 물리쳐야 하오. 우리는 다 같은 조선의 백성들이오. 양반과 백정이 따로 없고, 노비와 주인이 따로 없소."

그들 중에는 양반도 다수 있었지만, 분위기에 휩쓸려 계급 철폐의 구호에도 별다른 항의를 하지 않았다. 그날 종로 거리서부터 군중은 출발했다. 깃발과 북이 앞장섰다. 하늘은 참 맑았다. 3월의 훈풍과 겨울 한풍이 교체하는 하늘이었다. 그 아래로 초가집들이 군락을 이루고, 듬성듬성 기와를 얹은 한옥과 서양식 벽돌집이 서 있는 종로의 골목길과 대로를 가득 채우며, 사람들의 파도는 아라사 공관을 향하여 나아갔다. 도로 좌우에 노인들과 아이들이 구경삼아 놀러 나왔다가 합류하며 군중은 넘실거리는 밀물처럼 명동을 지나 외교관 공관이 밀집한 경운궁 거리에서 멈췄다. 군중의 중간마다 질서를 잡기 위해 독립협회 청년들을 배치했지만, 소란스러움을 막을 수는 없었다. 아라사 공사관은 약 200명의 공사 보위대가 엄중히 둘러싸고 만민공동회와 그들이 도로를 마주하여 대치했다. 경성 수비대는 보이지 않았다. 왕은 병력을 동원하여 아라사 공사관을 보호하려 하지 않았다. 군중의 시위를 보고 놀란 아라사 공사 알렉세이 니콜라예비치 슈페이에르는 왕을 만나기 위해 경운궁으로 달려갔다. 왕은 슈페이에르의 항의에 별다른 반응을 보이지 않았다. 다만 이 말만 되풀이했다.

"그들은 아라사를 적으로 삼지 않소. 그들을 주동하는 독립협회는 자주권을 주장할 뿐이오. 나는 그들을 가로막을 명분이 없소. 공사가 그들의 주장을 들어보는 것이 어떠하오."

슈페이에르는 반발했다.

"군대를 출동시켜 주시오. 그렇지 않고 쌍방의 충돌이 일어나면 그 책임은 귀국이 져야 할 것이오. 무력을 사용할 수 있소."

슈페이에르는 강경했으나 왕은 물러서지 않았다. 왕의 싸늘한 입가를 보며 슈페이에르는 아라사를 배신하려 한다는 인상을 받았다.

"만일 귀국이 우리 대국을 위협한다면 그 대가는 각오해야 할 것이오."

슈페이에르는 협박했으나, 왕은 흔들리지 않았다.

"우리는 아라사를 무시하지 않소. 다만 서로 우방국으로 존중하길 바라오. 이 일에 대해 필요하다면 이완용을 만나 보면 어떻소? 그는 독립협회를 주도하는 사람이오."

이완용이 독립협회 실세임은 슈페이에르도 잘 알고 있었다. 독립협회는 개혁파가 만들기는 했으나, 왕의 허락이 없으면 처음부터 시작할 수 없었다. 왕이 서재필을 국내 고문으로 끌어들인 것은 해양 세력인 미국을 우호국으로 하려는 구상이었다. 그러기 위해서는 민간의 힘을 키워 왕의 우군으로 내세울 필요가 있었고, 독립협회도 일정한 범위 안에서 민간의 개혁 욕구를 받아들여 불만을 잠재우며, 정부 관료를 투입하여 개혁파의 움직임을 견제했다. 그 주도 인물이 이완용이었다.

슈페이에르는, 그가 아관파천 때 한 행동으로 보아 친 아라사적인 인물임은 알고 있지만, 시세에 따라 움직이는 실리적 인간이란 점도 잘 알고 있었다. 그를 지금 만나는 것은 별 도움이 안 되리라 슈페이에르는 생각했다. 그러나 왕은 이완용을 통하여 자신의 입장을 알릴 것임을 은근히 암시하였다. 그렇다면 어디까지 이들은 생각하고 있는 것일까? 속내가 궁금했다. 슈페이에르는 왕의 제안을 수락했다. 왕이 만족하며 말했다.

"공사관으로 이완용을 보내겠소."

왕의 연락을 받은 이완용은 단독으로 슈페이에르를 면담하려 하지 않았다. 그는 나와 함께 아라사 공사관으로 갈 것을 주문했다. 자신이 져야 할 정치적 책임을 전가하여, 이후 아라사와의 교섭에 부담을 줄이려 하였다. 한만호는 그 제안을 받아들이라고 조언했다.

"만민공동회의 요구를 공식적으로 전달하려면 이 선생이 가야 합니다. 독립협회의 사람은 안 됩니다. 이완용은 그 점을 잘 알고 있습니다. 아라사의 이권 개입 철회 요청은 만민공동회의 주장이 되어야 합니다. 그렇지 않으면 조선 정부가 아라사와 대립하는 형태가 됩니다."

나 역시 그와 생각이 같았다.

"지금의 형세는 왕과 민중, 외세가 서로 얽히는 복잡한 시국입니다. 한 회장의 말씀이 맞습니다. 아라사 공사를 만나서 저희의 입장을 전하겠습니다."

3월 12일 아직 군중의 열기가 뜨거울 때 나는 아라사 공사관으로 들어갔다. 이완용이 먼저 와서 기다리고 있다가 나를 맞았다. 슈페이에르는 키가 크고 윤곽이 뚜렷한 전형적 슬라브인의 귀족이었다. 그는 나를 공식적인 협상 대상자로 인정하려 하지 않고 참관인 자격으로 묶어두려고 했다. 어디까지나 정부 대 정부의 담판으로 이 사건을 무마하려고 했다. 이에 반해 이완용의 입장은 조선 정부는 이 사태의 당사자가 아니며, 제삼자적 위치에 있음을 강조했다. 그의 냉정한 협상 자세를 보니 타고난 외교관이었다. 철저한 실리 추구와 명백한 대답을 피하고, 애매한 태도로 상대의 패를 먼저 열도록 유도하는 솜씨 등은 그가 왜 탁월한 협상가인가 하는 탄성을 내게 만들었다. 그의 교묘한 언변과 독심술은 훗날 내가 국제무대에서 외교활동을 할 때 많은 도움이 되었다. 이완용의 답변이 제자리를 맴돌자 슈페이에르는 비로소 내 존재를 의식했다.

"이 선생은 만민공동회의 대표로서 결정권을 가지고 있습니까?"

"저 혼자의 결정으로서는 아니 됩니다. 만민공동회는 몇 사람의 주장이 아니라 조선 백성의 요구입니다. 저는 여기에 결정하러 온 것이 아니라 저희의 입장을 전하러 온 것입니다."

슈페이에르는 불쾌한 표정을 지었다가 곧 정색했다. '이 친구들 만만히 보아서는 아니 되겠군'이라는 태도를 보였다.

"좋소. 그렇다면 당신들의 요구를 말해 보시오."

나는 만민공동회의 공식 주장을 말했다.

"아라사는 조선에 대해 가혹한 요구를 하고 있습니다. 귀국의 요구로 인해서 일본과 영국, 프랑스와 같은 세계열강들이 같은 정도의 대우를 우리 정부에 요구하고 있습니다. 우리나라는 청국과 같은 대국이 아닙니다. 만일 우리나라가 열강의 요구대로 나라의 국부를 내어 준다면 우리 백성들은 노예로 전락하고 말 것입니다. 나라의 광산과 항구, 더 나아가 농장과 산림까지 모두 내어 준다면 대한의 국토와 백성은 어디에 있을 것입니까? 이는 아라사 한 나라에 대한 종속이 아니라, 열강에 찢긴 대한제국은 결국 강국들의 전쟁터로 변할 것이며, 대한은 세계 어느 나라보다 못한 노예의 나라로 변하게 될 것이 명백합니다. 이런 상황에서 귀국이 계속 우리의 물산과 강토에 대한 영유권을 주장한다면 우리 만민공동회는 목숨을 걸고 결사 항쟁할 수밖에 없습니다."

슈페이에르는 가만히 듣고만 있었지만, 사태의 심각성을 깨닫는 듯했다. 그는 본국의 훈령에 따라 조선을 반식민지화하려고 하였지만, 실제 조선은 다른 동남아시아 국가와는 다른 차원의 지식계급이 있음을 알게 되었다. 그들은 유교 국가인 조선의 국가적 역량이 그들의 예측보다 크다는 사실을 알게 되고, 지식계급을 자신들의 편으로 끌어들이려 하였다. 아관파천으로 그들의 야심이 실현되는 듯하였으나, 조선은 그들을 적당히 이용하여 세력 균형의 한 축으로만 이용하려 하였다. 조선에서의 약탈이 쉽게 이루어지지 않자 초조해진 아라사 본국 정부는 그 당시 왕실과 귀족들의 전횡으로 인한 국고 손실을 비우기 위하여 강압적으로 조선을 굴복시키려 하였다. 일본의 저항은 예상하였지만 그들의 실력을 낮추어 본 아라사는 조선의 친러파들을 이용하여 자원을 수탈하려 하였는데, 뜻밖에 민간의 강력한 저항을 만나게 된 것이었다. 물론 슈페이에르라고 해서 만민공동회의 인민 궐기가 순수한 민간의 힘이 아닌 줄은 알고 있었다. 왕이 독립협회를 교묘히 이용하여 자신들의 요구를 철회시키려는 수작인 줄은 짐작하고 있었다. 하지만 이런 고도의 책략이 열강들의 이해관계와 맞아떨어진다는 점이 문제였다. 일본과 영국과 프랑스와 미국과 같은 조선 주둔 외국 공관들은 아라사의 행동을 예의 주시하고 있었다. 만일 조선이 그들과 연대한다면 아라사는 조선에서 축출될 가능성마저 있었다. 슈페이에르는 속으로 신음을 토했다.

"당신들의 주장은 잘 들었소. 우리 아라사는 조선의 적이 아닌 친구의 나라요. 우리는 일본과는 비교도 되지 않는 대국이요. 조선의 재산을 약탈할 마음은 없소. 우리는 단지 조선을 도와서 근대적인 국가로 만들어 주려는 선의로 시작한 일이요. 은행을 설립하고 광산을 조차한 일은 어디까지나 조선의 이익을 우선한 것이며, 아라사의 이익을 취하자고 한 짓이 아니라는 점을 알아주시오. 나는 들었소. 일본이 조선을 침략하여 속국으로 삼으려고 하였던 과거사를 잘 알고 있소. 하지만 우리는 다르오. 우리의 관심은 유럽에 있고 아시아에 있지 않소. 만일 우리가 철수한다면 일본은 즉시 조선으로 진주할 것이요. 그래도 괜찮겠소?"

나는 즉시 대답했다.

"우리 조선은 외국의 힘을 빌리지 않고도 자주독립할 수 있소이다. 굳이 아라사가 아니더라도 일본이 우리나라에 군사를 파병하긴 힘들 것이오. 왜냐하면 우리 전 민족이 저항할 뿐 아니라, 그들은 아직 이천만 조선 강토를 온전히 통치할 만한 국가적 역량이 없기 때문이오."

일본 내부의 사정을 알 만한 지식은 내게 없었지만, 협상이란 어차피 불완전한 정보로 패를 보여주는 법이다. 슈페이에르는 아무런 반응을 보이지 않았다. 그는 어차피 일본이 어떠한 행동을 선택하더라도 아라사의 상대가 되지 않는다는 사실을 믿고 있었다. 다만 그가 우려하는 일은 미국의 선택이었다. 만일 미국이 일본과 손을 잡고 아라사의 해양 진출을 방해하려 한다면 큰 골칫거리였다. 그들에게는 그럴 만한 역량이 있었다. 조선 진출은 좀 더 깊이 연구해 볼 필요가 있었다. 그렇다고 하여도 외교적 결단은 본국 정부가 내려야 할 일이니, 자신이 그에 대한 답을 줄 수는 없었다. 슈페이에르는 온화하게 말했다.

"본국과 협의해 보겠소. 그동안 시간을 주길 바라오."

창밖이 흐렸다. 남국의 날씨는 변덕이 심하다. 금방 흐렸다가 다시 맑은 모습을 보인다. 짓무른 눈을 비비다 보니, 지나온 세월이 그림자처럼 일렁인다. 기억이 자꾸 끊어지고 연결이 쉽지 않다. 김현곤이 휠체어를 눕혔다.

"각하! 그만 쉬십시오."

그러고 싶지만, 지금 말하지 않으면 다시 기회가 없을 듯하다. 과거에 미련을 두어 나 자신의 흔적을 남기려는 마음은 아니다. 다만 우리나라가 수난을 겪었던 그 역사를 들려주고 싶다. 내가 죽고 나서 다른이들이 그 당시의 이야기들을 기록하겠지만, 그 모두가 지나간 날에 우리가 어찌 살았는가를 정확히 말하지 않을 것이다. 나는 안다. 역사란 승자의 기록임을⋯. 하지만 우리는 승리하지 못한 전쟁에서 승리자로 이야기하고 있다. 후세들은 알아야 한다. 우리가 왜 승리하지 못했는지, 그리고 우리가 패배한 이유가 무엇인지⋯ 나는 진실을 알려주고 싶은 욕망에 사로잡혔다. 나는 알고 있다. 역사에서 비겁한 자들이 승리의 기록을 훔치려 한다는 사실을. 그리고 언제나 그들은 현재에서 과거를 질타한다고⋯ 그 수단만이 그들을 승자로 만드는 허구임을 나는 안다. 그래서 우리가 무엇을 했는지 정확히 알려야 한다고 결심했다.

"각하!"

내 해소 기침에 그가 놀랐던 모양이다.

"괜찮아! 그런데 김 서기관."

"네, 각하!"

"각하라고 부르지 말게. 지금의 나는 대한민국 대통령이 아니야, 그냥 박사라고만 불러주게."

김현곤은 머뭇거리다 저항했다.

"그렇게 하지 못하겠습니다. 저는 각하가 대한민국을 자유 민주 공화국으로 건설한 국부라고 생각하고 있습니다."

"허허! 이 사람."

나는 쓸쓸하게 미소 지었다. 나는 아버지로서 불리고 싶지 않다. 나의 묘비에 '나라를 위해 애썼던 한 인간이 잠들다'라고만 써 다오. 나는 조선의 마지막 후손이고 대한의 첫 백성이었다. 나를 백성으로 기억해 다오.

맞은편 간이침대 위에 프란체스카가 누워 코를 골고 있다. 어젯밤, 잠을 제대로 못 잤다. 내가 갑자기 고열에 시달렸기 때문이다. 폐 상태가 좋지 않다고 주치의가 말했다. 지금 인터뷰도 원래 하지 말아야 하는데, 내가 고집을 부려서 하고 있다.

"각하!" 하고 김현곤 서기관이 말했다.

"저는 역사학도입니다. 각하의 말씀에 감명이 깊습니다. 녹음하여도 되겠습니까?"

"그리하게!"

나는 허락했다.

"나는 성공한 삶을 살았다고 생각하지는 않네. 나는 나라를 잃는 순간에 같이 죽지 못했고, 내 손으로 해방을 열지도 못했네. 어찌 보면 실패한 삶이라고 할 수도 있어. 하지만 나는 후손들에게 말하고 싶어. 우리는 나라를 지키는 데 실패했지만, 그러나 절대 지지 않았다고,

이기기 전까지는 진 게 아니니까."

"이기기 전까지는 진 게 아니다."

김현곤 곰곰이 말을 되씹었다.

"이기는 건 저희 몫이군요."

나는 대답하지 않았다. 이긴다는 것이 무엇을 말함인지 아직 나는 제대로 알지 못했다. 그건 나와 대한의 백성들이 걸어가야 할 어떤 방향 같은 것이었다. 김현곤이 화제를 돌렸다.

"각하! 만민공동회의 일을 계속 말씀해 주시죠. 그 일은 결국 어찌 되었습니까?"

그는 결과를 알고 있지만 내 입으로 듣고 싶어 하였다.

"아라사 공사관에서의 담판 뒤에 말일세."

나는 그 뒤를 이었다.

슈페이에르가 본국에서 훈령을 받은 것은 한 달이 지나서였다.

"조선의 은행 설립과 절영도 임차 요구를 중지하라."

아라사 정부는 극동에서의 충돌을 회피하려고 하였다. 그들의 관심은 흑해를 통한 인도양 진출에 있었고, 태평양은 그들에게 너무 멀었다. '조선에서의 영향력을 계속 확보하는 선에서 일을 매듭지어라'라는 훈령이 떨어졌다. 결과적으로 독립협회를 이용한 왕의 책략은 성공한 셈이었다. 왕은 이완용을 만난 자리에서 그를 치하하고 새로운 명령을 내렸다.

"이번에 경의 수고가 많았네. 특히 만민공동회의 연사로 나섰다는 이승만이란 젊은 친구가 슈페이에르과의 교섭에서 능숙한 수단을 보였다는데 쓸 만한 인재가 아닌가?"

왕이 보이는 호기심에 이완용은 난처해졌다. 분명히 이승만은 보기 드문 인재다. 배재학당이 주최한 협성회 토론회에서도 발군의 실력을 보였고, 협성회보와 제국신문의 주필로서도 논조가 혁신적이다. 그렇지만 왕이 측근에 두고 쓸 인물은 못 된다. 이승만은 조선의 체제를 부정하는 공화주의자이다. 하지만 왕에게 정면으로 그를 부정해 버리면 의심을 사기 쉽다.

이완용은 중도를 택했다. 그의 중도는 보신주의였다. 비판도 하지 않고 추천도 하지 않는다. 그래야 왕의 노여움을 사지 않는다. 만일 이승만을 비난하면 권력자는 그의 저의를 의심할 테고, 천거하여 실망한다 해도 마찬가지의 결과를 가져온다. 이완용의 타고난 감각이 위험을 피해 갔다.

"이승만은 좋은 인재이지만 아직 더 배워야 할 사람입니다. 좀 더 두고 보심이 어떠하실는지요?"

왕은 이완용이 천거하지 않음을 알아챘다. 그러나 왕은 신하의 보신주의를 잘 알고 있었다. 이승만, 그는 위험한 인물일 수 있지만 쓰기에 따라서 왕의 우군이 될 가능성도 있다고 생각했다. 정치란 두 바퀴로 굴러가는 수레의 균형을 잡는 일이다. 왕은 더 이상 묻지 않았다. 다만 필요할 때는 이승만 그 아이를 만나 보리라. 왕은 생각을 마무리 짓고 속에 둔 진심을 꺼냈다.

"이제는 그만하면 되지 않겠는가?"

"어인 말씀인지."

"쓸모를 다한 물건은 버려야 하지 않겠는가?"

만민공동회를 해산하라는 뜻이었다. 이완용은 머리를 숙였다.

"소신의 힘으로 어렵습니다. 말을 듣지 않을 것입니다. 만민공동회는 독립협회의 힘으로 제어하지 못합니다. 백성들은 스스로 대표를 뽑고, 행동 수위를 높이고 있습니다. 날마다 전국 각지에서 헛된 희망을 품은 무리가 몰려듭니다. 말씀드리기에 황송하오나 그들은 새로운 세상을 부르짖고 있습니다."

"새로운 세상이라."

왕은 음울하게 뇌까렸다. 무엇이 새롭다는 말인가? 조선은 오백 년 이래 이씨의 천하이다. 이 체제를 바꾸려고 한다면 반역이다. 공화제란 왕을 몰아내려는 역적이다. 용납할 수 없다. 이완용에게 그런 일을 맡기기엔 무리다. 그는 협상가의 능력은 있지만 과감한 실행력은 부족하다. 황영우를 불러야겠다. 그가 민중을 해산시키는 데에는 제격이다. 황영우는 갑신정변의 역적 김옥균을 암살한 왕의 충복이다. 출세를 위해서라면 무엇이든 할 수 있다. 대부분의 사람이란 힘과 재물을 좇게 마련이다. 그들을 욕하면 안 된다. 적당히 재물과 권력을 나누어 주며 이용하면서 부리면 된다.

"이만 물러가게."

왕은 이완용을 물리쳤다.

'아니 되겠다.'

왕은 잠자리에서 일어나 머리맡에 둔 놋쇠 그릇에 담긴 자리끼를 마시다 무심코 중얼거렸다. 삼경이 넘은 시각이었다. 시침하였던 엄 귀비가 물그릇을 받아 들며 조심스럽게 왕의 언짢은 심사를 살폈다.

"전하! 심려가 크시면 옥체가 상하실까 두렵사옵니다. 혹여 독립협회 일로 그리하옵니까?"

왕후인 민비가 왜적에게 베인 후에 엄 귀비는 작년 가을에 영친왕을 낳았다. 왕의 총애는 극진했다. 그녀는 어려서 궁에 들어와 명성황후의 시위 상궁으로 있다가 승은을 입었다. 이 사실을 안 명성황후는 진노하여 그녀를 사가로 쫓아내었다. 그리고 10년 후 일본 낭인들의 명성황후 시해 사건이 일어났다. 그녀는 왕의 부름으로 궁에 돌아왔으며, 1897년 10월 황자를 낳았다. 그가 훗날의 영친왕이다. 늦둥이를 본 왕의 기쁨은 남달랐다. 그녀를 황후로 책봉하려 하였으나, 그녀는 평민 출신이었기에 '후궁은 왕비가 될 수 없다'라는 법도 때문에 불가했다. 부득이 왕은 귀인으로 책봉하고 실질적으로 황후의 대우를 하였다. 그녀는 인물이 박색이었으나 성품이 순후했다. 집안의 배경 역시 미미한 평민이라 정치적 야심을 가지기 어려웠다. 더구나 조정의 권신 중에는 명성황후의 일가들이 득세하고 있어서, 그녀의 움직임을 감시하고 있었다. 자연히 그녀의 관심은 왕의 안위에 집중되었다. 시국은 혼란스러웠고, 조선의 왕을 노리는 세력은 안팎으로 커졌다. 일본과 아라사와 같은 외적은 말할 필요도 없으려니와, 독립협회의 활동도 갈수록 근심스러웠다. 왕자의 안위를 걱정하는 그녀로서는 왕의 심기를 살피고 있었다. 왕가의 운명은 말기적 증세였다. 신하들은 보신을 위해 여기저기 눈치를 보고, 그나마 가까운 자들도 이익을 주지 않으면 배신하기 쉬웠다. 그런 왕의 불안을 아는 엄 귀인이 밝게 타는 황초의 심지를 가위로 다듬으면서 흘리는 말처럼 아뢰었다.

"폐하! 어제 황영우 대감이 궁에 들리어 능금을 한 수레 전해 주고 갔습니다만…. 김제 능금은 해소에 좋다고 하는군요."

왕은 최근 천식으로 고생하고 있었다. 황영우라고 한다면 상해에서 김옥균을 저격한 총신이었다. 왕은 갑신정변에서 자신의 고굉대신들을 살해한 김옥균을 미워하여 황영우를 자객으로 보낸 적이 있다. 그는 영민하지만 포악한 데가 있는 기회주의자였다. 만민공동회를 견제하는 데 효과적인 사람이었다.

'설마 엄 귀인도 이런 생각을!'

왕은 의아한 생각이 들었으나 얼른 표정을 바로잡았다. 민비의 처가인 여흥 민씨의 세도에 질려 있는 왕이었다. 엄 귀인 주변에 권력을 탐하는 자들이 출입함도 당연하다는 생각이 들었다. 권좌를 삼십 년 이상 지켜 온 왕이다. 누구보다 권력의 속성을 잘 이해했다. 황영우가 출세를 노려 엄 귀인에게 접근함도 이미 알고 있었다. 하지만 아무려면 어떤가? 신하란 채찍과 당근으로 잘 조련하면 되는 것을. 왕은 입맛을 쩍 다시며 넙데데한 얼굴의 엄 귀인 얼굴을 친근하게 바라보았다. 그러면서 민비를 떠올렸다. '그 여자는 너무 총명했어.'

총명한 여인에 질린 왕이었다.

평리원 판사 황영우가 왕의 부름을 받아 경운궁에 든 것은 그로부터 사흘이 지난 1898년 6월 3일이었다. 정부의 요직에서 활동하기를 원하는 황영우로서는 법원 판사직은 자신에게 어울리는 자리가 아니었다. 왕의 호출을 받은 그는, 원하는 행정부의 요직을 맡기지 않으려나 하는 기대에 마음이 들떴다. 하지만 왕의 생각은 달랐다.

"판사 생활은 어떤가?"

지나가는 말처럼 물었다. 황영우는 왕의 의도를 알려고 했으나 짐작되지 않았다. 이런 종류의 문답에서는 필요한 말보다 불필요한 말을 하지 않아야 했다.

"성은에 감읍하옵니다."

함축적인 대답이었다. 왕이 침묵하자 불안하여 한마디 더 보탰다.

"백성들의 고통을 가리는 일에 성심을 다하고 있으며 직분에 만족하고 있습니다."

"만족해서는 안 돼!"

왕은 퉁명스럽게 내뱉었다.

"고통을 느낄 줄 알아야지. 그래야 제대로 된 판결이 나오네."

원고와 피고 어느 쪽의 고통을 지칭하는지 판사 황영우는 알지 못했지만, 식은땀이 났다. 재판이란 죄를 가리는 일이 아니라 고통을 느끼는 일이라! 역시 왕이란 평범하지 않았다. 황영우는 머리를 더욱 조아렸다.

왕은 물끄러미 평상에 앉아 내려다보았다.

"황 판사. 요즘 시중의 형세가 어떠하다고 생각하는가?"

황영우는 왕의 의중을 파악하기에 분주했다. 섣부른 의견보다 객관적인 사실만 말했다. 안전한 처세술이었다.

"백성들이 외국에 항거하는 시위가 연일 열린다고 합니다만."

왕은 불쑥 말했다.

"자네는 어찌 생각하는가?"

"예?"

황영우는 멈칫하다 다시 질문이 던진 위험의 평이한 답을 찾아내었다.

"외세에 저항하니 충심이지 않겠습니까?"

왕은 고개를 흔들었다. 황영우의 목에 소름이 돋았다.

'내가 틀렸는가?'

왕이 직답을 내렸다.

"무슨 일이든 과하면 독이 되는 법."

황영우의 빠른 직관이 왕의 뜻을 짚었다. 왕은 불쾌하게 생각하고 있다.

"그리하옵니다."

다시 조아렸다. 왕의 눈빛이 단호해졌다.

"백성이 스스로 만든 단체라고 하나, 독주가 되면 과격해지기 쉽지 않은가? 어찌 생각하나?"

"그리하옵니다."

왕은 형식적인 황영우의 응대를 무시하고 자문자답했다.

"단체란 견제와 균형이 필요한 법. 서로 견제하는 단체가 있어야 하지 않겠는가?"

황영우는 세 번 조아렸다.

"그리하옵니다."

이제야 황영우는 왕의 뜻을 확실히 알아들었다. 독립협회를 정리하라는 암묵적 지시였다. 왕권주의자인 그로서는 거부할 수 없었다. 왕이 부드럽게 말했다.

"황 판사가 맡아 보겠는가?"

"지엄하신 명을 받들겠습니다."

"그래!"

왕은 만족스럽게 고개를 끄덕였다.

"요즘 보부상들은 무얼 하고 지내는가?"

황영우는 왕의 암시를 재빨리 받아들였다. 그러나 대답하지 않았다. 그들과 접촉하라는 왕의 구체적 지시임을 알았기 때문이다.

보부상은 이 당시 전국적 조직망을 갖춘 상인 단체였다. 보부상 출신인 이용익 이래로 왕실과 친분이 있었다. 그들의 조직을 이용한다면 시민단체 하나 정도는 쉽게 만들어질 수 있었다.

궁에서 나온 황영우는 과천 군수에서 물러나 있던 김영주를 자택으로 불러들였다. 김영주는 지관 출신으로서 눈치가 빠르고 왕실의 비위를 잘 맞춰 벼슬길에 올랐다. 궁내에 일용품을 납품하는 상리국에 근무한 적이 있어 보부상의 접장들과도 친분이 있었다. 황영우의 천거로 벼슬길에 올라 그의 지시라면 껌벅 죽는 처지였다. 황영우의 호출을 받자 한달음에 달려왔다.

"대감! 불러 계시온지?"

황영우는 자리에 앉지 않고, 서서 겸양하는 김영주를 가까이 앉혔다.

"자네, 나와 같이 일 하나 해 보려나?"

"무슨 긴한 일이시온지요?"

"우리도 백성들의 단체를 하나 만드세."

"무슨 단체를 만드시려고?"

"황제의 뜻을 받드는 백성들을 모으려고 하네."

김영주가 의아한 표정을 지었다.

"그건 독립협회가 있지 않습니까?"

"아니야! 요즘 독립협회가 너무 나가고 있어. 국가의 기틀을 흔들려고 한단 말이지."

"저도 듣긴 했습니다만…. 하지만 독립협회에는 이완용 대감을 비롯한 충신들이 있지 않습니까?"

"그렇긴 한데, 요즘 배재학당 출신들이 너무 설친단 말이야. 특히 서재필의 제자라는 이승만이라는 젊은이가 있지 않은가?"

"아! 그 젊은이라면 저도 소문을 들은 바 있습니다. 아라사 공사 슈페이에르와 담판을 지어, 절영도를 포기하게 한 사건은 유명합니다."

황영우가 이맛살을 찌푸렸다.

"그런 자가 더욱 위험하단 말이지. 목적을 위해서는 수단 방법을 가리지 않을 테니까. 우리나라는 황제가 주인인 나라란 말일세. 그런데 이승만 그자는 입헌군주제를 주장하면서 노비와 양반이 같은 신분이라고 선동하지 않는가? 사람은 각자 분별이 있고 각자의 위치에서 국가에 헌신해야 하는데 말이야… 그런데 노비 해방과 계급 평등을 주장한다면 이 나라는 주인 없는 나라가 되지 않겠나? 황제와 백성 모두를 적에게 내어 주는 역모자가 아닌가?"

김영주가 고개를 주억거리며 연신 맞장구쳤다.

"그러합니다. 대감. 그야말로 몹쓸 역적질입니다."

"그러니 말일세!"

황영우가 은근히 말꼬리를 길게 늘였다.

"보부상단에 접촉하여, 그들에게 황국협회를 만들자고 언질을 주게."

김영주가 놀라서 눈썹을 꿈틀거렸다.

"황국협회요?"

"그래! 황제를 지키고 이 나라의 사직을 보위하는 황국협회를 말일세. 그들도 반대하지 않을 것이야."

김영주가 크게 고개를 주억거렸다.

"아무렴요. 그들도 요즘 조정의 신임이 떨어졌나 불안해하던데, 대감의 분부를 전하면 기뻐할 것입니다."

황영우가 탁자에 놓인 곰방대에 담배를 쟁였다.

"그리 알고 속히 준비하도록 하게."

그리고 달포가 지나지 않아 황제를 보위하는 황국협회가 1898년 6월 30일 창립을 선포했다.

해가 저물고 있었다. 천정에 걸린 선풍기가 삐거덕거리며 비명을 질렀다. 모터 소리가 달그락댔다. 온종일 켜 놓았더니 열이 과했다. 프란체스카가 내 어깨를 잡으며 김현곤에게 조심스럽게 말했다.

"식사하고 가시겠습니까?"

상념에 잠겨 있던 김현곤이 깜짝 놀라 휠체어의 손잡이를 놓았다.

"아닙니다. 영부인. 제가 너무 오래 있었군요."

그가 멋쩍은 웃음을 지었다. 나는 그를 붙잡아 이야기를 더 나누고 싶었지만, 기력이 떨어져 말하기가 힘들었다. 그러나 구한말 암울했던 시기, 우리가 무슨 일을 했는지 어떻게 투쟁했는지 알려 주고 싶은 강한 욕망이 소진해 가는 생명에 불을 지폈다. 문고리를 잡고 방을 나서려는 그에게 말했다.

"내일 다시 와 주겠는가?"

방문을 나서려는 동작을 멈추고, 그가 고개를 돌리며 머쓱한 웃음을 프란체스카에게 지어 보였다. 프란체스카가 나를 쳐다보더니 한숨을 쉬었다.

"파파가 원하신다니 그렇게 해 주세요."

김현곤의 입가가 살짝 올라갔다.

"전화 드리겠습니다."

김현곤이 가고 나서 쌀죽과 생선 한 토막이 놓인 저녁 식사가 나왔다. 하와이 바다 생선은 살이 무르다. 우리 바다 동해산 생선들의 단단한 살점이 그립다. 속초에서 올라온 명탯국 한 그릇 먹고 싶다. 하지만 그런 말을 꺼내면 프란체스카가 울까 봐 말 못 하겠다. 그녀는 오스트리아 부르주아 가문 출신이다. 부친의 사업을 물려받아 풍요한 삶을 약속받은 사람이었는데 우연히 나를 만나 풍파가 많은 삶을 견뎌 왔다. 조금이라도 더 살 수 있어서 귀국할 기회가 온다면 그녀와 함께 고향의 선산이라도 찾아보아야겠는데, 아무래도 어려운 일이겠지. 우리 국민에게는 프란체스카를 외국인으로 보지 말아 달라고, 간곡히 부탁한다. 그녀는 시집오면서 오스트리아는 모두 잊어버렸다. 그녀의 형제와 친척마저도…. 그녀는 혼자다.

프란체스카에게 형광등 불빛을 꺼 달라고 부탁한다. 파리 한 마리가 불빛을 맴도는 소리가 거슬린다. 좀 전에도 보이지 않았는데 음식 냄새를 따라 들어온 것일까? 미물도 제 살길을 찾기 위해 저리도 애쓴다. 구한말 우리 민족도 그러했다. 나라의 재정은 빈곤하고, 일본과 아라사와 같은 제국주의자들은 우리나라를 식민지로 삼기 위해 온갖 흉계를 꾸몄다. 임금은 왕조를 지속시키려 하였고, 그를 업은 척신과 수구파들은 파리 떼처럼 이익을 쫓아다녔다. 개화파의 지사들은 선진 문물을 받아들여 개혁하려 하였으나 조선의 백성들은 어리석었다. 그러던 시기에, 만민공동회가 조선 백성의 어리석은 의식을 깨우는 시초가 되었다. 첫 회의를 주최한 독립협회만이 아니라, 왕과 조정 외국 공관도 놀랐다. 종로 백목전에서 개최된 회의에 참여한 인원은 줄잡아 만 명이 넘었다. 한양 시민이 모두 이십만여 명인데 만 명이 넘는 집회는 처음이었다. 독립협회와 쌀장수 한만호의 아낌없는 희생이 있었지만 뜻밖이었다. 첫 회의에서 한만호가 회장으로 선출됨은, 백성이 주인이고자 하는 평민들의 의지였다. 회의는 대성공이었고, 사민평등의 희망은 커져 갔다. '우리도 같은 조선 백성으로서 양반과 같은 지위를 가질 수 있다'라는 벅찬 희망이 군중을 도취시켜 나갔다. 만민공동회는 1898년 3월 10일의 회의에 그치지 않고 계속 진행되었다. 일만 명이 운집한 가운데 열린 만민공동회에서 자발적으로 등단한 연사들은 아라사와 모든 외국의 간섭을 배제, 자주독립의 기초를 견고히 하자고 연설하였으며, 군중들이 일제히 손뼉을 치며 환호하였다. 이것은 민중의 거대한 힘과 시민의 성장을 나타낸 것으로, 정부 관료들뿐 아니라 독립협회 회원들과 외국인들에게도 깊은 인상과 놀라움을 주었다. 아라사 측은 두 차례 만민공동회의 결의와 각국의 반응을 고려하여 후퇴하지 않을 수 없게 되자, 주한 아라사 공사에게 회답 전문을 보내어 재정 고문과 군사 교관의 철수를 훈령하였다. 대한제국 정부는 1898년 3월 19일 아라사의 재정 고문과 군사 교관을 정식으로 해고하였고, 뒤이어 한러은행도 철폐되었다.

아라사 정부는 한국에 대한 침략 간섭 정책 실행에 실패한 슈페이에르를 4월 12일 자로 해임하고 마튜닌(Matunine, N.)을 임명함과 동시에 그들의 군사 기지를 랴오둥반도(遼東半島)에 설치하도록 계획을 변경하였다. 이에 따라 일본도 할 수 없이 그들의 월미도 석탄과 기지를 한국 정부에 돌려보내 왔다. 이로부터 한국 시위대의 군사 훈련은 한국인 장교들에 의해 현대식으로 진행되었고 황실 호위와 지방의 치안을 위한 군사 훈련이 독자적으로 시행되었다. 또한, 정부의 재정도 대한제국 탁지부대신의 관리하에 놓이게 되었다. 재정권과 군사권이 완전히 대한제국 정부에 복귀된 것이었다. 이것은 극동을 통해 대양 해군을 건설하고, 남양 진출의 교두보를 장악하려는 제정 아라사로서는 정책 목표의 좌절이었으며, 대한제국으로서는 외세를 물리치고 자주독립을 강화한 중요한 사건이었다.

한반도가 완전한 힘의 진공 상태로 되자 제정 아라사와 일본은 상호 견제를 위해 1898년 4월 25일 로젠·니시협정을 맺어, 양국이 대한제국의 주권과 완전한 독립을 인정하여 내정에 간섭하지 않기로 하고,

동시에 대한제국이 군사 교관이나 재정 고문의 초빙을 요청하는 경우에도 양국의 사전 동의 없이는 응낙할 수 없도록 협약하였다.

로젠·니시 협정에 의해 종래 아라사에 일방적으로 유리하게 맺어진 웨버·고무라 각서와 로바노프·야마가타 협정 등은 사라지게 되어 비로소 완전한 국제 세력 균형이 이뤄지게 되었다. 세력 균형은 러일전쟁이 발발한 1904년 2월까지 만 6년간 지속된 것이었다. 대한제국의 국제 세력 균형을 가져온 것은 바로 이 만민공동회 운동에 의한 결실이었다.

대한제국의 개혁파들은 제정 아라사 세력 철수 운동에 성공하자 곧 승세를 타고 친러 수구파 정부를 규탄하면서 치열한 자주 민권 자강 운동을 전개하였다.

왕은 침묵했다. 군중은 해산하지 않고 2차, 3차의 시위를 계속했다. 참다못한 왕은 민간의 자주를 부르짖는 안경수를 지방관으로 내보내고, 서재필의 출국을 강요했다. 서재필은 출국 명령을 늦추기 위해 삼천 원의 손실을 보상할 것을 요구했다. 삼천 원이라면 가난한 조선으로서는 받아들이기 힘든 거액이었다. 서재필은 왕이 그 요구를 받아들이지 않으리라 믿으며 자신이 계획하였던 조선의 공화정 수립을 이루려 하였지만, 그 야심은 이루어지지 않았다. 왕은 서재필의 속셈을 꿰뚫고 골칫덩어리인 그의 요구를 들어주고, 출국을 명하였다. 서재필의 출국은 5월이었다. 인천항 출국의 배웅은 윤치호와 남궁억, 이상재와 같은 독립협회의 간부 몇 사람과 나였다. 이완용은 나타나지 않았다. 그날은 맑았으며 서재필은 비감한 모습을 보이려 하지 않았다. 그는 당당하게 미국 시민으로서 조선을 떠난다고 말하였다. 서재필의 출국

연설에 환송 나온 윤치호와 동지들은 실망하였으나, 그의 의도가 조선이 미워서가 아니라 미치도록 사랑해서임을 알고 있었다. 정말 미치도록 사랑해서 그는 자신이 가진 모든 것을 조국에 바쳤다. 가족과 사랑과 출세와 모든 신분적 평화까지도…. 그는 배에 오르면서 나의 어깨를 붙잡았다. 그의 떨리는 손이 나의 어깨를 잡고, 귓전에 대고 속삭였다.

"이 군! 자네를 믿고 가네. 나는 떠나지만, 조선을 잊지 않겠네."

겉으로는 미국인으로 행세하였지만, 서재필은 누구보다 뜨거운 조선인이었다. 그가 부인 뮤리엘 메리 암스트롱과 조선에서 낳은 딸을 데리고 뱃전으로 향하는 사다리를 건너갈 때, 그가 뒤돌아보려다 멈추는 모습이 보였다. 마음의 격통이 아프게 느껴졌다.

독립협회 주도로 열린 제1차 만민공동회 이후에는 민중들 스스로 새로운 운동 형태를 만들어 냈다. 예컨대 4월 30일 숭례문 앞에서 열린 서재필 재류를 요청하는 만민공동회, 6월 20일 종로에서 열린 무관학교 학생 선발 부정을 비판하는 만민공동회, 7월 1일과 2일 종로에서 열린 독일 등 외국의 이권 침탈을 반대하는 만민공동회, 7월 16일 종로에서 열린 의병에 피살된 일본인의 배상금 요구를 반대하고 경부 철도 부설권 침탈을 반대하는 만민공동회 등은 독립협회와는 직접 관련 없이 민중들이 자발적으로 개최한 민중 대회였다.

만민공동회는 아라사의 요구를 물리친 후 본격적으로 국가의 자주와 독립에 관하여 주장을 내기 시작했다. 우리의 주장은 다음과 같이 요약되었다.

① 외국인에게 의지하지 않고 관민이 한마음으로 협력하여 전제 황권을 견고케 할 것.

② 광산, 철도, 석탄, 삼림 및 차관, 차병(借兵)과 정부와 외국인이 조약을 맺는 일은, 만약 각부(各部)의 대신과 중추원 의장이 같이 서명하고 날인하지 않으면 시행하지 말 것.

③ 전국의 재정은 어떤 세금이든지 모두 탁지부에서 관리하되, 다른 부(府)와 부(部) 및 사적인 회사에서는 간섭하지 않도록 하고 예산과 결산을 인민에게 공포할 것.

④ 지금부터 중대한 범죄에 대해서는 따로 공판을 시행하되 피고가 자세히 설명하여 마침내 죄를 자복한 뒤에 형을 시행할 것.

⑤ 칙임관은 황제 폐하께서 의정부에 자문을 구하여 과반수가 넘으면 임명할 것.

⑥ 장정(章程)을 실천할 것.

"서재필 박사가 출국하던 날, 내가 무슨 생각을 했는지 아는가?"

다음 날 김현곤이 왔을 때 나는 물었다.

"제가 어찌 알겠습니까?"

김현곤이 어색하게 머리를 긁었다.

"나는 결심했네. 내가 조선의 서재필이다. 미국으로 건너간 서재필은 껍데기이지만, 그가 못 이룬 뜻은 내가 실천하겠다! 그때부터 나는 조선 독립에 관해 구체적인 생각을 정리하기 시작했네."

"아!"

하고 짧게 김현곤이 탄성을 올렸다.

"그 생각을 정리한 책이 『독립정신』이었군요."

"그렇다네. 조선의 독립은 이천만 민중이 각성하고 노력하여 자주 자립해야 한다는 생각이었네. 그리하려면 백성 간의 차별이 없어야 하고, 주권 재민의 이상을 실현해야 한다는 주장이었다네."

"그 당시로서는 혁명입니다."

"마치 자네들처럼…."

나는 쓸쓸하게 미소를 지었다. 5·16 군사혁명을 말함이었다. 조선 시대라면 그들의 혁명은 역모였다. 체제를 바꾸려 한 반역이어야 하나 역사가 정당함을 얻는 방법은 늘 폭력이었음을 우리는 기억해야 한다. 폭력으로 구체제를 변화시킨다면 그 행동은 혁명으로 불린다. 프랑스 대혁명과 같이 시대의 전환을 이룬 사건이라면 말이다. 박정희는 그의 쿠데타를 혁명으로 주장하였지만, 그의 군사행동이 반역인지 혁명인지는 평가할 역사의 시간이 아직 오지 않았다. 박정희는 5·16이 혁명임을 스스로 증명해야 하리라.

만민공동회는 혁명이나 반란 둘 중에 아무것에도 이르지 못했다. 조선 오백 년이 이루어 낸 유교의 강고한 이념은 민중의 몸에 깊이 체화되어, 조선 사회의 구조 그 자체였다. 체제의 모순을 드러내어 민주 공화제를 정착시키려면 가장 큰 걸림돌은 역시 왕이었다. 그를 폐위시키지 않으면 조선의 미래는 없었다. 서재필을 배웅한 다음 돌아오는 마차 안에서 나는 가야 할 방향을 굳혔다.

"개화의 길은 공화정으로 향하는 투쟁이다. 입헌군주제 정도로는 아니 된다. 실질적 공화정이어야 한다. 조선은 일본과 다르다. 일본의 천황은 무로마치 막부 이래로 실권이 없었다. 도쿠가와 막부를 쓰러뜨린 뒤로 일본에 군주는 없다. 천황은 신이다. 신은 현실에 관여할 수 없다. 다만 불안한 믿음에 확신을 줄 뿐이다. 조선의 왕은 신이 아니다. 그는 현실을 지배하는 주인이다. 약탈하고 매를 치는 이천만의 주인이다."

아라사의 요구를 물리친 뒤에도 만민공동회 집회는 더욱 활발해졌다. 첫 집회는 독립협회가 주도했으나, 제2차 이후의 집회는 민중의 자발적 참여로 일어났다. 횟수가 넘어갈수록 지방에서 올라오는 백성들의 참여가 많아지고, 하층민들의 거센 요구가 빗발쳤다.

왕은 이완용과 만민공동회에 잠입시킨 세작들을 통하여 만민공동회의 움직임을 정확히 알고 있었다. 이들에게는 사민평등을 넘어 조선의 국체인 군주제를 폐지할 욕망이 내재하고 있음을 날카로운 정치적 후각으로 읽었다.

'위험한 세월이 오고 있어.'

왕은 방문을 열어젖히고 새벽 공기에 코를 찡그렸다. 음모스러운 봄 냄새였다.

"이완용을 불러라."

내관이 달려와 명을 받았다. 이완용이 입시한 시각은 오시였다. 오전 11시가 지나는 시각이었다. 왕이 말했다.

"그대는 무엇을 하는가? 아라사는 그들의 요구를 철회하였다. 만민공동회의 역할은 여기에서 멈출 일이다. 그런데 아직 그들이 흩어지지 않고 집회를 계속함은 어인 일인가?"

"그들은 외세의 물리침에 그치지 않고 중추원 확대를 요구하고 있습니다."

"자세히 말해 보라."

왕은 첩보를 통하여 알고 있었지만, 이완용에게 설명을 지시했다. 그렇게 함으로써 진상을 명료하게 할 뿐만 아니라 이완용 스스로 왕의 뜻이 어디에 있는지 분명히 깨닫게 하려고 하였다.

"만민공동회는 불경스럽게도 백성들의 중추원 의관 참여 확대와 황제 폐하의 칙임관 임명권을 제한하라고 요구합니다."

"흥!"

알고 있는 일이지만 기분이 나빠져서 황제는 코웃음을 쳤다.

"어리석은 백성들이 그리하지 않을 테고 주동자가 있지 않느냐?"

"시전 상인인 한만호와 백정 출신인 박세춘이 주장을 내세우고 있지만, 실상은 독립협회 젊은이들이 앞장서고 있습니다."

"그럴 테지. 그 사태를 막으라고 경을 독립협회 회장으로 삼지 않았는가?"

"말씀드리기 황송하오나 안경수를 외직으로 내보내고 소신이 그 자리를 맡자, 외부의 눈길이 심상치 않습니다."

"어떤 이들이 의심한다는 말인가?"

"독립협회 이사들은 그렇다 치더라도, 백성들이 소신을 반대파로 알고 말을 잘 듣지 않습니다."

왕은 이완용의 말을 들은 둥 만 둥 했다. 이완용이 독립협회의 움직임을 친왕파로 변화시키리라고는 기대하지 않았다. 독립협회의 정책을 반정부로 몰지만 않으면 되었다. 그런 면에서 이완용은 처신을 매끄럽게 하는 편이었다. 정작 문제는 만민공동회에 있었다. 그들은 독립협회의 주관하에서 시작되었으나, 지금은 거대한 민중 세력으로 자리매김하고 있었다. 그들은 상설 조직이 없었으나, 군중은 강하게 지지하고 있었다.

'상민도 양반과 같은 권리를 가지고 있다. 벼슬이나 재물을 모으고, 벌을 받음에도 법을 통해 공정한 처벌을 받는다.'

'어찌 그뿐이겠소. 노비도 똑같은 조선 백성이며, 양반과 다를 바 없이 자유롭게 살 수 있다.'

'양반만이 정치에 참여할 수는 없소. 정치는 중의원을 통해 법에 따라 집행되어야 하오.'

조선 천하가 지금까지 보지 못했던 이상한 열기에 휩싸이고 있었다. 신분제도에 경직되어 있던 사회가 개화의 욕구에 서서히 열렸다.

'하나를 내어 주면 결국 열을 주게 되어 있다. 만민공동회가 요구하는 공화제는 왕의 통치권을 내려놓으란 소리다.'

왕은 냉소하며 다시 물었다.

"백성들이 무슨 소견이 있어 자주권을 내세우겠느냐? 반드시 그들을 사주하는 자가 있을 터이다. 그자가 누구인지 말해 보라."

이완용은 서슴없이 대답했다. 왕은 이미 다 알고 있었다.

"이승만과 양홍묵, 이상재와 같은 소장파들이 그들을 이끌고 있습니다. 특히 이승만은 조선 독립을 이유로 입헌군주제를 주장하고 있습니다."

"입헌군주제라…. 왕을 허수아비로 만들겠다는 수작이 아니냐?"

이완용은 감히 대답하지 못했다. 왕은 명백히 그 뜻을 알고 있었다. 햇빛이 회경전 벽에서 물러나고 그림자를 지었다. 시간은 정오였다. 이윽고 왕이 입을 열었다.

"이승만을 들라 하라."

"사정이 매우 급하게 돌아갔군요."

김현곤이 짧게 한숨을 쉬었다.

"그래서 왕을 만나셨습니까?"

나는 기억을 더듬었다. 덕수궁 양회전에서 알현한 왕의 안색은 무척이나 초췌했다. 뺨이 홀쭉하고 주름이 졌다. 눈매는 느슨한 곡선을 그렸으나 눈빛에는 창날 같은 예기가 있었다. 일국의 왕으로서 위엄이 배어 있었다. 몸을 숙여 절하고 두 손을 모아 조아렸다. 왕은 주위를 물리쳤다.

제9장
왕의 반격

"이승만! 양녕대군의 손이라고 들었다. 그러면 왕가의 사람이 아니더냐?"

"그러하옵니다."

왕은 화제를 돌렸다. 왕실의 사람이니 생각해서 대답하라는 암시만 주었다. 내가 왕이라면 너는 친족이다. 그러니 일가로서 말하라. 그는 에둘러서 암시했다.

"짐이, 이 자리에 부른 이유를 알겠느냐?"

나는 즉답을 회피했다. 굳이 먼저 속을 드러낼 필요는 없었다. 이 자리는 왕의 부름이었다. 그가 주도해야 했다.

"모르옵니다."

왕은 의자의 팔걸이를 손가락으로 톡톡 두드렸다.

"묻겠노라! 만민공동회의 시위를 네가 주도하느냐?"

직설적인 물음이었다. 모든 사실을 알고 있으니 인정하라는 추궁과 다름없었다. '주도하느냐?' 왕의 질문을 부인했다. 백성들의 부르짖음을 어찌 내가 주도하랴?

"소인은 그러한 중책을 맡을 만한 사람이 못 되옵니다. 하지만 그들의 대의에는 동감하고 있습니다."

"짐은 너를 알고 있다. 서재필의 제자로서 협성회보의 주필을 하고 있지 않으냐? 그 논조에 충정이 있어 유심히 보았다."

"어리석은 백성의 의견을 보아 주시니 감읍할 따름입니다."

"하지만, 주장이 과도하여 백성들을 혼란케 하니 나라에 해가 될 뿐이라. 그 이치를 깊이 생각하라."

"소인의 어리석음을 깨우쳐 주소서."

나는 부복하며 반발했다. 왕이 탄식했다.

"어찌 네가 모르느냐? 지금 나라 정세는 가는 나뭇가지 위에 얹은 새집과 같아, 세찬 바람이 불면 아래로 떨어져 깨어질 형세이다. 더구나 나무 위에는 뱀이 알을 노리고, 아래에는 곰이 침을 흘리는 형국이라. 새와 나뭇가지가 힘을 합쳐야 할 시기가 아니더냐? 백성이 의지할 곳은 곧 왕이며, 왕이 의지해야 함은 백성이라⋯. 이를 이간질하여 백성이 주인이 되고자 한다면, 어찌 나라가 제대로 섰다 할 수 있겠느냐? 대한은 이씨의 땅이라 오백 년이 이어져 왔다. 그런데 갑자기 입헌군주제를 하겠다면, 이 나라의 주인은 누구이더냐? 아라사와 일본이 그 틈을 타서 이 나라를 삼키려 하는 야욕을 네 정녕 모르느냐?"

"나라의 위급함을 알기에 백성들이 스스로 떨쳐 일어났습니다."

"그러하다. 하지만, 이 나라의 주인은 짐이 아니더냐? 이를 무시한다면 나라는 혼란해지고, 결국 외적에 먹히고야 말 것이다. 그러니 백성들이 원하는 입헌군주제가 무엇이더냐? 짐을 허수아비로 만들고, 시정잡배들이 국정을 농단하겠다는 뜻이 아니더냐. 역사에 이런 일들이 한두 번이더냐? 명나라의 이자성은 천하를 위한다는 핑계로 숭정제를 몰아내고 결국 청나라 군사가 안문관을 넘게 하지 않았더냐? 대저 국가를 운영함은 하늘의 뜻을 명받음이라, 대한의 오백 년이 나의 대에 와서 맥을 끊을 수 없느니, 너의 생각은 어떠하냐?"

"폐하! 소인은 황상의 통치권을 무시함이 아니며, 만민공동회 또한 그러합니다. 백성들은 황상의 뜻을 받들어 나라를 바로 세우려 함이며, 국정을 농단하고자 함도 아닙니다."

"그럼, 너희들이 중추원의 의관을 늘리고, 짐을 정부의 일에 간섭하지 말라고 함은 무슨 뜻이더냐?"

"소인들은 사민평등의 이상을 실현하여 조선 백성 모두가 평등한 세상을 원함이며, 그러기 위해서는 양반들과 특권층에 편중된 중추원의 의관에 백성들도 공정히 참여하고자 함입니다. 그러지 아니하면 사민평등의 이상을 실현하기 어렵습니다."

왕은 생각에 잠겼다. 양반의 특권을 폐지하고 만백성이 평등한 세상을 만든다면 과연 왕실은 보존될 수 있을 것인가? 일본 황실이나 영국의 왕가를 본다면 불가능한 일은 아니었다. 그러나 일본 왕에게는 사쓰마와 조슈번의 무사들이 있었고, 영국 왕은 귀족들이 권력을 나누었다. 하지만 프랑스 왕을 보라. 시민 혁명에 의해 단두대에 올라가지 않았는가? 시민 혁명이란 기존의 지배층을 처단하고 새로운 권력 구조를 만드는 반역이다. 만민공동회라고 해서 다를 바 있는가? 그들은 이조 오백 년간 억압당한 분풀이를 반드시 하게 된다. 이승만은 이상론을 펼치고 있다. 하지만 그들을 무시할 수도 없다. 외세가 정부와 왕가를 겁박하는 난세에 백성의 힘을 빌리지 않고 어찌 왕실을 지탱할 것인가? 양반들은 그들의 이익만 추구하여, 오늘은 여기 붙었다 내일은 저기 붙었다 하면서 친러파니, 친일파니 하고 자신들의 잇속만 취하고 있다. 지난날, 명성황후가 왜적에게 살해당했을 때 어느 누가 그녀의 원수를 갚겠다고 나섰는가? 초야의 백성들이 의병으로 나서지 않았는가?

그렇다. 나는 왕가를 지켜야 할 의무가 있다. 그러기 위해서는 무슨 짓이라도 할 수 있다. 우선 백성들에게 중추원 의관을 확대해 준다고 하자. 또한, 그들이 요구하는 형벌권을 엄격히 법제화하고, 칙임관을 정부와 협의해서 결정한다는 조칙을 내리자. 행정과 사법을 혁신하는 일은 나로서도 나쁘지 않다. 적당히 양반과 평민들의 권한을 조종하면서 왕실의 안녕을 도모하면 되지 않겠는가? 이윽고 생각을 정리한 왕은 만민공동회의 요구에 대한 조칙을 내리겠노라 응답하였다.

"너희들의 충성을 갸륵히 보아 국정을 혁신하겠노라. 외국의 간섭에 맞서고, 양반의 횡포를 막아 주도록 법을 만들겠노라. 백성들의 요구를 들어 중추원 의관에 백성들의 추천을 확대하여 불이익이 없게 하겠노라. 그러나 입헌군주제는 받아들일 수 없다."

황제의 뜻은 명확했다. 권력의 정점에서 물러날 생각이 없다. 아직은 시기가 아니다. 우선 중추원에서의 참정권을 늘리고, 사민평등을 실현해 나가는 방도를 찾음이 현실적이다. 황제의 절충안을 받아들였다.

"황상의 은혜에 감읍하옵니다."

"잘되었군요. 백성들의 정치 참여가 늘고, 신분 차별을 철폐하는 법이 시행되면 언로가 트이고 상업이 활발해지지 않습니까?"

김현곤이 손바닥을 마주치며 유쾌한 표정을 지었다.

"제가 서양사를 보니 결국은 상공업이 발달하고, 부르주아가 성장해야 민중 민주주의가 발전합니다. 그 당시 조선은 만민공동회가 마지막 기회였습니다. 각하! 그 뒤 고종 황제는 약속을 어떻게 지켰습니까?"

"그는 결과적으로 백성에게 권한을 나누려 하지 않았지."

처음에는 왕도 독립협회의 요구에 답변을 성실히 보내고 긍정적으로 수용하였다. 중추원의 평민 참여를 늘리고 개혁 정부의 수립 요구에 응하여, 마침내 1898년 10월 12일 박정양, 민영환의 개혁파 정부를 세우는 데 성공하였다. 그러자, 만민공동회는 국민의 생명과 재산권 수호, 노륙법 및 연좌법의 부활 저지, 언론과 집회의 보장, 탐관이나 수구파 관료의 규탄 내지 축출, 의회 개설 등을 위한 활동을 본격적으로 펼쳐 나갔다. 그러나 왕의 정치적 목적은 어디까지나 왕권 강화에 있었다. 그는 만민공동회의 주장을 들어주는 척하면서 왕의 권한을 확고히 하려고 하였다. 그에게 있어 백성의 중추원 의관 확대는 받을 수 없는 요구였다.

"의회가 백성들에게 장악되면 그다음 벌어질 일은 뻔한 순서가 아닌가? 관리 임면권과 조세의 공정성 형벌권의 제한 등 주권에 관한 욕구가 몰려들지 않겠나? 그 결과를 왕은 두려워하고 있었지."

"설마 왕이 그 모든 일을 예견하였을까요?"

"알고 있었다고 보아야지. 그 역시 서양 문물을 보고 겪으며, 그 결과 진행되었던 인권 확대가 전제 왕권을 쓰러뜨린다는 사실을 모를 리가 없어."

"그렇다면 왕은 독립협회 요구를 끝까지 거절하였겠군요."

나는 고개를 흔들었다.

"그렇게 단순한 사람이 아냐. 왕의 자리란 고도의 수완이 필요하네. 그는 보수 양반 세력들을 달래면서 인내할 수 있는 만큼 양보했네. 그러나 황제가 믿는 정부 고관들을 물리치고 중추원의 주도권을 독립협회에 넘기라는 주장에까지 이르자, 마침내 독립협회의 해산까지 결단을 내리게 된 거야."

"그 과정을 자세히 들려주십시오."

"독립협회에는 당시 두 가지 주장이 대립하고 있었네. 하나는 이완용을 필두로 한, 황제권을 인정하고 점진적 개혁을 하자는 주장이고, 다른 하나는 안경수와 정교를 중심으로 한, 시민 혁명으로 완전한 공화정을 세우려는 급진주의자들이었어."

"각하는 어느 편이셨습니까?"

"나는 공화정을 지지하고 있었어. 이완용 일파의 주장은 시간을 끄는 미봉책일 뿐, 조선의 자주독립을 이룰 수 있는 진정성이 없었어. 생각해 보게, 왕이 권력을 움켜쥐고 있는 한 기득권 양반 세력은 끝까지 백성에 대한 착취를 멈추지 않음이 분명해. 진정한 사민평등은 권력 구조의 혁파야. 그 방법이 무엇이라고 생각하나?"

김현곤은 난처한 표정을 지으며 우물우물 대답했다.

"의회제도의 확립과 삼권 분립 아니겠습니까?"

"그렇다네. 하지만 왕을 정점으로 한 수구파가 있는 한 조선의 개화는 불가능하다고 나는 생각했네."

김현곤이 고개를 끄덕였다.

"저라도 그 당시라면 같은 판단을 했을 것입니다. 그렇다면 그 뒤에 어떤 행동을 하셨습니까?"

김현곤의 물음에 나는 가슴이 먹먹했다. 그 당시 왕은 만민공동회의 시위로 인한 외교적 압박으로 아라사의 절영도 임차와 진남포 등 항구의 조차 요구를 막는 데는 성공하였으나, 만민공동회의 내정 혁파에 관한 주장은 받아들이지 않았다. 그러자 강경파들은 시위를 확대하여 혁명하자고 주장하며, 상소문을 작성했다. 만민공동회의 요구를 정리한 청원서였다.

만민공동회의 안경수, 정교, 이승만 등은 대 황제 폐하께 감히 아뢰나이다. 현재 우리나라의 형편은 사방에 늑대와 호랑이가 둘러싸고 있는 모양이라, 백성은 불안하고 나라는 위태롭습니다. 이리된 연유는 신하의 불충과 백성의 어리석음에 있다고 하겠으나, 더 큰 원인은 세상의 형세가 긴박하여 하루가 다르게 변모함에 있다 할 것입니다. 가까운 일본은 메이지 유신으로 서양 문물을 급속히 받아들였고, 이웃 청나라도 서양에 문호를 열어 그들의 제도를 정비하고 있습니다. 우리 역시 폐하께서 강화도 조약으로 수교한 이래 세계만방에 문을 열었으나, 아직 문명국가로 발돋움하지 못하였습니다. 그리된 이유는 인권을 신장하고 신분제도를 혁파하여, 대한의 백성이 단결할 수 있는 제도를 정비하지 못한 탓이 가장 크오나, 그러기 위해서는 백성의 참정권을 늘려야 함에도 이를 시행하지 못한 데 있습니다. 이에 어리석은 백성이 황상의 어지심에 호소하오니 가납하여 주소서.

이하 만민공동회의 요청 사항을 열거하여 소청하였다. 왕은 조칙으로 답하였다.

금일부터 임금과 신하, 상하 모두가 한결같은 믿음을 가지고 일해 나가며 의리로써 서로 지키고, 온 나라에서 어질고 유능한 사람을 구하며 무식한 자의 의견에서도 좋은 생각을 가려서 받아들이고, 미덥지 않은 계책을 짐은 쓰지 않을 것이다. 그러나 이전까지의 소란에 대해서는 죄가 있건 죄가

바람의 아들 이승만

없건 간에 경중을 계산하지 않고 일체 용서해 주며 미심스럽게 여기던 것을 환히 풀어 주어 모두 다 같이 새롭게 나갈 것이다. 임금은 백성이 아니면 누구에게 의지하며, 백성은 임금이 아니면 누구를 받들겠느냐? 이제부터 권한의 범위를 넘어서거나 분수를 침범하는 문제는 일절 없도록 하라. 혼미한 생각을 고집하며 뉘우치지 못하고 독립의 기초를 견고하지 못하게 만들며 전제(專制) 정치에 손상을 주게 되는 것과 같은 행동은 결코 짐이 받아들일 수 있는 뜻이 아니다. 나라의 법은 삼엄하여 절대 용서하지 않을 것이니 각각 분수를 지켜, 날로 개명(開明)으로 나아가도록 하라.

> – 출전: 『고종실록』 1898년 11월 26일; 『관보』 호외 2호
>
> 1898년 11월 26일

왕은 답하였다. 그러나 우리의 요구인 참정권 확대에 대한 조칙은 없었다. 다만 그는 만민공동회의 소요 사태에 대한 책임을 묻지 않겠노라고 민심을 다독였다. 그러나 군신의 예를 지켜 충군 애국에 힘쓰도록 할 것이며, 그렇지 않을 경우 죄를 묻겠노라고 선포했다.

결국, 왕은 백성들과 권력을 나누려고 하지 않았다. 다만 왕권의 보위에만 관심이 있었을 뿐이었다. 그러나 만민공동회는 포기하지 않고 전국에 시위를 넓혀 나가며 국민의 권리장전을 위한 요구를 계속했다. 왕은 노골적으로 거절했다.

"싸워야 합니다."

나는 독립협회에 강경하게 주장했다.

"어떻게?"

이즈음 독립협회 회장은 윤치호였다. 그는 평화적인 방법으로 중추원 의원의 평민 참정권을 늘리려고 하였다.

"왕은 자신의 권한만 확대하고 있습니다. 그는 우리가 싸운 노력의 대가를 가지고 군제를 직할하고 관리 임면권을 직할하는 방법으로 전제 왕권을 확립하고 있습니다. 이런 상황에서 어찌 입헌 공화제를 추진한단 말입니까?"

윤치호가 말리려 하자 나는 뿌리치고 나왔다. 한만호를 찾았다. 그는 만민공동회 동료들과 함께 가게에서 소주잔을 기울이고 있었다. 그 중에 수염이 텁수룩하고 넓적한 얼굴의 중년이 소 내장 한 점을 집어 건넸다.

"한 점 해 보시오. 새벽에 잡은 고기라서 싱싱하오."

소 대창의 기름진 즙이 젓가락에 묻어 번들거렸다.

"뉘시오?"

한만호가 소개했다.

"백정 박성춘이오. 공부는 많이 못 했지만, 세상 이치에는 밝은 사람입니다. 이번에 만민공동회 일에 힘을 많이 썼습니다."

박성춘은 독학으로 신학문을 수학하여 신분제의 혁파에 깊은 한을 가지고 있었다. 말이 사민평등에 이르자 박성춘은 눈알이 벌게지며 소매로 눈물을 훔쳤다.

"나는 사람답게만 살 수 있는 세상만 온다면 언제 죽어도 좋소."

조선 오백 년의 신분제는 그리도 깊게 사람들의 가슴을 후벼 파면서 지탱해 왔다. 나는 그들에게 말했다. 백정은 사람이 아니었다. 그들은 가축이었다.

"싸웁시다. 모든 사람이 평등하게 같이 살 수 있는 그날을 위해, 나는 항상 앞장서겠소."

훗날 박성춘은 관민공동회의 의장이 되어, 백성들의 권리장전에 앞장섰다.

만민공동회의 시위는 더욱 격렬해졌다. 시위의 주도는 처음엔 독립협회가 이끌었으나 횟수를 거듭할수록 자치적인 조직으로 변해 갔다. 한만호, 박성춘을 위시한 지도부는 상인과 농민이 주축이 되었고, 나와 이상재, 주시경, 양홍묵과 같은 독립협회 간부들이 후원했다. 그중에서도 나는 한만호와 같이 시위에 앞장서서 만민공동회의 주장을 정부와 외국의 외교 공관, 지방의 개혁 세력들에게 널리 알리는 데 주력했다. 처음에는 한성 남촌의 영락한 양반들과 소작농들이 주축이었으나 시간이 지날수록 천민들의 참여도 늘어갔다. 서울의 골목골목을 메우며 시위대는 자유로운 상업 활동의 보장, 노비의 실질적인 해방, 노륙법과 연좌법의 완전한 폐기(연좌법은 죄인의 가족에 대해 중형을 내리는 법이었고, 노륙법은 죄인의 스승, 아들, 남편, 아비를 죽이는 법이었다), 조세의 법제화와 재정의 감시, 형벌의 공정성 등을 내세웠다.

그러자 왕은 점점 더 불안해졌고, 황국협회를 동원하여 암암리에 방해 공작을 펴기 시작했다. 황영우는 김영주를 불러 만민공동회를 타격할 것을 모의했다. 김영주는 배재학당 출신인 임수동을 대동하고 나타났다. 임수동은 도리우찌라 불리는 납작모자를 쓰고 바지 폭이 헐렁한 양복을 입은 일본 형사의 복장을 했다. 까무잡잡한 피부에 툭 튀어나온 이마가 사나운 인상을 풍겼다. 김영주가 소개했다.

"이번에 경무청의 총순으로 발령받은 임수동입니다. 이용익 대감의 외가 쪽 사람입니다."

총순이라 함은 경무청의 수사를 담당하는 실무관이다. 김영주는 배재학당 졸업 후, 이용익의 주선으로 상리국에서 경무청으로 전출하였다. 실질적으로 권력을 행사할 수 있는 요직인 데다 김영주의 야심에도 맞았다. 그의 일가인 이용익은 임오군란 때 명성황후를 호종하여 대피한 공으로 벼슬길에 올랐으며 금을 채굴하여 광산 관리국인 탁지부 전환국장을 한 유력 인물이었다. 세도가와 친분을 쌓으려는 황영우로서도 반대할 이유가 없었다.

"총순이 되기 전에는 무슨 일을 했었나?"

임수동이 서슴없이 대답했다.

"상리국 주사로 있었습니다. 독립협회의 이승만과는 동창입니다."

"배재학당에 다녔었나?"

"그렇습니다."

황영우가 미소 지었다.

"이승만을 잘 아는 사인가?"

"친하지는 않지만, 그의 행동을 주의 깊게 보고 있었습니다."

"왜 그랬는가?"

"그는 서재필을 따랐습니다. 잘 아시겠지만, 서재필은 역적이 아닙니까? 이승만은 서재필이 주장하는 대로 양반과 상민의 차별이 없는 세상을 만들어야 한다고 떠들었습니다. 그의 말대로라면 황제 폐하도 인정하지 않는 것입니다. 조선은 엄연히 반상의 구별이 있는데도 말입니다."

임수동은 자신의 출신이 미천한 보부상임을 감추기 위해 더욱 강하게 이승만을 비판하기 시작했다.

"이승만을 내버려 두면 조선은 무법천지가 될 것입니다. 그는 사민평등을 내세우면서 결국은 역모를 꿈꾸고 있다는 게 제 생각입니다."

황영우는 별다른 반응을 보이지 않았다. 하천한 보부상 출신의 아부꾼에게 속마음을 보일 필요는 없었다. 적당히 신뢰를 보여주면서, 자신의 종복으로 부리면 될 문제다. 입가에 부드러운 미소를 지어 보였다.

"그렇다고 하더라도 그에게 내 뜻을 전달할 수는 있겠지. 배재학당 동문이니까."

그러면서 임수동의 어깨를 툭툭 쳤다. 임수동은 김옥균의 암살범 황영우의 명성을 잘 알고 있었다. 왕의 환심을 사기 위해 일본과 중국, 그리고 조선의 개혁가들에게 신망 높은 김옥균에게 거리낌 없이 총질을 한 냉혹한 자. 그의 측근이 된다면 출세할 기회를 잡을 수 있다는 흥분이 따랐다.

"그렇습니다, 대감. 이승만과는 뜻이 다르지만, 그렇다고 아주 척이 진 사이는 아닙니다. 사실 학당 동문으로서 안타깝기는 하지만요. 그런데 무슨 시키실 일이라도…"

황영우는 시치미를 뗐다.

"뭐, 별일 아닐세. 마침 자네가 오기 전 생각난 게 있어서 말이야…. 그저 편지 한 통 전해 주면 되네."

임수동이 의아한 표정으로 바라보았다.

"전해만 주면 됩니까?"

"그래! 그러라고…. 하하하."

뜬금없이 황영우는 통쾌하게 웃었다.

임수동이 전해 준 황영우의 편지는 협박이었다.

이승만 군! 서양이란 말이야. 자네가 아는 자유롭고 평등한

세상이 아니야. 상민과 양반은 없지만, 가난뱅이와 부자가 판치는 곳이지. 그리고 검둥이와 노란 색깔의 아시아 노비들이 착취당하는 아귀 지옥이란 말이야. 사람 사는 곳에 모두가 평등하게 잘사는 나라가 어디 있겠나? 어디에서나 차별은 있게 마련이고, 그래도 이 나라 조선은 삼강오륜의 가르침이 있어 예를 안다는 말일세. 그러니 사민평등이니 하는 헛된 소리는 집어치우게. 만민공동회는 오직 황제 폐하를 위해서 외적과 싸워야 할 것이야. 만일 그렇지 않다면 우리 황국협회는 조선의 오백 년 왕조를 위해 백성들을 현혹하는 자네들을 모두 반역죄로 소탕할 것이네, 나는 한다면 하는 사람임을 자네도 잘 알 것이야!

황영우는 프랑스 유학파였다. 1890년부터 1893년까지 프랑스 파리로 자비 유학을 다녀와서 유럽 사정을 어느 정도 아는 편이었다. 그 나름대로 민주주의가 성장하는 과정에서 일어나는 폐단을 이해하고 있었다. 그의 지적이 거짓은 아니지만, 사민평등의 대의를 부르짖는 자유와 평등에 대한 민중의 열망을 가로막을 사유는 될 수 없었다. 조선의 역사는 도도히 흐르는 민주주의의 흐름을 타고 있었다. 집회가 거듭될수록 민중의 열기는 거세졌고 참정권을 요구하는 목소리는 황제를 압박하고 있었다. 마침내 황제는 민중의 요구를 받아들여 독립협회가 추천하는 박정양, 민영환을 중심으로 한 개혁 정부를 구성하였다. 그러나 이는 대숙청을 위한 유화책에 불과했다. 수구 보수파들은 자신들의 입지가 극히 불안해지자, 음모를 꾸며 만민공동회를 해산할 구실을 만들기 시작했다. 수구파 대신들은 괴문서를 날조하여 황제에게 표를 올렸다.

폐하! 독립협회와 만민공동회의 도모하는 바가 무엇이겠습니까? 그들은 결국 민주 공화국이라는 미명하에 나라를 찬탈하려는 목적입니다. 지금 박영효, 박정양, 한규설, 윤치호, 안경수, 이승만 등은 나라의 독립투쟁을 빙자하여 역모의 뜻을 품고 있습니다. 그들은 유구한 오백 년 역사의 조선왕조를 폐하고 새로운 민국을 건설하려 합니다. 이자들을 그냥 두어서는 나라가 혼란에 처하고, 주인 없는 조선국은 외국의 식민지로 전락할 것입니다. 즉각 이들을 체포하고 국가를 위기에 빠뜨린 죄를 물어야 할 것입니다.

  황제는 즉각 그 상소에 반응했다. 사실은 대신들이 만민공동회를 탄핵할 근거를 만들어 주기를 기다리고 있었음이 분명했다. 황제는 먼저 일본과 아라사의 공사에게 군대를 동원하여 만민공동회를 해산하려는 뜻을 비치었다. 그들이 군대 사용을 거부한다면, 임의로 군사력을 쓸 수 없었다. 그 결과는 두 나라 군대의 개입을 불러들이는 자충수가 될 수 있었다. 그러나 두 나라의 공사는, 조선을 병탄하려는 자신들의 계획에 방해가 되는 시민 세력을 무력 진압하는 데 찬성했다. 이 결정은 황제로서는 자신을 보호하는 장벽을 스스로 제거한 악수였다. 그는 민중이 자신을 보호하는 조선의 진정한 힘임을 망각했다. 민중은 그를 폐위하려 하지 않았다. 그의 상징성을 그대로 인정하고 국가 최고 지도자로서의 위치를 인정하려 하였다. 다만 중세 왕조 국가의 폐단을 일소하고, 근세 자주 국가를 실현할 열망을 가졌을 따름이었다. 그러나 왕은 자신과 일족의 안위만 걱정했다. 그는 조선의 주인은 오백 년 이씨 왕조임을 절대 부정하려 하지 않았다. 주자의 성리학을 통치 이념으로 만든 왕권 절대주의를 신봉하는 왕과 그 일족은 조선의 땅과 하늘 바다에서 자라고 나는 모든 생명과 무생물의 소유자임을 맹신하고 있었다. 조선은 그들의 기업이었고, 그를 부인하는 자들은 역도였다. 1898년 12월 25일 그는 황국협회와 한성 수비대에 칙령을 내려 만민공동회의 해산을 명령했다.

1898년 12월 25일, 마침내 공식적으로 독립협회·만민공동회의 불법단체 지목과 강제 해산의 날이 왔다. 황제는 계엄 상태 아래에서 칙어로써 만민공동회의 11개 죄목을 다음과 같이 들고, 만민공동회를 불법화하여 강제 해산케 하였다.

① 이미 금지령이 있음에도 불구하고 함부로 소요를 계속하니 그 죄가 하나요,

② 독립협회를 이미 허락함이 있는데 '만민공동'이라 하여 임의의 집회를 열었으니 그 죄가 둘이요,

③ 칙어로써 퇴거하라고 유시했거늘, 오로지 항명하니 그 죄가 셋이요,

④ 대관을 능욕함을 예사로 행하니 그 죄가 넷이요,

⑤ 임금의 잘못을 들추는 짓은 백성으로서 감히 못 할 바이거늘, 외국 공사관에 투서하여 국체를 손상하니 그 죄가 다섯이요,

⑥ 민간이 관인을 위협하여 억지로 집회에 동원하니 그 죄가 여섯이다.

- 『承政院 日記』, 광무 2년 음력 11월 13일, 勅語

황제는 백성의 잘못을 준엄히 지적했다.

"충군 애국을 내세우나, 끝에 가서는 가로되 패란(悖亂)이니 이는 임금을 속이는 바이라" 하였다.

또한 황제는 조서를 내려 집회 금지의 명을 어겨 길거리에서 모여 소요를 일으키는 자들은 법에 따라 철저히 규찰하여 엄금할 것이며, 백성들이 함부로 거리에서 구경하는 행위 역시 금지하도록 하였다. 이 칙어는, 만민공동회의 집회 시도와 그 구경까지도 엄금한 조치였다.

만민공동회 무력 진압의 시작인 12월 25일 날이 밝아 왔다. 만민들은 이날 민영기의 재판을 방청하기 위해 오후 1시에 고등재판소 문 앞에 모였으나 시위대 제2대대 군인들이 만민들을 포위하고 총구를 겨누었다. 이날 시위대 제2대대 대대장 김명제는 부하 병정들에게 각 3원씩 분급해 주고 술을 마시게 한 다음 만민공동회 해산에 동원하였다. 술 취한 병정 2명이 만민공동회 군중에 돌입해서, 나는 일개 병졸이라도 민회의 목적을 안다고 연설하려 하자, 독립협회 회원인 전 육군 정위 임병길이 나서서 그 행동의 겁박함을 꾸짖어 "군인 복장을 하고 민회에서 연설하는 것은 법에 없는 바다"라고 외쳤다. 그러자 황실 시위대 병정들이 일제히 회민을 포위하고 총검으로 위협하면서 들어왔다. 시위대가 마침내 무력 탄압 작전을 개시한 것이었다. 나는 시위대의 앞에서 비무장 백성들을 공격함을 꾸짖었으나, 대대장 김명제는 황제의 칙령이란 대답으로 일축했다. 군인들이 밀고 들어오자, 만민공동회 회중들은 위험을 느껴 종로 방면으로 피신하기 시작하였다. 시위대 군인들은 발포 준비를 완료한 채 계속 만민들을 밀어붙였고, 경운궁 근처에서 황국협회의 보부상들이 몽둥이를 휘두르며 몰려왔다 "모두 때려잡아라", "쫓아라" 등 고함을 질러 그 위협 기세가 살벌하였다. 만민공동회 회중들은 저들과 대항할 아무런 준비가 되어 있지 않았다. 무자비한 보부상들의 몽둥이질에 머리가 터지고 팔다리가 부러지며 땅바닥에 내동댕이쳐졌다. 그러나 조선의 황실 경비대는 보부상들의 폭행을 방관하며 오히려 만민공동회 회중들을 체포하기 시작하였다(우리 역사넷, 한국 민족문화 백과 대사전, 위키백과, 나무위키 등 참조).

제10장
사형수 이승만

보부상 패들의 앞에 김영주가 앞장서 몽둥이를 휘두르며 나를 향해 다가왔다. 키가 크고, 어깨가 완강한 김영주는 멀리서도 그가 누구인지 알 수 있었다.

　　"이승만을 찾아라!"

　　그가 소리쳤다. 나는 밀리는 군중 속에 있다가 앞으로 나섰다.

　　"이놈들, 이승만 여기 있다. 썩 그만두지 못하겠느냐?"

　　백성들이 다치고 죽어가는데 지도자로서 숨고 싶지 않았다. 충동적으로 그들과 사생결단을 내고 싶다는 생각이 솟구쳤다.

　　"오냐, 이승만. 네 이놈!"

　　어느 순간 딱 바라진 김영주가 몽둥이질하며 나를 향해 다가왔다. 군중이 모래처럼 양쪽으로 갈라섰다. 김영주가 몽둥이를 들고 나를 가리켰다.

　　"이승만! 네놈을 잘 알고 있다. 오늘 내 손에 명이 다하리라."

　　그는 정말 죽일 생각으로 시뻘건 눈알을 굴리며 뛰어왔다. 나는 빈 손이었다. 순간적으로 겁이 덜컥 났다. 공연한 용기를 내었다는 후회와 함께 달아나야 한다는 생각이 들었지만, 발이 땅바닥에서 떨어지지 않았다. 김영주가 덮쳐 오는 모습만 보이는데, 갑자기 벼락같은 호통과 함께 김영주의 몸뚱이가 튕겨져 나갔다.

　　"네 이놈! 영주야!"

한만호였다. 어느새 그의 손에 굵직한 참나무 뭉둥이가 들려 있었다. 김영주의 번들거리던 눈알이 좁혀지다가, 다시 활짝 커졌다.

"한 종사관!"

"이놈 영주야! 네가 잘못 짚은 양택으로 민 대감의 추궁을 받았을 때 너를 어찌 구하였더냐? 그럼에도 너는 나의 가솔들을 해하였더냐? 오늘 너를 결단내리라!"

한만호의 서슬에 보부상 무리도 주춤거렸다. 한만호가 나를 밀었다.

"어서 가시오."

주춤거리는데 이 사이를 틈타 내 뒤로 돌아선 보부상의 몽둥이가 내 등을 사정없이 내리쳤다.

'우지끈!'

숨통이 턱 막히며 땅이 오르락내리락했다. 기력이 쑥 빠지며 고꾸라졌다.

"이놈이!"

한만호의 몽둥이가 그의 허리를 때려 자빠뜨렸다. 군중들이 놀라 좌우로 흩어졌다. 누군가가 나를 부축했다.

"빨리 갑시다."

간신히 그의 등에 기대어 발을 떼었다. 뒤돌아서는 눈길에 한만호의 주위를 보부상들이 둘러싸는 모습이 보였다.

"어서, 어서!"

독립협회의 이상재가 청년들을 재촉하며 길을 열었다. 온몸이 떨어져 나가는 듯, 아픔이 밀려오며 정신이 혼미해졌다. 회중들이 산지사방 흩어지며 몽둥이찜질을 당하는 참혹한 장면이 한성 시내에서 펼쳐졌다. 이상재는 종로 주택가의 골목으로 들어가 어느 초가집 앞에 멈

쳤다. 안에서 상투를 튼 노인이 나와 안으로 들였다. 그 집은 한만호가 오늘 같은 날을 대비하기 위해 만든 안가였다.

고종 황제는 독립협회를 해산하고 지도자들을 체포하여, 만민공동회의 동력을 상실시키려 하였다. 그러나 만민공동회를 통하여 자유와 평등이 무엇인지 알게 된 한성의 백성들은 더욱 강렬하게 정부에 저항하기 시작했다. 습격을 당한 다음 날 자리에서 일어난 나는 보부상들의 만행으로 만민공동회를 해산시키는 광경을 지켜본 한성 백성들이 경운궁 앞으로 몰려들었다는 소식을 들었다. 이상재가 그 소식을 알려왔다. 밤새 찜질을 해서인지 오후 나절이 되니 움직일 만했다.

"나가 봅시다!"

두루마기를 걸치고 모자를 쓰자 이상재가 말렸다.

"동지들이 집회를 이끌고 있으니, 자네는 쉬도록 하게."

나는 고개를 흔들었다.

"이 정도 매질로 누워 있다면, 남의 웃음거리가 될 겁니다. 나가 보겠습니다."

그러다 한만호 생각이 났다.

"한 회장은 어찌 되었습니까?"

이상재가 볼을 실룩거리더니 말했다.

"잡혀갔어!"

"어디로 갔습니까?"

"김영주가 끌고 갔다네, 경무국에 넘겼다는군."

"예?"

"그 사람이 갑신정변 때 혁명군 중 한 명이었다는군. 중국으로 도피

하였다가 어느 날 상인으로 모습을 드러내었는데 김영주와는 숙원이 있나 보더군. 그래서 경무청에서도 벼르고 있나 봐."

나 때문에 횡액을 치르게 생겼다. 그를 위험에 빠뜨린 자책감에 마음이 무거웠다.

'어떻게든 구해 보아야지.' 용기를 추슬렀다.

"그게 언제 적 일인데! 이미 세월이 지나 처벌이 다 끝난 일이 아닙니까? 경무청으로 갑시다."

경무청에는 임수동이 한만호의 수사 책임자로 있었다. 금색 견장에 푸른 바탕의 정복을 입고 등을 곧바로 폈다. 내 모습을 보더니 한심하다는 듯이 한숨을 쉬었다.

"이승만인가? 그러게, 내가 자네의 과격한 행실을 주의하라고 하지 않았나? 자네 역시 수사 대상이야. 지금 당장 체포하지는 않겠지만…"

감정을 넣지 않고 건조하게 말했다. 개인적 인연은 돌보지 않겠다는 뜻이었다. 학당 시절부터 그와는 껄끄러운 사이였으니까 당연한 대접으로 받아들였다. 어차피 부탁해야 할 처지니, 그의 오만함을 참고 견딜 수밖에 없었다.

"백성들의 시위가 도를 넘었어. 황제의 칙령이니 어쩔 수 없어. 체포령이 떨어진 사람이 많은데 자네는 빠져 있더군. 어디 뒤를 봐주는 유력한 사람이 있나 보지."

임수동이 비아냥대며 잡아먹을 듯 노려보았다. 꼭 잡아넣어야 하는데… 하는 욕망이 이글거렸다. 나는 항변했다.

"만민공동회는 적이 아닐세, 나라의 독립을 지키려는 충성스러운 양민들이지."

임수동이 들고 있던 단봉으로 책상을 쳤다.

"헛소리! 나라를 지키는 건 황제 폐하지, 백성이 아니야. 무얼 잘못 생각하고 있군."

"그렇지 않아. 나라의 주인은 백성이야."

"그 말은 반역이다. 취소하도록 하게."

나는 강력히 머리를 흔들었다.

"다시 말해도 마찬가지야. 나라의 주인은 백성이고 군주는 백성 위에 떠 있는 배와 같아."

순자에 나오는 말이었다. '군자주야 서인자수야(君者舟也 庶人者水也), 수즉재주 수즉복주(水則載舟 水則覆舟)'다. 풀어보면 '군주는 배요, 백성은 물이다. 물은 배를 띄울 수도 있고, 전복시킬 수도 있다'라는 의미다.

"역시 반역도이군!"

임수동이 혀를 찼다.

"그렇게 말한다면 자네를 잡아넣어야겠군. 하지만 지금은 아니야. 조금 더 확실해질 때까지 기다리지. 계속 그렇게 행동한다면 상부에서 잡아넣지 말라고 해도 체포하겠다. 그런데 무슨 일로 왔나?"

임수동은 한만호의 석방을 탄원하기 위해 온 줄 알면서 모르는 척했다. 내 구차한 꼴을 보겠다는 심사였다. 배알을 참고 정중히 말했다.

"종로 시전에서 쌀장사하는 한만호라는 사람이 있어. 그를 잡아 왔다 들었네. 만민공동회에서 별 중요한 역할을 한 인물은 아니니 석방해 주게."

임수동은 모른다고 잡아떼지 않았다. 숨길 게 없다는 듯 직설적으로 말했다.

"그자는 반역자야. 황제의 신하들을 죽인 놈이지. 잘 알 텐데."

"갑신정변을 말함인가. 그는 주동자도 아니고 오래전 이야기네. 그리고 이미 사면된 사람이야. 그런 이유로 가둘 수는 없네."

"사면되지 않았어. 누가 사면했단 말인가?"

임수동은 어깃장을 놓았다. 입술을 비죽였다.

"이미 용서가 된 일일세. 처벌할 수 없다는 말이다."

"그럴지도 모르지. 하지만 아직도 그자가 정변을 꿈꾼다면 어찌하겠나?"

"그는 정변을 하고자 함이 아니다. 그는 나와 같이 만민공동회의 일을 하고 있을 따름이지. 그가 죄를 지었다면 만민공동회의 모든 사람이 죄인이네."

"내가 아무것도 모르는 줄 아는가? 한만호는 만민공동회의 회장 노릇을 한 자야. 거기에다 만민 평등을 외치는 놈이지. 이번 기회에 역적인지 확실히 조사해 보겠어."

임수동이 눈을 가늘게 떠서 나의 얼굴을 응시했다. 매처럼 먹이를 노리는 눈빛이었다. 그는 사건을 확대하여 출세의 발판으로 삼으려는 심산이었다. 이자와 더 말을 나눈다면 오히려 불리해질 가능성이 있었다. 나는 포기하고 물러났다. 이완용에게 부탁하는 것이 나을 듯했다. 그는 한만호의 억울함을 잘 아는 사람이었다.

"한만호는 죄가 없네. 죄가 있다면 독립협회에 있지, 그는 무관해."

나도 모르게 음성이 격해졌다. 임수동은 재미있다는 듯 킬킬댔다.

"좋아! 어차피 독립협회도 가만두지 않을 테니 기다리고 있게."

임수동이 그만 가보라는 듯 몸을 돌렸다. 한만호는 풀려나지 못했다. 이완용에게 부탁해 보았지만 머뭇거렸고, 그사이에 한만호는 구치소에 수감되었다…. 후에 들었지만, 김영주와는 사이가 좋지 못했다.

지관 시절에 김영주는 사기 행각으로 포청에 고발된 적이 있었고, 포도 종사관으로 있던 한만호가 그를 체포하여 형을 살게 한 적이 있었다. 그 뒤, 민씨 일가와 얽힌 사건에서 그를 변호해 준 적이 있으나, 소인배인 김영주는 원한을 잊지 않고 한만호를 죽이려 하였다. 그리고 그의 사주를 받은 임수동이 실행하였다. 임수동은 한만호의 구금 기간을 늘렸고 죽음의 고문을 자행하였다. 그리고 마침내 고문을 이기지 못한 그를 역적으로 자복시켰다. 한만호가 순검에게 끌려 서대문 형무소로 향할 때, 나는 김영주가 삼 층 붉은 벽돌 창밖으로 내려다보는 모습을 보았다. 날이 밝아 오는 새벽이었다. 그의 야비한 얼굴이 분명히 보였다. 나는 이것으로 조선은 망해야 한다고 느꼈다. 나라의 관리가 백성의 형벌을 사적으로 처결한다면, 조선은 어쩔 수 없는 야만의 나라였다. 자객 황영우를 내세워 보부상들을 폭력으로 내몰아 불안한 권력이나마 지키려 한다면, 왕은 조선을 새로운 시대로 이끌 의지가 없음이 분명했다. 한만호의 면회를 가며 다짐했다. 이 나라에 더 이상 왕은 필요 없다고….

혁명의 기회는 뜻밖에 빨리 왔다. 1899년 정월이었다. 독립협회는 왕의 명으로 해산되고 주도자들은 투옥되거나, 왕의 곁으로 돌아갔다. 군수 벼슬을 그만두고 잠적했던 안경수가 은밀히 불렀다. 장소는 성북동 그의 집이었다. 그는 중년의 한 남자를 소개했다. 키가 크고 얼굴이 각져 단단해 보이는 사람이었다. 그가 손을 내밀었다.

"권영철이요."

안경수가 덧붙였다.

"박영효 대감의 측근에 있는 사람이요. 전일 외교부에 있었소."

권영철이 부연했다.

"박정양 대감을 따라 미국 공사관에 있었더랬소."

그렇다면 이해가 되었다. 그도 개화파였다.

"미국의 정치에서 많이 배웠소. 민주주의라는 게 무척 흥미로웠소."

나는 단도직입적으로 물었다.

"그 나라는 어떤 나라이오?"

권영철은 잘라 말했다.

"만인이 자유롭고 평등한 나라요."

감격스러웠다. 책으로 보고 사람에게서 들었지만, 막상 그 이야기를 들으니 눈물이 났다.

자유란 얼마나 소중한 단어인가? 유가에서 자유는 개인의 관념 속 자유지만, 민주주의에서는 사회 질서가 부여하는 자유였다. 권영철이 말했다.

"백성은 나라의 주인이요. 왕은 투표로 선출되지요. 호칭은 대통령이라고 하지만 4년 임기만 할 수 있소."

나는 알고 있다. 하지만 남의 말을 통해 들으니, 감개가 새로웠다. 그래서 물었다.

"흑인 노예를 해방했다는 말도 들었소이다만…."

권영철이 상쾌하게 미소 지었다.

"이 공이 쓴 사설들을 잘 알고 있소이다. 역시 타국의 사정에 밝으시오."

"공연한 말씀을!"

"아시겠지만 링컨 대통령이 내전을 무릅쓰고 실행하였지요. 그 결단이 강대한 미국을 만들었소이다."

권영철은 감격하여 링컨의 연설문을 소개했다. 미국 남북 내전 중에 격전지 게티즈버그에서 행한 명연설이었다. 자유와 평등을 외치는 미국 시민 정신이 고스란히 들어 있었다.

87년 전 우리의 선조들은 이 대륙에 자유의 정신으로 잉태되고 만인이 평등하게 창조되었다는 신념을 바쳐 새로운 나라를 세웠습니다. 지금 우리는 바로 그 나라가, 과연 오래도록 굳건할 수 있는가 하는 시험대인 거대한 내전에 휩싸여 있습니다. 우리는 바로 그 전쟁의 거대한 싸움터인 이곳에 모여 있습니다. 우리가 여기에 온 것은 바로 그 싸움터의 일부를 이곳에서 제 삶을 바쳐, 나라를 살리고자 한 영령들의 마지막 안식처로 봉헌하기 위함입니다. 우리의 이 헌정은 더없이 마땅하고 진실합니다. 그러나 더 큰 의미에서 보자면, 우리는 이 땅을 헌정할 수도, 축성할 수도, 신성화할 수도 없습니다. 여기서 싸웠던 용맹한 전사자와 생존 용사들이 이미 이곳을 신성한 땅으로 축성하였기에, 보잘것없는 우리의 힘으로 더 보태고 뺄 것 따위가 있을 수 없습니다. 세상은 오늘 우리가 여기 모여 하는 말들을 별로 주목하지도, 오래 기억하지도 않을 것이나, 그분들이 이곳에서 이루어 낸 것은 결단코 잊을 수 없을 것입니다. 오히려 이 자리에서 살아 있는 자들이, 여기서 싸웠던 그분들이 그토록 고결하게 전진시킨 미완의 과업을 수행하는 데 우리 자신을 봉헌하여야 합니다. 이 자리에서 우리는 우리 앞에 놓여 있는 그 위대한 사명, 즉 고귀한 순국선열들이 마지막 신명을 다

바쳐 헌신한 그 대의를 위하여 더욱 크게 헌신하여야 하고, 이분들의 죽음을 무위로 돌리지 않으리라 이 자리에서 굳게 결단하여야 하며, 이 나라가 하나님 아래에서 자유의 새로운 탄생을 누려야 할 뿐 아니라, 인민의, 인민에 의한, 인민을 위한 통치가 지상에서 사라지지 않아야 한다는 그 위대한 사명에 우리 자신을 바쳐야 합니다.

자유와 평등을 실현하기 위하여 국민이 무엇을 해야 하느냐 하는 시민의식을 링컨은 말하고 있었다. 그의 언어는 정직하고 실천적이었다. 유가의 경전처럼 이상적인 도덕률을 요구하지 않고, 실천적 국민의 권리와 의무를 설명했다. 규범은 이렇게 구체적이어야 했다. 사변적인 언어의 유희는 통치 수단일 뿐, 인간 행동의 지침이 될 수 없었다. 미국 남북 전쟁사에서 읽은 적이 있지만, 권영철의 암송으로 들으니 링컨이라는 한 성실한 인간의 외침에 가슴이 북받쳤다. 우리는 잠시 침묵했다. 그러다 안경수가 입을 열었다.

"백성을 위한 정치를 해야 한다는 그의 말에 동감하네. 우리나라가 자주국이 되려면 미국과 같은 길로 갈 수밖에 없어. 이 사실은 변할 수 없네."

안경수는 솔직하게 자신의 심경을 밝혔다. 그가 입헌군주제를 주장하는 줄은 알지만, 한발 더 나아가서 군주제의 폐지를 내비칠 줄은 몰랐다. 그의 속마음을 몰라 망설이는 데 권영철이 자신을 밝혔다.

"나는 예전에 어전 시위로 있었던 사람일세. 충군이 무엇인지 누구보다 잘 안다고 생각하네. 하지만 지금은 백성의 시대일세."

이들이 무슨 뜻으로 이런 말을 꺼내는지 의심스러웠다. 안경수가 내 손을 덥석 잡았다. 그의 거친 눈썹이 꿈틀대며 격정을 토했다.

"이 군! 우리는 반정하려고 하네. 이 나라 조선은 썩었어. 외척과 간신들이 이 나라를 자신들의 소유물로 생각하는 한 이 나라의 미래는 없네. 이 나라를 숙주로 한 간신 모리배들의 정점에 왕이 있네. 왕권이 있는 한 백성의 나라는 있을 수 없어. 서양의 여러 나라도 오랜 세월 왕의 치하에서 시달리다, 공화정으로 바꾼 지가 불과 100년이 되지 않아. 그들이 왕을 몰아내기 위해 혁명을 하면서 내세운 선언문이 있다네. 자네도 읽었겠지만, 프랑스 인권 선언문이네. 나는 그 책을 품에 안고 며칠을 울었는지 모른다네. 이 소리야말로 민중의 절규이며 광야의 외침 아니겠는가?"

프랑스 인권 선언문의 주권 재민을 읽으면서 가슴을 치며 울지 않은 선각자가 있으랴? 그 문장이야말로 오천 년간 이어진 조선의 억압과 거짓을 밝히는 햇불이었다.

여기까지 긴 이야기를 마치자, 날이 어두워지려 하고 있었다. 프란체스카는 나의 힘찬 격정을 지켜보며 눈시울을 적셨다. 그녀도 나의 청년 시절을 잘 알지는 못했다. 그러나 죽음을 앞둔 병상에서 하는 나의 술회에 그녀는 더욱 가슴이 미어졌다.

프랑스 인권 선언문의 이야기가 나오자, 김현곤이 조문을 외우기 시작했다. 그의 눈도 어느새 붉어져 있었다. 밖에서 비쳐 들어온 햇빛이 김현곤의 상기된 얼굴을 어루만졌다.

제1조, 인간은 권리에 있어서 자유롭고 평등하게 태어나 생존한다. 사회적 차별은 공동 이익을 근거로 해서만 있을 수

있다.

제2조, 모든 정치적 결사의 목적은 인간의 자연적이고 소멸할 수 없는 권리를 보전함에 있다. 그 권리란 자유, 재산, 안전, 그리고 압제에의 저항 등이다.

제3조, 모든 주권의 원리는 본질적으로 국민에게 있다. 어떠한 단체나 어떠한 개인도 국민으로부터 명시적으로 유래하지 않는 권리를 행사할 수 없다.

제4조, 자유는 타인에게 해롭지 않은 모든 것을 행할 수 있음이다. 그러므로 각자의 자연권의 행사는 사회의 다른 구성원에게 같은 권리의 향유를 보장하는 이외의 제약을 하지 아니한다. 그 제약은 법에 따라서만 규정될 수 있다.

제5조, 법은 사회에 해로운 행위가 아니면 금지할 권한을 갖지 아니한다. 법에 따라 금지되지 않은 것은 어떤 것이라도 방해될 수 없으며, 또 누구도 법이 명하지 않는 것을 행하도록 강제될 수 없다.

제6조, 법은 일반 의사의 표명이다. 모든 시민은 스스로 또는 대표자를 통하여 그 작성에 협력할 수 있는 권리를 가진다. 법은 보호를 부여하는 때도 처벌을 가하는 경우에도 모든 사람에게 동일한 것이어야 한다. 모든 시민은 법 앞에 평등하므로 그 능력에 따라서, 그리고 덕성과 재능에 의한 차별 이외에는 평등하게 공적인 위계, 지위, 직무 등에 취임할 수 있다.

제7조, 누구도 법에 따라 규정된 경우, 그리고 법이 정하는 형식에 의하지 아니하고는 소추, 체포 또는 구금될 수 없다.

자의적 명령을 간청하거나 발령하거나 집행하거나 또는 집행시키는 자는 처벌된다. 그러나 법에 따라 소환되거나 체포된 시민은 모두 즉각 순응해야 한다. 이에 저항하는 자는 범죄자가 된다.

제8조, 법은 엄격히, 그리고 명백히 필요한 형벌만을 설정해야 하고 누구도 행위에 앞서 제정·공포되고, 또 합법적으로 적용된 법률에 의하지 아니하고는 처벌될 수 없다.

제9조, 모든 사람은 범죄자로 선고되기까지는 무죄로 추정되는 것이므로, 체포할 수밖에 없다고 판정되더라도 신병을 확보하는 데 불가결하지 않은 모든 강제 조치는 법에 따라 준엄하게 제압된다.

제10조, 누구도 그 의사에 있어서 종교상의 것일지라도 그 표명이 법에 따라 설정된 공공질서를 교란하지 않는 한 방해될 수 없다.

제11조, 사상과 의사의 자유로운 통고는 인간의 가장 귀중한 권리의 하나이다. 따라서 모든 시민은 자유로이 발언하고 기술하고 인쇄할 수 있다. 다만, 법에 따라 규정된 경우에서 그 자유의 남용에 대해서는 책임을 져야 한다.

제12조, 인간과 시민은 제 권리의 보장은 공공 무력이 필요하다. 따라서 이는 모든 사람의 이익을 위해 설치되는 것으로서, 그것이 위탁되는 사람들의 특수 이익을 위해 설치되지 아니한다.

제13조, 공공 무력의 유지를 위해, 그리고 행정의 모든 비용을 위해 일반적인 조세는 불가결하다. 이는 모든 시민에게

그들의 능력에 따라 평등하게 배분되어야 한다.

제14조, 모든 시민은 스스로 또는 그들의 대표자를 통하여 공공 조세의 필요성을 검토하며, 그것에 자유로이 동의하며, 그 용도를 추급하며, 또한 그 액수, 기준, 징수, 그리고 존속 기간을 설정할 권리를 가진다.

제15조, 사회는 모든 공직자에게서 그 행정에 관한 보고를 요구할 수 있는 권리를 가진다.

제16조, 권리의 보장이 확보되어 있지 않고 권력의 분립이 확정되어 있지 아니한 사회는 헌법을 가질 수 없다.

제17조, 불가침적이고 신성한 권리인 소유권은 합법적으로 확인된 공공 필요성이 명백히 요구되고, 정당한 사전보상의 조건이 아니면 침탈될 수 없다.

마지막까지 김현곤은 토씨 하나 틀리지 않고 모두 외웠다. 이 선언문은 이후 각 자유 민주국가의 헌법이 되었고, 대한민국 역시 그러했다. 문장 하나하나가 자유와 평등을 향한 이상을 품고 있었다. 나는 손뼉을 쳤다. 손바닥을 가볍게 마주치는 정도지만, 김현곤은 눈물을 보였다.

"감사합니다. 각하! 저는 프랑스 인권 선언문을 제 심장에 품고 있습니다."

고국 생각이 났다. 박정희 장군은 잘할 수 있을까? 그는 우리 백성의 인권을 잘 지켜줄 수 있을까? 은근히 걱정된다. 그의 집권이 우리나라로서도 비극이 되면 안 되겠지만, 그 개인으로서도 비극이 되어서는 아니 된다. 민주주의가 성숙하는 과정에 많은 피와 주검이 있었다.

프랑스의 공화정도 단숨에 이루어지지 않았다. 단두대에 의한 왕과 왕비의 죽음…. 또 그들의 죽음 위에서 폭정을 했던 로베스피에르와 삼두체제…. 이들을 이은 나폴레옹의 왕정 그리고 다시 공화정에 이르기까지 수많은 사람의 희생이 필요했다. 우리나라도 복잡하고 힘든 과정을 거쳐야 하는 것일까? 나는 부정할 수 없었다. 민주주의는 피를 먹고 자란다. 그 이유는 루소가 밝힌 바 있다. 그의 사회계약론이 현대 민주주의의 시발점이다. '국가와 개인은 계약 관계에 있다'라는 그의 통찰은 이후 영국의 산업혁명을 거치면서 민중의 시민의식을 깨웠다. 국가 통치권은 군주가 신으로부터 부여받는 절대적 권리가 아니라는 의식은 루소와 볼테르, 존 로크와 같은 사상가들에 의해 계몽되고, 민주주의의 실현은 시민계급에 의해 쟁취되었다. 역사적 사실로 보더라도 시민계급이 형성되지 않으면 사민평등은 실현될 수 없다. 그러면 시민계급은 어떻게 형성되는가? 루소의 사상에 의하면 처음에 국가는 힘을 가진 선택된 자들에 의해 성립되었다. 그 힘의 원천은 농업 생산력의 독점이었다. 왕권신수설은 여기에서 비롯되었다. 적어도 산업혁명이 일어나기 전까지는 그런 힘의 역학관계가 역사를 지배했다. 유교에서 말하는 황제도 그렇게 탄생한 권력이다. 그러나 산업 생산력의 발달은 부의 지배권을 농지에서 공장으로 전환하고, 그곳에서 나온 경제력은 시민계급을 만들었다.

나는 중얼거렸다.

"민주주의는 결국 경제력에서 탄생한다네. 내가 농지개혁을 한 이유도 지주에게 있던 경작권을 농민에게 돌려주어, 모든 국민이 잘사는 세상을 만들려고 하였지. 부유한 국민이 자유와 평등을 지킬 수가 있는 게야."

김현곤이 얼굴의 근육을 굳혔다.

"그렇습니다. 각하. 저희는 민주주의를 당분간 유보해야 합니다. 역사는 우리를 혹독히 비판하겠지만 저희 혁명 주체들은 그 돌팔매를 맞을 각오가 되어 있습니다."

"그 말은 박정희 장군 의견인가?"

김현곤이 정색했다.

"대통령입니다. 각하."

"미안하네. 박정희 대통령으로 정정하겠네."

"감사합니다. 각하. 저희 혁명 세력들은 군 출신이지만, 현대적인 교육을 받은 우리나라 1세대라고 자부합니다. 따라서 저희는 프랑스 혁명의 지식인들을 대표한다고 생각합니다. 박정희 대통령 각하는 결사의 각오로 시민계급을 육성하려고 합니다. 그러기 위해서는 우리나라의 산업화가 절실합니다. 영국과 프랑스의 산업혁명을 이 땅에서 이루지 않으면 우리나라는 진정한 민주국가가 될 수 없습니다."

"박정희 장군은 정말 대단한 사람이야. 그런 점까지도 생각하는가?"

"각하! 저희는 구한말 지사의 각오로 혁명하였습니다. 만일 저희의 정책이 성공하여 우리나라에 산업화가 이루어지고 교육받은 시민들이 이 나라의 미래를 책임질 수 있는 날 저희는 노래를 부르며 고향으로 돌아갈 것입니다. 그런 면에서 저희와 각하는 혁명 동지입니다."

눈을 지그시 감으니, 나비가 날아가는 모습이 보였다. 눈꺼풀을 통해 들어온 형광등 불빛이 노랗게 명멸했다.

"자네들이 나비들이었던가? 그 나비 떼를 다시 보기 위해 내가 반백 년이 넘는 세월을 견뎌 왔던가?"

김현곤이 손수건을 꺼내어 짓무른 눈곱을 떼어 주었다.

"각하! 젊은 학생들의 투쟁은 시민계급이 만들어지기 전까지 계속될 것이며, 그들을 바른길로 이끌기 위한 저희의 노력은 계속 지지와 동시에 비판될 것입니다. 그러나 역사는 우리를 기억할 것이며, 그 기억은 진정한 시민을 탄생시키기 위한 노력으로 인정될 날이 오리라고 저는 믿습니다."

"고맙네! 김 서기관."

나는 그의 따뜻한 손바닥을 꼭 잡았다. 맥박이 뛰는 감촉이 느껴졌다. 이 맥 놀림의 힘참이 우리 조선의 미래라고 생각이 되어 가슴이 벅찼다.

'그래! 나는 실패하지 않았어!'

숨을 거세게 몰아쉬자 김 서기관이 약봉지를 가져왔다. 프란체스카는 주치의에게 가고 자리에 없었다. 숨쉬기가 힘들어지는 걸 보니 얼마 안 남았다는 생각이 들었다. 그래도 상관없다는 기분이었다.

'할 만큼 했어.'

중얼거리다 보니 임정의 동지들인 김구와 안창호, 이동녕의 모습이 오래된 흑백 사진처럼 머리를 스쳐 갔다. 보고 싶다는 생각이 났다. 이제 곧 그들을 만나게 될 시간이 오게 된다. 슬퍼할 건 없어! 나는 위로했다. '내 시간이 다 된 거야.'

그때 김현곤이 물었다.

"각하! 고종 황제의 퇴위 사건은 그 뒤 어떻게 되었습니까?"

그러자 문득 이 이야기는 꼭 전해 주고 가야겠다는 생각이 들었다. 박영효 대감의 고종황제 양위 모의 사건은 역사에 잘 기록이 되어 있지 않다. 그 사건이 실천에 옮겨지기 전에 적발된 실패한 사건이기도 했지만, 주모자인 박영효의 행적이 제대로 알려지지 않았기 때문이다. 그 사건의 시작은 일본에 망명 가 있던 박영효가 자신의 측근인 권영철을 대리인으로 삼아 조선의 혁명 동지들을 규합하여, 고종을 양위시키고 태자인 순종을 옹립한 후 입헌군주제를 시행하려 한 급진적 혁명 시도 사건이었다. 박영효의 판단으로는 황실의 보위를 목적으로 삼는 고종 황제의 집권으로는 조선의 근대화는 불가능하였다. 왕을 중심으로 한 지배계급은 그들 일족의 안위와 영달을 우선하였고, 문명한 나라로 가기 위한 계급혁명은 꿈도 꾸지 않았다. 그래서는 조선은 영원히 독립된 주권 국가가 될 수 없었다.

"우리나라의 가장 큰 해악은 왕이다. 그의 권력에 대한 집착이 결국 나라를 망치게 된다. 일본을 보라. 그들의 실질적인 군주인 도쿠가와 막부를 쓰러뜨리지 않고서는, 근대화된 일본을 만들 수 없었다. 천황은 다만 일본인의 정신적인 상징일 뿐이다. 우리나라의 고종 황제도 퇴위하여 상징적인 존재로 군림하면 된다. 정치는 개혁 지사인 우리가 맡아서 미국의 독립처럼 자유로운 시민사회를 만들어야 한다. 이것은 나 박영효 필생의 사명이다."

그는 권영철에게 자신의 밀서를 들려서 조선으로 밀항시켰다. 박영효는 김옥균과 같이 갑신정변을 주도한 혁명 세력의 정신적 지주이며, 철종의 부마로서 정부에 그를 추종하는 사람들이 많았다. 박영효가 그의 숨겨진 혁명 동지들을 움직인다면 고종 황제 퇴위도 불가능한 계획은 아니었다. 나는 그 점을 믿었다. 젊은 혈기가 앞서기도 했지만, 기본적으로 현 시국을 바라보는 식견이 같았기 때문이다.

"좋습니다. 혁명의 대의에 동참하겠습니다."

나는 권영철이 내민 연판장에 수결하였다. 붓을 들어 긋는데 갑자기 우남이란 호가 쓰고 싶어졌다. 황해도 평산군 마산면 능안골에서 태어났지만, 세 살 되던 해에 서울의 남대문 밖 도동으로 이사하여 양녕대군의 후손이며 판서를 지낸 이근수의 서당에서 수학했다. 이곳은 남산 아래에 있는 '우수현'이라는 곳인데 나는 이곳을 잊지 못해서 '우수현'에서 살았다는 뜻으로 우남(雩南)이라는 호를 지었다.

이 연판장을 씀으로써 내 인생은 마칠 수도 있다는 비장함에 마음이 떨려 왔다.

'나는 우수현 사람이오. 그곳은 남산 아래의 양지바른 마을이라오. 봄이면 꽃들이 들판에 가득했고, 노랑나비가 그 위를 날았소.'

나는 붓에 먹을 묻혀 조심스럽게 한지를 눌렀다. 섬유질의 거칠한 탄력이 손끝에 전해졌다.

"우남 이승만!"

나는 만 자의 끝 획을 눌렀다. 권영철이 만족스럽게 연판장을 돌려받으며 말했다.

"우리는 모두 동지요. 이 나라에 자유를 찾아 줍시다."

창밖에 싸락눈이 내리고 있었다.

그러나 거사는 이루어지지 않았다. 우리의 계획은 권영철과 같이 입국한 소연호의 배신에 의해 경무청에 제보되었다. 그를 배신자로 만든 사람은 황영우였다. 그는 갑신년의 주모자들을 여전히 주시하고 있었다. 그는 소연호가 일본에서 귀국한 사실을 알자 은밀히 거래를 제안했다. 소연호의 처남이 탁지부 서리를 하다 횡령 혐의로 투옥되어 있었다. 거금이었다. 물경 일천 원의 금액을 노름에 탕진했다. 그는 협박했다. "당신의 처남은 적어도 10년 형은 받을 것이오. 그뿐이겠소.

당신의 처가 재산은 몰수될 것이오."

소연호는 황영우의 협박에 굴복했다. 그날 저녁 거사의 연판장은 황영우 손에 넘어가고 권영철은 체포되었다. 안경수는 일본 대사관으로 도피했다. 그리고 다음 날인 1월 5일 김영주가 순검을 데리고 집에 나타났다. 그는 길게 찢어진 눈을 좁히며 아버지에게 말했다.

"걱정하실 필요 없고. 몇 가지 물어볼 말이 있을 뿐이오."

그 말을 믿을 리 없는 아버지는 오열했다. 나는 태연해지기 위해 노력했다. 일그러지는 얼굴 근육을 필사적으로 바로 잡았다. 입술 양 가장자리를 가까스로 폈다.

"아버지! 다녀오겠습니다."

뒤에서 아들 봉수의 울음소리가 들렸다. 봉수는 이제 겨우 네 살…. 그 애를 따뜻하게 품어본 기억이 별로 없다. 가슴이 울컥했다. 그 애는 아직 나를 이해할 수 있는 나이가 아니다. 아내 박 씨가 아들의 손을 잡고 따라오려다 순검의 제지를 받았다. 나는 혀끝을 눌렀다. 피가 났다.

경무청 취조실에서 배재학당 동문 임수동은 온갖 고문을 하였다. 허벅지를 때려 피멍이 들었다. 손가락 사이에 막대기를 넣어 기름을 짜듯이 비틀었다. 그는 피부의 신경과 힘줄들을 하나씩 저미고 끊었다. 나는 걸레처럼 너절해지고 있었다.

"대단한 놈이군."

옆에서 보고 있던 김영주가 무뚝뚝하게 감탄하며 훈수했다.

"물을 먹이라."

물고문을 하면 기도가 막혀서 죽기도 한다. 특히 참혹한 고문을 받은 뒤에 가하는 물 먹임은 살인이나 마찬가지였다. 임수동이 가라앉은 목소리로 의문을 보였다.

"이대로 하면 죽을 수도 있습니다."

"아니다."

김영주가 잘랐다.

"그놈은 죽을 놈이 아니야. 살려고 부릅뜬 저 눈을 보게."

김영주는 이마가 좁고 눈이 가늘어 마치 살모사 같은 놈이다. 이런 놈이 고문을 제대로 할 줄 안다. 손도 작고 희다.

"이봐! 이자를 데려가."

뒤에 서 있던 우락부락한 놈이 의자에 묶인 나를 질질 끌어서 세면대에 머리를 박았다. 커다란 대야에 물이 가득 담겨 있다. 김영주가 직접 다가와 내 목을 대야에 밀어 넣었다. 두려움이 밀려왔다. 죽음이 무서워서가 아니다. 아직 시민의 시대를 보지 못했는데…. 엉뚱한 생각이 났다. 로베스피에르 말이다. 혁명에는 희생이 따르게 마련이다. 그 희생이 나라면 어쩔 수 없지 않은가?

김영주의 손에 목이 눌려 물속으로 얼굴이 잠겨 들어갔다. 죽음 이후를 생각한다면 두려워하지 말자. 나는 의식의 밖으로 빠져나가기 시작했다. 김영주가 무어라고 지껄였다.

"이 자식! 솔직히 말해 봐. 독립협회 공모자가 누구야?"

나는 의식 밖에서 중얼거렸다.

"모두야! 모두."

햇불이 그림자를 드리우며 벽에 걸렸다. 임수동이 내 앞에 서서 갈아입을 옷을 툭 던졌다. 의자에 묶인 몸은 풀려 있었다.

"너! 명이 질긴 놈이군. 죽어도 좋다고 생각했는데 말이야. 옷 갈아

입어. 윗전에서 너를 찾는다."

옷은 깨끗하게 다려진 면포 장삼이었다. 희게 먹여진 풀이 빳빳했다. 옷을 갈아입으며 어디로 가느냐고 묻지 않았다. 임수동에게 삶에 기대고 싶어 하는 모습을 보이고 싶지 않았다. 그리고 사실 더 나아갈 길이 없다면 깨끗이 포기하는 모습을 보임도 괜찮지 않을까? 엉뚱한 생각이 났다. 죽음 앞에 있으니 오히려 죽음이 두렵지 않았다. 옥사 앞에 마차 한 대가 놓여 있었다. 옥리가 다가와 손목에 수갑을 채우고 얼굴에 안대를 둘렀다. 임수동이 마차에 오르며 옥리에게 소리쳤다.

"그만 태워라."

마차에 오르자, 임수동이 이죽거렸다.

"너 연줄이 예사가 아니구나."

"무슨 말이야?"

임수동은 순간 실수했음을 깨달았는지 입을 다물었다. 마차는 한 시간가량을 달려 어느 대문 앞에 섰다. 임수동은 집 앞에서 기다리던 사람에게 나를 인계했다. 내 양옆으로 사람이 서더니 몸을 수색하고 어디론가 데려갔다. 불빛이 눈가에 어른거렸다. 데려온 사람이 방 안을 향해 공손히 말했다.

"모시고 왔습니다."

방 안의 사람은 침묵했다. 수갑이 풀리고 눈가리개가 벗겨졌다. 커다란 전각이 보였다.

'궁 안인가?'

의심할 새도 없이 옆에서 누군가가 속삭였다.

"황제 폐하시다. 예를 행하여라."

신을 벗고 전각에 올랐다. 그래도 전각 안에서는 아무런 반응이 없었다. 어두웠다. 불을 켜지 않은 저편에 사람의 그림자가 보였지만 누구인지는 확실하지 않았다. 한구석에서 칼칼한 음성이 들렸다.

"숙배하라!"

허리를 숙이고 무릎을 꿇고 엎드렸다. 한참 동안 기다려도 아무런 반응이 없다가 전각 끝에서 소리가 울렸다.

"일어나라!"

그리고 시립한 사람을 물리치고 말했다.

"나는 너의 황제이며 조선의 주인이다."

나지막하면서 울림이 있었다. 오랫동안 군림하였던 황제의 음성이었다. 숲이 바람에 울 듯했다. 그는 오백 년 역사의 무게를 지닌 조선이었다. 나는 허리를 펴고 좌정했다. 전각의 한 곳에 단정한 자세의 남자가 보였다. 그가 고종이었다. 불을 켜지 않아 얼굴이 자세히 보이지 않았다. 체격이 평범하지만, 등이 곧고 단정한 자세였다. 그가 다시 말했다.

"너는 무슨 짓을 하였느냐? 네가 누구인지 아느냐?"

무슨 뜻으로 묻는지 몰라 대답하지 못했다. 황제가 꾸짖었다.

"너는 태조의 핏줄이다. 어찌 역적들과 무리를 지었더란 말이냐?"

나는 황제의 권위에 침묵했다. 황제가 다시 말했다.

"너의 아비가 나를 만나러 왔더니라. 짐은 그를 들이지 않았다. 그는 사흘을 궁성 앞에서 울었다. 그리고 편지를 보내왔다. 무어라고 썼는지 아느냐? 너의 가문이 양녕대군의 후손이니 종친의 정을 생각해 달라는 것이다."

지금 와서 과거 오백 년 전의 핏줄이 무슨 뜻이 있을까마는, 아버지는 그렇게라도 연줄을 이어 나를 살리고 싶었을 것이다. 왕은 다시 말하였다.

"우리 가문은 이 나라 조선의 주인이다. 태조가 이 나라를 세웠고 우리 조상 세종대왕이 이 나라를 반석에 올렸다. 양녕대군이 왕위를 박찼음은 자신의 그릇이 모자랐음을 깨달았음이고, 그 겸양이 조선 오백 년 기틀을 만들었다. 그러나 외세가 침탈하는 오늘날 누가 있어 왕실을 보위하겠느냐? 만일 그런 자가 있다면 앞장서서 그들을 막아내고, 그들의 그릇됨을 꾸짖어야 하지 않겠느냐?"

왕은 핏줄을 이야기하며, 군주가 곧 나라임을 설파했다. 그는 조선 성리학이 만든 세계 질서의 가장 위에 있는 하늘이었다. 왕은 다시 말했다.

"너는 신학문을 배운 사람으로서 백성의 어리석음을 가르치고 타일러서 문명한 나라로 이끌어야 할 인재다. 짐은 오랫동안 너를 지켜보았다. 너의 올곧음과 국가를 걱정하는 너의 마음도 신문을 통하여 잘 읽었다. 멀리 보아, 사민평등과 자유를 주장하는 너와 짐의 생각은 크게 다르지 않다. 백성이 국정에 참여함도 옳다. 그래야 양반과 상민이 고루 사는 평등한 나라가 될 것이며, 국가의 역량이 결집하여 외세를 물리칠 강한 나라가 될 수 있다. 너는 역사를 보지 않았느냐. 임진과 병자의 난 때 노비를 해방하고, 관직에 나아갈 길을 터줌으로써 마침내 그들이 이 나라를 오랑캐의 말발굽에서 구하였다. 지금은 전란의 시대다. 어찌 임진과 병자의 난과 다르랴? 너는 마땅히 황실의 일가로서 짐을 보위해야 할진대 어찌 반역의 무리와 어울렸더란 말이냐? 만일 네 잘못을 깊이 뉘우치고 바른길로 들어서 국가의 백년대계를 위한다면 지난 죄만 물어, 어찌 앞으로 큰일을 맡기지 않으리오. 젊은 혈기에 한 번의 실수를 용납하지 못한다면 이 또한 군주라 할 수 있으랴? 내 마지막으로 묻노니 너는 마음을 돌이켜 과오를 뉘우치고 짐을 위하여 충심을 바치겠느냐?"

왕은 백성의 정치 참여를 제한하고, 왕정국가로서의 조선을 인정한다면 살려 줄 수도 있다는 뜻을 비치었다. 백성들에게 신망을 받는 내가 왕을 돕는다면 정치적으로 유리한 상황에 있을 수 있다는 사실을 왕은 알고 있었다. 왕은 무겁게 회유하였다.

"네가 신숙주가 될 수 있겠느냐?"

신숙주는 사육신을 따르지 않고 세조를 도운 명신이다. 왕은 나에게 그 길을 따르라 타일렀다.

'살 것이냐? 죽을 것이냐?'

심한 갈등이 마음을 헤집었다. 아버지와 어머니, 아내의 모습이 겹쳐서 떠올랐다. 공화정의 신념을 꺾고 왕정을 지지할 수 있을까? 내 마음이 원치 않는 행동과 말로써 남은 생을 살아갈 수 있을까? 생각하고 또 생각했다.

'짐을 도와 이 나라를 반석에 세우지 않겠느냐?' 왕의 물음은 나를 포기하고 왕의 꼭두각시가 되라는 말과 다름없다. '그럴 수 있을까?' 내가 읽은 책과 말 들이 가르쳤던, 자유와 평등, 민주와 시민 저항, 세계가 나아가야 할 역사를 포기하고 왕의 입이 되고 손발이 되는 허수아비로 어찌 살라는 말인가? 나는 가족과 동지들을 생각하며 속으로 피눈물을 씹었다. 그리고 마침내 고통 속에서 아들의 이름을 뇌었다.

'봉수야! 아비가 미안하다. 제대로 안아 주지 못하고 놀아 주지도 못한 아비가 정말 미안하다. 그 못난 아비의 품마저도 이젠 너에게 내어 줄 수 없구나.'

왕은 침묵 속에서 기다리고 있었다. 그는 나의 영혼을 요구했고, 그

영혼에 합당한 대가를 지급할 셈이었다. 기다림이 길수록, 숙성된 영혼을 얻을 수 있다면 너의 인내를 기다리리라. 생각하고 또 생각하여, 네 마음속의 장이 익어서 쉰내가 나더라도 기다리리라. 승만아! 너의 삭인 분노를 나에게 다오. 문드러진 절망을 나에게 주려무나. 내가 그 장과 절망을 다스려 먹음직스러운 음식으로 만들어 내리라.

나는 마침내 결론을 내렸다. 거짓을 말할 수 없었다. 남은 속일 수 있어도 나를 오래 속일 자신이 없었다. 나는 결국 나였다.

"폐하! 소인은 하늘을 오래 속일 수 없다고 배웠습니다. 한때 구차한 목숨을 얻는다 한들, 두 손바닥으로 성심을 가릴 수 없습니다. 소인은 백성이 참여하는 정치 제도를 꿈꿔 왔고, 조선의 백성이 양반이거나 노비이거나 백정이거나 장사치이거나 모두 잘사는 나라를 소망하옵니다. 폐하가 조선의 주인이기는 하나, 백성의 삶은 그들이 스스로 결정할 수 있도록 해야 합니다. 미국이 그렇고 영국이 그러하며 가까운 일본마저 그러합니다. 청국은 이미 망하고 각지에 군벌들이 득세합니다. 천하의 흐름은 이미 정해져 있습니다. 백성은 강물이 되고 파도가 되어 도도한 민주주의의 기치 아래 그들의 미래를 결정할 것입니다. 소인은 결코 역심을 품음이 아니고 폐하를 조선의 주인으로서 받들며 나라의 상징으로 남으시기를 바라고 바라옵니다."

왕은 묵묵히 듣고 있다가 말을 끊었다.

"그리하다면 너는 공화정을 원함이 아니더냐? 백성이 법을 만들고 정치를 주관하매, 왕이 무슨 허울이겠느냐? 통치하지 않는 왕은 왕이 아니다. 너는 짐이 없는 조선이 아무런 싸움도 없이 평화롭게 지낼 수 있다고 생각하느냐? 아니다. 양반은 양반대로 그들의 땅과 권력을 지키려 할 것이고 상민은 상민대로 토지를 그들에게서 빼앗으려 할 것이다. 노비는 또 어찌 가만있으려 하며, 도공과 철공은 가만히 보고만 있 겠느냐? 그들은 서로 빼앗고 죽이는 아비규환의 조선을 만들 것이다. 이 아귀 지옥에서 누가 건져 주겠느냐?"

왕은 현실적 통찰을 하고 있었다. 그 부분은 깊이 생각하지 못하였 다.

"백성아! 너는 하나만 알고 둘은 모른다. 역사란 모든 나라와 사람 들에게 같이 적용되지 않는다. 각 나라의 형편과 민도, 주변 국가 등 역학관계에서 결정되게 마련이다. 지금의 조선은 백성은 무지하고 나 라는 가난하다. 오백 년 이어져 온 양반들의 학문과 지위는 공고하고 그들의 재산은 백성을 억누른다. 이들을 통제하고 혼란을 막을 사람 은 누구냐? 오직 왕실이며 황제인 나다. 너희들이 공화정을 주장하나, 누가 공화정의 주인이 될 것이냐? 너와 같은 양반이냐? 아니면 시전의 상인이냐? 네가 백성의 초근목피를 제대로 아느냐? 장돌뱅이가 집을 떠나 타지를 돌며 물건을 파는 고난을 네가 아느냐? 오직 주인인 나만 그들의 삶을 알 뿐이다. 왕실만이 그들을 이해하고 다스리며 오백 년 역사를 이어 왔다. 백성은 어리석다. 사람은 사람이므로 싸우고, 사람 의 등골을 뽑아 그들의 먹이로 삼는다. 이러한 자연 상태를 온전한 예 법의 질서로 만들어 평화로이 살고자 함이 공맹의 가르침이 아니더냐? 왕이 없이 이 나라가 어찌 질서를 찾으랴? 너는 프랑스 혁명에서 루이 십육세의 목을 자른 혁명군이 그들의 내분으로 인해 다시 나폴레옹이 라는 평민을 황제로 받든 가까운 고사를 모르느냐? 그의 집권기에 유 럽의 강산은 시산혈해를 이루었고, 무려 삼백만의 사람이 죽었다. 너 는 민주주의와 공화정이 너희와 같은 지식인이 오판하기 쉬운 인간의 선함으로 이루어질 수 있다고 생각하느냐? 아니다. 인간은 본래 선함도 악함도 없다. 그들은 다만 많이 먹고 덜 추워지려고 할 뿐이다. 그 욕망으로 인해 만인이 만인을 죽게 할 것이다. 그러니 영국의 산업혁명과 같이 기계로 인해 많은 부를 일구어 먹을 것을 나누어 줄 수 있다면, 싸움을 줄여 공화정을 할 수도 있을 것이다. 그리고 대양으로 나가 식민지를 만들어, 그곳에서 생긴 부를 백성들에게 나누어 주어 그들의 욕심을 채워 줄 수도 있을 것이다. 그때에는 너희들이 원하는 대로 공화정이 될 수도 있겠지. 하지만 지금은 아니다. 너희들의 생각으로는 내가 왕가를 보위할 욕심에 이 자리를 지킨다고 생각할지 모르나, 반드시 그러하지는 않다. 황제의 자리란 세상의 요동침을 관찰하여 백성의 고통을 줄여야 하는 자리이다. 언젠가는 너희들이 원하는 세상을 만들어 주어야 하겠지만 아직은 아니다. 조선의 백성은 아직 무지하고 가난하다. 굶주리는 나라에 민주주의는 없다. 만일 내가 자리에서 물러난다면 나라를 팔아먹는 무리가 득세할 것이고, 너희들 역시 양의 탈을 쓴 그들에게 이용당하고 목을 베일 것이다. 이는 역사가 분명히 증명한다. 짐은 분명히 말한다. 오늘의 조선을 누가 구할 것이냐? 너희들이냐? 아니면 황제인 나냐?"

나는 황제의 지혜를 들으며 탄식했다.

"황제시여! 조선이 생긴 이유도 그와 같습니다. 고려의 호족들이 백성들의 고혈을 쥐어짜서 아이들을 흙바닥에서 자게 하고, 여자들이 몽골의 아이들을 배게 만들었습니다. 불자는 내세를 팔아 현세의 밥을 다음 생에서 먹게 하겠다고 꼬드겼습니다. 그러므로 태조는 삼척검을 들어, 그들을 베고 주자의 질서로 조선을 세웠습니다. 하지만 어찌 인간 세상에 타인을 위하여 자신을 희생하는 법이 있을 수 있으며, 힘 있는 자의 아량이 부자간의 정에 비기겠습니까? 이 모든 일이 계급에서 일어난 일이며, 재물의 독점에서 비롯된 폐단입니다. 자유와 재물은 계급으로 차별을 두어서는 영원히 평등할 수 없습니다. 계급을 타파하고 재물을 고르게 배분하는 만인의 평등은 필요하며, 그 막중함을 이루는 지식인의 희생도 반드시 필요합니다. 그렇지 않고서는 조선은 평등한 나라가 되기에 지극히 어렵습니다. 폐하께서 결단을 내리셔서 입헌군주제의 대의를 받아 주시기를 바랍니다."

왕은 화를 내지 않았다. 오히려 침착한 목소리로 물었다.

"네가 그 일에 앞장서겠느냐?"

나는 서슴없이 대답했다.

"그러하옵니다."

"그러면 죽으리라! 내가 원함이 아니라 이 나라가 원함이다."

왕은 잔혹함을 감추고 말했다.

재판은 신속히 진행되었다. 증거는 밝혀졌고 죄인들은 자복하였다. 재판관은 황영우였다. 나는 죽음을 알고 있었으나 가족들에게 말하지 않았다. 그사이 상소는 계속 올라왔다. 윤치호, 이상재, 남궁억 등 독립협회 사람들이 연서하여 안경수와 나를 살려 줄 것을 연일 탄원하였으나 왕은 침묵했다.

선고가 있기 이레를 남겨 놓고 이완용이 옥사로 안경수를 찾아왔다. 안경수는 고문으로 얼굴이 퉁퉁 붓고 한쪽 눈이 감겨 있었다. 이완용은 어설픈 위로를 하지 않았다. 덤덤하게 독립협회의 동지를 바라보며 물었다.

"부탁할 말은 없는가?"

안경수는 물끄러미 오랜 기간 동지였던 사람을 물끄러미 바라보았다.

"살고 싶다면 살려 줄 수 있겠는가?"

이완용은 헛웃음을 지었다. 안경수는 바짝 마른 입술을 혀로 축였다.

"내 목숨이 아닐세!"

"그럼, 누구를?"

이완용은 눈을 크게 떴다.

"이승만 군을 살려 주게. 자네라면 할 수 있을 것이야."

"그 젊은이도 역모인데 어찌 내가?"

"자네는 할 수 있어!"

"내가, 무슨 재주로? 이승만, 그 아이도 왕의 노여움을 사고 있어."

안경수는 머리를 흔들었다.

"왕은 아무도 믿지 않아. 왕비가 시해된 이후로 더욱….."

"나 역시 왕의 신임을 받지 못하고 있는 건 알고 있지 않은가?"

"일당. 왕은 사람을 믿으려 하지 않네. 그러나 조선을 위한 믿음은 가지고 싶어 하지."

일당은 이완용의 호였다. 그는 한숨 쉬었다.

"조선이라? 조선이란 나라가 있었던가?"

조선은 대한제국으로 개명한 상태였다. 이완용의 한숨은 조선의 국체가 말기적 증상을 보이는 데 대한 안타까움이었다. 안경수는 말을 계속했다.

"왕은 조선을 여전히 자신의 나라로 지속시키고 싶어 하네. 하지만 그 희망이 오래가지 못한다는 것도 알고 있어."

"그 말의 뜻은? 이 나라가 망한다는 말인가?"

"굳이 말하지 않아도 우리 모두 알고 있지 않은가? 왕은 헛된 희망을 붙들고 몸부림칠 뿐이야. 그 사실도 잘 알고 있고."

이완용은 다시 한숨을 쉬었다. 그렇다. 일본이 청에 이기고, 이 나라의 주인은 아라사와 일본 중 승자에게 돌아갈 것이다. 모두 그 사실을 잘 알고 있다. 단지 모른 척할 뿐. 안경수는 아프게 그 사실을 찔렀다.

"일당! 그러나 조선은 망해도 조선 백성은 망하지 않네. 그들은 이 땅의 주인이야. 왕가가 사라져도 백성들은 여전히 씨를 뿌리고 밭을 갈 걸세. 그들이 있다면 조선은 자주국으로서 다시 살아날 것일세. 그러려면 이승만과 같은 젊은이들을 살려 두어야 하네."

이완용은 다시 침묵했다. 안경수의 목에서 가래 끓는 소리가 났다.

"조선은 죽지 않아. 왕은 죽을지언정…. 왕에게 말해 주게, 일당! 조선이 죽더라도 살아날 희망만은 남겨 달라고! 그러면 알아들을 걸세."

이레 뒤 선고가 있었다. 황영우는 법대에 앉아 아래를 굽어보았다. 방청석에 윤치호와 주시경, 이상재 등 독립협회 간부들의 모습이 보였다. 황영우는 사무적인 자세로 판결문을 읽었다.

안경수는 사형, 권영철도 사형, 나도 사형이었다. 방청하던 독립협회 사람들과 동지들이 한숨을 쉬는 소리가 들렸다. 아버지와 어머니, 아들 봉수를 등에 업은 아내 박 씨가 통곡하는 소리가 들렸다. 누군가가 소리쳤다.

"독립협회 만세! 만민공동회 만세!"

판결이 나던 날 저녁 옥사로 한만호가 떡과 유과를 가져왔다.

"유과를 좋아하신다기에…."

그가 수줍게 웃었다. 다리를 절고 있었다. 손가락에 피멍이 흥건했다. 고문의 흔적이었다.

가슴이 먹먹하고 눈물이 핑 돌았다.

"모두 제 탓입니다. 미안합니다. 부디 앞으로는 다 잊고 장사에나 열중하십시오."

한만호가 고개를 강하게 저었다.

"가게를 넘겼습니다. 간도로 가기로 했습니다."

"그게 무슨 소리입니까? 가게를 넘기다니요?"

그가 머뭇거리다 대답했다.

"어쩔 수 없었습니다. 판관에게 넘기고 목숨만 건졌습니다."

기가 막힌 일이었다. 한만호를 처결한 판사, 그자는 처음부터 한만호의 재산을 노렸다. 한만호가 씁쓸하게 미소 지으며 말했다.

"요즘 간도로 가는 난민이 많습니다. 지주들과 관의 등쌀에 살 수가 없는 소작농들과 함께 갑니다. 자리 잡히는 대로 연락 드리겠습니다. 부디 몸조심하십시오."

그가 다리를 끌고 옥사 밖으로 나가며 뒤돌아보았다. 우리는 손을 흔들었다. 언제 다시 볼지 모르는 이별이었다. 옥사에 앉으니 그날 밤 창가에 설풍이 불었다. 손발이 어는데 거적 한 장을 줬다. 밤중에 얼어서 죽어 나가는 사람과 호곡하는 사람이 있었다. 옥리들이 조용히 그들을 끌고 나갔다. 죽음이 지척에 있으니 오히려 두렵지 않았다. 오지 않는 잠을 헤아리며, 해가 뜨지 않는 새벽을 바라보았다.

나는 서대문 옥사에 있었다. 주변의 구명 활동이 있어 목숨은 살렸다. 왕이 조선 독립의 앞날을 예비하기 위해 나를 살렸는지도 모른다.

나는 서대문 옥사 안에서 책을 썼다. 그 책의 이름은 『독립정신』이다. '동포여! 이천만 동족이여. 나는 이승만이오. 나는 죽을힘을 다해 이 조선을 사랑하고, 외세를 물리쳐 자주독립국이 되기를 기도하오. 동포여, 우리 모두 마지막 힘을 다해 싸운다면 반드시 그날이 올 것이오. 이 강산에 꽃잎이 휘날리고 강물이 솟구쳐 오르는 날이…. 뭉치면 살고, 흩어지면 죽을 것이오.'

후기

◆ ◆

이승만은 1964년 6월 말 갑작스러운 급성 위장 출혈로 쓰러진 후 1965년 7월 19일 0시 35분 하와이 마우날라니 양로병원에서 향년 90세로 일생을 마쳤다. 이때 남긴 마지막 기도와 유언은 이렇다.

> 이제 저의 천명이 다하여 감에, 아버지께서 저에게 주셨던 사명을 감당치 못하겠나이다. 몸과 마음이 너무 늙어 버렸습니다. 바라옵건대 우리 민족의 앞날에 주님의 은총과 축복이 함께하시옵소서. 우리 민족을 오직 주님께 맡기고 가겠습니다. 우리 민족이 굳게 서서 국방에서나 경제에서나 다시는 종의 멍에를 메지 않게 하여 주시옵소서.

이승만! 그는 조선 말, 몰락한 양반 가문에서 태어나 조선의 자주와 독립을 위해 투쟁하다 24살의 나이 옥사에 갇혔다.

그는 오 년 칠 개월간 옥살이하였고 감옥에서 『독립정신』을 저술하였다. 1904년 8월 8일 특별 사면을 받아 미국으로 건너가 1910년 프린스턴 대학에서 박사학위를 받았다. 1919년 3·1 운동 이후 상해 임시정부의 국무총리, 한성 임시정부의 집정관 총재로 임명되어 한국 독립운동의 수반이 되었다. 해방 이후 대한민국 정부의 초대 대통령이 되었으며 북한 김일성의 남침에 대항하여 국가를 지켜내었다.